中华经典诗文之美

徐中玉——主编

黄明 黄坤——编著

近代诗文

上海人民出版社

出版说明

习近平总书记指出，中华文化积淀着中华民族最深沉的精神追求，代表着中华民族独特的精神标识；传承中华文化，要"以古人之规矩，开自己之生面"，重点做好创造性转化和创新性发展。为坚定文化自信，传承中华文脉，汲取古圣先贤的不朽智慧，激活民族文化的蓬勃生命力，上海人民出版社推出"中华经典诗文之美"系列丛书，以期通过出版工程的创造性转化，实现中华优秀传统文化的薪火相传、推陈出新。

丛书由著名学者、语文教育家徐中玉先生领衔主编，共 13 册，包括《诗经与楚辞》(陶型传编著)，《先秦两汉散文》(刘永翔、吕咏梅编著)，《汉魏六朝诗文赋》(程怡编著)，《唐宋诗》(徐中玉编著)，《唐宋词》(高建中编著)，《唐宋散文》(侯毓信编著)，《元散曲》(谭帆、邵明珍编著)，《元明清诗文》(朱惠国编著)，《近代诗文》(黄明、黄珅编著)，《古代短篇小说》(陈大康编著)，《笔记小品》(胡晓明、张炼红编著)，《诗文评品》(陈引驰、韩可胜编著) 和《神话与故事》(陈勤建、常峻、黄景春编著)。所选篇目兼顾经典性与人文性，注重时代性与现实性，综合思想性与艺术性，引导读者从原典入手，使其在立身处世、修身养性、伦理亲情、民生疾苦、治国安邦等世界观、人生观、价值观方面有所思考和获益。

丛书设置"作者介绍"、"注释"、"说明"、"集评"栏目。"作者介绍"简要介绍作者生平及其著述,并大致勾勒其人生轨迹。"注释"解析疑难,解释重难点字词及部分读音,同时择要阐明历史典故、地理沿革、职官制度等知识背景,力求精当、准确、规范、晓畅。"说明"点明写作背景,阐释文章主题,赏析文章审美特色。"集评"一栏列选历代名家评点,以帮助读者更好理解和鉴赏。

丛书选录篇目出处,或于末尾注明所依底本,或于前言中由编选者作统一说明。选文所依底本均为慎重比照各版本后择优确定。原文中的古今字、通假字予以保留,不作改动;异体字在转换为简体字时,则依照现行国家标准予以调整。

丛书所选篇目的编次依据,或以文体之别,或以题材之异,或依作者朝代生平之先后,或依成书先后。成书年代或作者生平有异议者,则暂取一说。

"凡作传世之文者,必先有可以传世之心。"中华文明生生不息至今,是一代又一代仁人志士艰苦拼搏的成果;中华文明未来的繁荣兴盛,需要全体中华儿女的担当。"中华经典诗文之美"系列丛书的出版,将引导读者在对跨越时空、超越国度、富有永恒魅力、具有当代价值的传世诗文的百读不厌、常读常新中,树立民族自信心与自豪感,培养起守护、传承与弘扬中华优秀传统文化的传世之心,在实现"两个一百年"奋斗目标和中华民族伟大复兴中国梦的道路上,凝聚起全民的文化力量,和这个时代一同前行。

上海人民出版社

2017 年 6 月

导　读

　　无论是撰写文学史，还是各种作品选，似乎都存在厚古薄今的状况，即愈是历时久远的作品，读得愈多，选得也愈多，而时隔仅一个世纪的近代文学，特别是近代的诗、词、散文，却常被有意无意地忽视，甚至被一种漫不经心的态度、想当然的看法所否定。不过这种很少听到异议的现象，却不能因此被看作是一个不屑一顾的问题。鄙薄近代文学者，并不乏冠冕堂皇的理由：没有任何力量能阻挡时代前进的步伐，但这种进步并不意味着文学艺术也在一起迈进。就艺术语言而言，唐诗宋词，依然是不可逾越的巅峰。但人类文化和自然界一样，需要无限丰富的多样性，才能构成一个缤纷多彩的艺术世界。更何况近代文学在中国古典文学发展史中，自有其特殊的地位和意义。如果说《诗经》、《楚辞》、先秦散文是源的话，那么近代文学就是尾，是中国古典文学一个虽不能誉之为光辉，但也不应妄加菲薄的结束。仅凭这一点，近代文学就有重视的必要、阅读的必要、研究的必要。事实上，现代人少编、少选近代文学作品，在很大程度上也是由于对此读得太少的缘故。选编了三大本《近代诗钞》的钱仲联先生，早年断言诗学之盛，极于晚清，并有近代词集词学大成的说法，与鄙薄近代文学者迥然不同。近代文学的真正价值，似乎还可以从下面一个假设中推出：如果取一首不知名的诗或词，点明它是近代人的作品，就很难从理论上得到充分肯定；但若说它是唐诗，或宋词，也许就会得到完全不同的评价，甚至意想不到的赞美。这至少可以说明两个问题：一是近代诗文中有大量作品并未树立鲜明的个性和特色，还没有资格成为代表时代的文学形式；二是近代诗文在艺术表现手法上又确有不逊于前人的可取之处。如果仅用于吟咏消遣的话，某些近代诗词，在某些方面，还有胜过唐诗宋词之处。

近代诗流派家数之多，为前代所罕见。汪国垣据地域将近代诗人分为湖湘、闽赣、河北、江左、岭南、西蜀六派。钟仲联则根据诗风，分为宗尚宋诗（包括前期的宋诗派和后期的同光体，同光体中又包括赣、闽、浙三派）、注重选体（如湖湘派）、兼采唐宋、诗界革命（可上溯龚、魏）诸大派，另外还有南社、西昆体派等。

若从大处着眼，近代诗史，始终存在着两大流派，一派重视作品的社会功用，强调艺术创新。这派以龚自珍、魏源开其端，姚燮、贝青乔、金和等人继之。龚自珍是开一代风气的承上启下的历史人物，也可说是近代诗界革命的先行者。他的作品，气势沉雄，辞采瑰丽，飞扬腾踔，奇境独辟，笔呈箫心剑态，读之荡气回肠，柳亚子誉之为"三百年来第一流，飞仙剑客古无俦"（《论诗三绝句·定庵集》）。魏源诗除反映现实以外，多山水之作，徐世昌说他"雕镌造化，揎险凿幽之笔，能使山无遁形，水无匿响"（《晚清簃诗汇》）。近代另一个具有划时代意义的人物林则徐，虽不以诗名世，但其后期作品，笔力苍劲，含思凄婉，品格甚高。姚燮多才多艺，但一生潦倒，作品颇能反映民生疾苦，有些纪事诗写得哀婉动人，酷似杜甫《三吏》、《三别》，世称诗史。贝青乔曾投笔从戎，目睹军中种种咄咄怪事，一付与诗，振聋发聩，传诵一时。当时被视为"振奇人"的金和，工乐府诗和纪事诗，写了大量反映鸦片战争和太平天国的诗篇，梁启超称其"格律无一不轨于古，而意境、气象、魄力，求之有清一代，未睹其偶"（《秋蟪吟馆诗钞序》）。贝、金二人之诗，亦无愧诗史之誉。

　　黄遵宪、康有为、梁启超、谭嗣同、丘逢甲等人，正式举起诗界革命的大旗。黄遵宪当时被誉为"诗界哥伦布"（丘逢甲《人境庐诗草跋》），他主张"我手写我口"，开古人未辟之境，能用前人所未有的生动、鲜明的形象，将当时出现的一些重要事件和新生事物及时写入诗中，用梁启超的话说，"能熔铸新理想以入旧风格"（《饮冰室诗话》）。康有为自视甚高，以"新诗瑰奇异境生，更搜欧亚造新声"（《与菽园论诗》）自许。其实他的长处并不在异境、新声，而是元气淋漓，挥斥八极，颇有大家风度。谭嗣同诗如其人，恢宏豪迈，借用他自己的话说，有"拔起千仞，高唱入云"（《致刘淞芙书》）的气概。梁启超是诗界革命的旗手，他的诗直写胸臆，意气风发，清新浏亮，不拘一格。丘逢甲在台湾沦陷后所作的诗，慷慨悲歌，愤悒不平，有陆游遗风，黄遵宪称之为"真天下健者"（《与梁启超书》）。以柳亚子为代表的南社诗人，政治态度虽和维新派大相径庭，但就诗歌创作而言却颇有相通之处。激昂慷慨，晓畅明白，是南社诗人共同的长处。南社诗人中，苏曼殊和南社创作宗旨相距最远，但最引人注目。中国文学史中，真能称得上不失赤子之心者，词人有李煜、晏几道、纳兰性德，诗人似乎只有一个苏曼殊。他的诗大多为七绝，清丽绵邈，秀隽绝伦。在当时的革命诗人中，不曾参加南社的秋瑾，有着特殊的魅力。这不仅是因为她堪称20世纪（或许还是中国有史以来）最杰出的女性之一，还在于她的诗词热情奔放、英姿飒爽，足以使众多须眉俯首生愧。还有一个不曾参加南社，但又能凌驾南社的革命诗人金天羽，所作诗才调纵横，奇崛豪宕，可谓龚自珍流亚。

　　近代诗的另一流派注重作品的表现形式，主张有所师承。这派前有以郑珍、何绍基、曾国藩等人为代表的宋诗派，后有以陈三立、郑孝胥、陈宝琛、陈衍、沈曾植、袁昶等人为代表的同光体。曾国藩诗不如文，但他对晚清宋诗运动的影响很大。何绍基诗学东坡，为写生高手，其摹山范水之作，往往触境而发，生动可喜。宋诗派的代表人物是郑珍，他作诗宗宋而不废唐，转益多师，内容广泛，风格兼有奇崛奥衍和平易流畅两种。陈衍认为他能"历前人所未历之境，状人所难状之状，学杜、韩而非模仿杜、韩"（《石遗室诗话》）；胡先骕更称他为"清代诗人之冠"（《读郑珍巢经巢诗钞跋》），可谓推崇备至。他的诗，对陈三立、范当世、郑孝胥、沈曾植等人影响甚大。

同光体诗人承袭郑珍、何绍基开导了先河的宗尚宋诗的风尚。陈三立不仅是同光体赣派的代表，也是同光体的领袖人物，汪国垣《光宣诗坛点将录》予之以"都头领天魁星宋江"之席。作诗求生、新、奇、崛、僻、雅、避恶熟、媚俗、浓深俊微，自成馨逸。梁启超、郑孝胥、陈衍等新旧诗派首领，对他的诗都极为倾倒。陈三立诸子，也都能诗。次子陈隆恪，诗风酷似其父。长子陈衡恪，为人情深，诗有深情，陈衍认为真挚处实过乃父。郑孝胥诗清苍幽峭，骨遒句秀，在当时与陈三立并称近世两大诗人。陈衍谓"近来诗派，海藏以优爽，散原以奥衍，学诗者不此即彼矣"（《石遗室诗话》）。陈宝琛与郑孝胥同为同光体闽派的代表，其诗属对工整，风调蕴藉，神理自超，趣味隽永。沈曾植学识渊博，近代罕睹其匹，作诗聱牙钩棘，艰深古奥，为同光体浙派的代表，也是学人诗的代表。虽非同光体首领，但足以傲视时贤的是范当世，其诗沉郁劲健，浑浩流转，兼有苏、黄雄放凝练之长。此外，俞明震诗能得江山之助，所写塞外风光，开唐人未辟之境。陈曾寿诗能于陈三立、郑孝胥诗体之外，别树一帜，立意深邃，不落凡近，陈三立甚至有"比世有仁先（陈曾寿字），遂使余与太夷（郑孝胥字）之诗或皆不免为伧父"之叹

（《苍虬阁诗序》）。相对唐诗宋词，近代诗词本来就有隔与不隔之别。与南社正相反，同光体诗一般都注重锤炼，意旨曲折，辞采华赡。由此产生正反两方面的影响，既比同时代其他诗人更隔一层，也使其作品更耐咀嚼；既不易一见动心，也不会让人很快生厌。

除同光体外，当时诗坛还有以王闿运为代表的宗尚汉魏六朝的湖湘派。王闿运为诗坛元老，负有重望，誉之者谓其牢笼一世，但贬之者说他墨守古法，缺乏真意。张之洞为唐宋派首领，论诗主张融宋意入唐格，别开雍容闲雅之风，清末达官工诗者，以其为最。樊增祥、易顺鼎均出其门。樊诗富丽，风姿绰约，人称"樊美人"。易顺鼎才高一世，个性分明，尤工写景，所作诗瑰玮奇丽，惊艳绝伦，但也不乏清新平易之作。樊易并称，樊实不如易。曾国藩的孙子曾广钧，多沉博绝丽之作，与李希圣、汪荣宝同为清末西昆体的代表作家。

此外，还有一些游离于上述流派之外，而又颇有建树的诗人。如独创坛坫、孤吟无和的吴中诗人江湜，以清丽峭拔之笔，力矫浓艳艰涩之弊，兴味盎然，颇得杨万里"活法"精髓。江南才子冯煦，兼工诗词，尤长七绝，清新流丽，趣味隽永。释敬安（八指头陀）为近代著名诗僧，吐词属句，清空灵妙，超然物外，确非俗人所能企及。杨圻有大家之才，兼擅众体，尤以歌行体享有盛名。其诗气魄沉雄，音节浏亮，有唐诗流风，在以同光体为主流的近代诗坛，独树一帜。

近代词虽不像诗那样派别分明，但同样作者林立，藻采纷呈。邓廷桢和林则徐一样，于余暇作词，沉着慷慨，不同凡响。龚自珍词如其诗，恃才任气，跌宕飞扬。项鸿祚中年谢世，一生不第，所作词哀感顽艳，凄婉清切，和纳兰性德堪称前后双璧。蒋春霖词感慨深沉，属词隽快，与项鸿祚风格不同，但谭献将他和纳兰性德、项鸿祚并提，称为"词人之词"，"二百年中，分鼎三足"（《箧中词》）。庄棫和谭献为常州派后劲，且有青出于蓝之势，所作词不落言诠，品格甚高。最能体现晚清词时代特色和艺术成就的，当数王鹏运、文廷式、郑文焯、朱祖谋、况周颐五人。相比较而言，王鹏运词气势宏阔，富奇情壮采，有稼轩词风。文廷式词风骨遒劲，浑脱浏漓，沉雄俊爽，上追东坡，无愧一代射雕手。郑文焯词兼取浙西、常州两派之长，体洁旨远，格高韵美，朱祖谋誉为仙才。朱祖谋词气息浑厚，笔力恣肆，富丽精工，海内归宗，为近代词集大成作家。王国维称况周颐为人真挚，作词沉痛。况词虽无王鹏运、文廷式、朱祖谋雄踞一世的气概，但深情绵邈，自有其长。王国维自视甚高，尤长小令，在晚清词坛，吹进一股清新气息。

与唐宋作家相比，除少数人外，近代作家大多缺乏鲜明的创作个性，这在词中表现得尤其突出。近代人的词，常常不是有意与古人相合，就是无意中和同时人相撞，即使一些著名作家，若将他们的某些诗词相混，常人也不易分辨。此外，近代词好用比兴，往往寄托太深、刻画太工、辞采太丽、着色太浓。多读一些，有时感觉反而更加模糊。就才学而言，近代人未必不如宋人，但其作品确实不能和宋词相比，其原因大概还得用王国维的"隔与不隔"说来解释。

在散文领域，桐城派长期被看作近代古文的正宗。不过桐城派古文的实际成就，并不能与其声望相符。身为晚清桐城派名家的吴汝纶也说："桐城诸老，气清体洁，海内所宗，独雄奇瑰玮之境尚少。"（《与姚仲实书》）从方苞起，桐城派作家就有一种才薄力微的先天不足。桐城派古文的地位和影响，与曾国藩的极力揄扬有很大关系。这倒不仅在曾国藩的地位，还在他的文章，笔力雄健，确有大家风度。曾国藩的四大弟子，相比较而言，年龄最大的张裕钊似乎要略胜一筹。林纾作为翻译家的声望，要远远高于古文家，其实在桐城派，他是可与姚鼐、曾国藩鼎足而立的优秀作家。林纾的古文，字字琳琅，无论词句、情韵，都极优美。

通常被看作桐城派作家，但自己却不承认的吴敏树，其文意境高旷，风致淡远，在语言艺术上，有独到之处。

龚自珍是近代文学中的一个奇才，他的散文，同样表现出瑰丽多姿、奇境独辟的特色。除龚自珍外，李慈铭、王闿运也都是兼工诗文的文学全才，不过就才情而言，显然都远不如龚，无论诗文，都未达到出类拔萃的地步。桐城派古文以唐宋八大家为宗，王闿运诗文却以魏晋为楷模，继之而起的还有章炳麟、黄侃，文字凝练古雅，颇费斟酌。不过，这类文章既不及桐城派古文清真雅洁，易于上口，更不如梁启超开创的新文体热情磅礴，富于感染力。近代散文的最大成就，应是以康有为、梁启超、严复为代表的维新派的政论文。康有为作文，大笔淋漓，波澜壮阔。严复文逻辑谨严，文字典雅。特别是梁启超的文章，纵横恣肆，挥洒自如，笔端含情，别有魔力，破旧学罗网，开白话先河，震力之大、应声之远，均无与伦比。

虽然可以找出许多理由来说明对近代诗文应该了解，值得一读，但是相对铺天盖地的唐诗、宋词、古文八大家选本，近代诗文的选本实在少得可怜。不过当笔者在多年前奉徐先生之命，冒冒失失开始编选时，很快就发现接受这个任务，实在有些不自量力。近代诗文选本最少，在一定程度上也是由于其最难选的缘故。选近代诗、词、文，至少有两难：一是作者太多。从村塾的落第秀才，到朝廷的得意公卿，从潜心经史的硕师魁儒，到激扬时政的风云人物，几乎人人能诗，家家作文，而且个个自我感觉良好，如曹植所言："人人自谓握灵蛇之珠，家家自谓抱荆山之玉。"（《与杨德祖书》）有些人确实写过一些好诗，但今天已湮没不彰。由于笔者所知极为有限，力不从心，势必遗珠。二是作品太多。尽管古时已有"三不朽"之说，但通过作品扬名后世的欲望，愈往后变得愈强烈。近代文集之多、集中所收作品之多，均前无古人。近代人热衷于在世时就为自己编集，经过一番选择修改的功夫，草率的东西固然被淘汰了，但留下的作品也因此失去了特色。近代人集中的作品，似乎篇篇可读，但又少见那种让人一见心动的出类拔萃的佳作。由于这"二多"，对近代人的作品，非大学者，不可能直接从文集中选录，势必要借助一些现成的材料，当然，其中也包含着选编者自身的爱好和标准。

如前所述，近代文学中存在着或注重社会功用、或偏重形式表现的倾向。在较长一段时间内，学界一直人为地突出前者，贬责后者，但近年来又出现了某些故意反其道而行的逆反现象。其实两者各有所长，也各有所短，虽好恶由己，但不因偏废。由于重要作家的作品相对说比较好选，故一些选本，总是偏重于几个代表作家，外加几个重要的政治人物，对那些不太知名的人和作品，就不够注意。为了让读者对近代文学有更广泛的了解，本书的编选企图改变这种状况，兼顾近代文学的多样性，尽可能作多方面的择录。本书所选作者甚多，但每个人入选的作品却比较少，大多数人仅一二篇而已。每位作者入选篇目的多少，一般根据其本身的地位和成就酌定，同时也包含着编选者的爱好。

本书由黄明负责诗词部分的注释，黄珅负责选定全书篇目和散文部分的注释。

黄　珅

2017 年 6 月

目 录

导读 / 1

诗 选

张维屏

　新雷 / 3

林则徐

　赴戍登程口占示家人 / 4

麟 庆

　忆西湖 / 5

龚自珍

　能令公少年行 / 6

　又忏心 / 10

　秋心（三首选一） / 11

　咏史 / 12

　己亥杂诗（选一） / 13

魏 源

　天台石梁雨后观瀑歌 / 14

何绍基

　山雨 / 16

鲁一同

　重有感（八首选一） / 17

姚 燮

　谁家七岁儿 / 19

　北村妇 / 21

郑 珍

　完末场卷，矮屋无聊，成诗数
　十韵。揭晓后因续成之 / 22

　题新昌俞秋农汝本先生《书声
　刀尺图》/ 25

　白水瀑布 / 27

贝青乔

　初抵泸州寄内 / 28

　咄咄吟（选一）/ 30

莫友芝

　襄城灯词 / 32

曾国藩

　傲奴 / 33

金 和

　围城纪事六咏（选一）·警奸 /35

　嘲燕 / 37

江 湜

　湖楼早起（二首选一） / 38

雨中 / 40

邓辅纶

鸿雁篇 / 41

翁同龢

甲辰五月二十日绝笔 / 44

李慈铭

庚午书事（孤愤千秋在） / 45

石达开

驻军大定与苗胞欢聚即席赋
诗 / 47

张之洞

秋日同宾客登黄鹄山曾、胡祠
望远 / 48

冯煦

八月二十一日之夜，仆卧已久，
苹湘忽出寄拂青三绝句相质，
效拂青体也，既复强仆效之。
时窗外雨声淙淙，苦不得寐，
亦成三首。来朝放晴，仆又将
强漱泉也（选二） / 50

袁昶

西轩睡起偶成绝句 / 52

陈豪

题画（二首选一） / 53

樊增祥

闻都门消息（五首选一） / 54

黄遵宪

今别离（四首） / 55

陈宝琛

感春（四首选二） / 59

沈曾植

偕石遗渡江 / 62

释敬安

白梅 / 64

题《寒江钓雪图》 / 65

朱铭盘

与履平 / 66

林纾

余每作一画，必草一绝句于其
上。二年以来作画百余帧，而
题句都不省记。强忆得三十首，
拉杂录之（选一） / 68

陈三立

晓抵九江作 / 69

十月十四日夜饮秦淮酒楼，闻
陈梅生侍御、袁叔舆户部述出
都遇乱事感赋 / 70

十一月十四夜发南昌月江舟行

（四首选一）／ 71

张　謇

　　屡出 ／ 72

范当世

　　书贾人语 ／ 73

　　过泰山下 ／ 74

严　复

　　戊戌八月感事 ／ 75

文廷式

　　夜坐向晓 ／ 76

沈汝瑾

　　中秋夜独步荒野中 ／ 77

易顺鼎

　　登五老峰观三叠泉送陈范罗三

　　君别 ／ 78

　　丙戌十二月二十四日雪中游邓

　　尉三十二绝句（选一）／ 81

陈　衍

　　江中回望金焦二山 ／ 82

康有为

　　秋登越王台 ／ 84

　　过昌平城望居庸关 ／ 86

　　出都留别诸公（五首选一）／ 88

梁鼎芬

　　焦山四忆之一·象山炮台 ／ 89

俞明震

　　宿凉州 ／ 90

刘光第

　　白雪吟 ／ 91

夏曾佑

　　登烟雨楼 ／ 94

丘逢甲

　　去岁初抵鲩江，今仍客游至此，

　　思之怃然（选一）／ 95

　　山村即目 ／ 96

杨了公

　　梅花（二首选一）／ 97

李希圣

　　湘君 ／ 98

谭嗣同

　　潼关 ／ 100

　　狱中题壁 ／ 101

蒋智由

　　久思 ／ 102

姚永概

　　偶题 ／ 104

曾广钧

　　携眷登南岳观音岩作 ／ 105

王允皙

　　梅花 / 107

李瑞清

　　题自画梅溪便面 / 108

何振岱

　　孤山独坐雪意甚足 / 109

赵　熙

　　初月 / 111

黄　节

　　岳坟 / 112

梁启超

　　自励（二首选一）/ 114

　　太平洋遇雨 / 116

金天羽

　　吊长兴伯荒祠 / 117

夏敬观

　　今子夜歌 / 119

杨　圻

　　题五洲地图 / 120

　　檀青引（序略）/ 122

　　泰山玉皇顶 / 128

林　旭

　　马房沟 / 129

胡朝梁

　　岁暮杂诗（选一）/ 132

陈衡恪

　　春绮卒后百日往哭殡所感成
　　（三首选一）/ 133

　　月下写怀 / 135

秋　瑾

　　宝刀歌 / 136

高　旭

　　自题《未济庐诗集》/ 138

汪荣宝

　　浩浩太平洋 / 139

陈曾寿

　　八月乘车夜过黄河，桥甫筑成，
　　明灯绵亘无际，洵奇观也 / 141

　　湖斋坐雨 / 142

柳诒征

　　绝句 / 143

马君武

　　去国辞（五首选一）/ 144

苏元瑛

　　以诗并画留别汤国顿（二首选
　　一）/ 146

　　本事诗（十首选一）/ 148

林　文

　　春望 / 149

柳弃疾

　　吊鉴湖秋女士（漫说飞天六月

　　霜）/ 150

词　选

邓廷桢

　　月华清（岛列千螺）/ 155

龚自珍

　　湘月（天风吹我）/ 157

项廷纪

　　减字木兰花（阑珊心绪）/ 159

　　清平乐（水天清话）/ 161

顾　春

　　早春怨（杨柳风斜）/ 162

姚　燮

　　柳梢青（无限愁怀）/ 163

黄燮清

　　浪淘沙（秋意入芭蕉）/ 164

蒋敦复

　　满江红（第一江山）/ 165

陈　澧

　　百字令（江流千里）/ 167

蒋春霖

　　木兰花慢（泊秦淮雨霁）/ 169

柳梢青（芳草闲门）/ 171

潘曾绶

　　罗敷媚（水旁杨柳拖愁起）/

　　172

顾　翙

　　高阳台（柳老丝烟）/ 173

史璞莹

　　采桑子（明知此日留难住）/ 174

张邦枢

　　谒金门（环水曲）/ 175

吴　震

　　甘州（是花光）/ 176

章永康

　　百字令（七盘高处）/ 177

孙廷璋

　　卜算子（又是夕阳边）/ 178

周星誉

　　永遇乐（放眼东南）/ 179

刘履芬

　　疏影（西风起矣）/ 181

张景祁

　　望海潮（插天翠壁）/ 182

庄　棫

　　相见欢（春愁直上遥山）又

（深林几处啼鹃）／ 184

李慈铭

　　贺新郎（展卷呼之起）／ 185

谭　献

　　蝶恋花（庭院深深人悄悄）又
　　（玉颊妆台人道瘦）／ 186

贾敦艮

　　临江仙（四望云山仍不碍）／ 188

关　锳

　　高阳台（断雁飘愁）／ 189

宝　廷

　　喝火令（衰草连荒垒）／ 191

冯　煦

　　南乡子（一叶碧云轻）／ 192

张鸿绩

　　蝶恋花（浊酒难浇心上事）／ 194

秦　云

　　齐天乐（三间临水低低屋）／ 195

濮文湘

　　南歌子（说梦原无据）／ 196

王鹏运

　　念奴娇（登临纵目）／ 197

　　满江红（荷到长戈）／ 199

　　沁园春（词汝来前）／ 200

张祥龄

　　生查子（抛却自家心）／ 202

文廷式

　　蝶恋花（九十韶光如梦里）／ 203

　　水龙吟（落花飞絮茫茫）／ 204

郑文焯

　　玉楼春（梅花过了仍风雨）／ 206

　　庆春宫（霜月流阶）／ 208

　　浣溪沙（一半梅黄杂雨晴）／ 209

朱祖谋

　　浣溪沙（独鸟冲波去意闲）又
　　（翠阜红厓夹岸迎）／ 210

　　金缕曲（斗柄危楼揭）／ 212

　　夜飞鹊（沧波放愁地）／ 214

张　僖

　　南歌子（新酿和愁醉）／ 216

秦宝鉴

　　金缕曲（泉下平安否）／ 217

况周颐

　　苏武慢（愁入云遥）／ 219

　　减字木兰花（惜起残红泪满衣）／
　　221

黄　人

　　金缕曲（双鬓萧萧矣）／ 222

陈 锐

　　望江南（春不见）/ 224

陈 洵

　　南乡子（不用问田园）/ 225

梁启超

　　贺新郎（昨夜东风里）/ 226

潘 博

　　贺新郎（悲愤应难已）/ 227

张尔田

　　金缕曲（何处霜笳彻）/ 228

王国维

　　蝶恋花（百尺朱楼临大道）/ 230

　　点绛唇（屏却相思）/ 231

秋 瑾

　　满江红（小住京华）/ 232

陈曾寿

　　踏莎行（石叠蛮云）/ 233

李叔同

　　满江红（皎皎昆仑）/ 234

吕碧城

　　玲珑玉（谁斗寒姿）/ 235

吴 梅

　　翠楼吟（月杵声沉）/ 237

杨 铨

　　金缕曲（九地黄流注）/ 239

邵曾鉴

　　金缕曲（薄幸仍归矣）/ 241

崔宗武

　　柳梢青（野店荒村）/ 242

谢 仁

　　采桑子（南朝劫后繁华歇）/ 243

文 选

龚自珍

　　送夏进士序 / 247

魏 源

　　海国图志序 / 249

朱 琦

　　名实说 / 253

吴敏树

　　说钓 / 256

　　君山月夜泛舟记 / 259

曾国藩

　　送刘君椒云南归序 / 262

　　求阙斋记 / 265

张裕钊

　　游狼山记 / 268

李慈铭

　　猫娘传 / 271

王闿运

　辨通 / 273

施补华

　别弟文 / 276

薛福成

　观巴黎油画记 / 279

黄葆年

　记卜双玉事 / 281

林 纾

　苍霞精舍后轩记 / 284

　游西溪记 / 286

陈三立

　杂说三 / 288

严 复

　察变 / 290

康有为

　诗集自序 / 293

梁启超

　少年中国说 / 297

　呵旁观者文 / 305

蔡元培

　祭亡妻黄仲玉 / 313

李 详

　题吴温叟清溪泛月图 / 317

林觉民

　与妻书 / 319

近代诗文

诗　选

张维屏

张维屏（1780—1859），字子树，号南山，广东番禺人。道光二年（1822）进士，官湖北黄梅、广济知县，代理南康知府。道光十六年（1836）辞官退隐。早年诗作较平淡。鸦片战争后，诗风变为激昂有力。有《国朝诗人征略》、《松心诗集》。

新雷

造物无言却有情[1]，每于寒尽觉春生。千红万紫安排著，只待新雷第一声。

说明

残冬将尽，万象更新，一声春雷预告了万紫千红的来临。作者以简练的笔法，抓住自然界这一转变的契机，热情歌颂了对新的环境、新的生活的追求和向往。

---

[1] 造物：指天。

林则徐

林则徐（1785—1850），字元抚，一字少穆，晚号俟村老人。福建侯官（今福州市）人。嘉庆十六年（1811）进士，累迁湖广总督、两广总督。道光十九年（1839）以钦差大臣赴广东查禁鸦片，勒令英人缴烟土二万余箱，于虎门销毁。次年被革职，充军新疆。后署陕甘总督，云贵总督。早期诗多官场酬唱之作。鸦片战争后，风格大变，豪情勃发。有《云左山房诗钞》。

赴戍登程口占示家人 [1]

力微任重久神疲，再竭衰庸定不支。苟利国家生死以 [2]，岂因祸福避趋之？谪居正是君恩厚，养拙刚于戍卒宜 [3]。戏与山妻谈故事，试吟断送老头皮 [4]。

说明

道光二十二年（1842）八月，林则徐被贬戍新疆伊犁，临行时口占此诗留别家人，表达了自己为国忘身，生死荣辱在所不计的情怀。颔联二句为林则徐一生为人写照，故时时吟诵不去口。林则徐死后，他的儿子将此二句写入讣告。

----

[1] 口占：随口成文。《汉书·朱博传》："阁下书佐入，博口占檄文。"
[2] 苟：如果。以：与。
[3] 养拙：犹守拙。潘岳《闲居赋》："仰众妙而绝思，终优游以养拙。"戍卒：指自己。
[4] "戏与"二句：自注："宋真宗闻隐者杨朴能诗，召对，问：'此来有人作诗送卿否？'对曰：'臣妻有一首云：更休落魄耽杯酒，且莫猖狂爱咏诗。今日捉将官里去，这回断送老头皮。'上大笑，放还山。东坡赴诏狱，妻子送出门，皆哭。坡顾谓曰：'子独不能如杨处士妻作一首诗送我乎？'妻子失笑，坡乃出。"

麟 庆

麟庆（1790—1846），字伯余，号见亭，满洲人，嘉庆十四年（1809）进士，授中书。道光间官江南河道总督，在任十年，功最多。后以河决口，降职授库伦办事大臣。有《黄运河口古今图说》、《鸿雪因缘图记》、《凝香室集》。

忆西湖

迎熏阁外绿波肥[1]，十里荷香人未归。若许梦中身化蝶[2]，今宵应傍藕花飞。

说明

这首诗写西湖的美，对西湖风光的无限思念，从梦想化蝶飞向荷花深处这一点表现出来，可知忆念之深。

---

[1] 迎熏阁：在曲院风荷，绮窗洞开，四面皆可登眺。
[2] 化蝶：《庄子·齐物》："昔庄周梦为蝴蝶，栩栩然蝴蝶也。"

龚自珍

龚自珍（1792—1841），字璱人，号定庵，浙江仁和（今杭州）人。道光九年（1829）进士，授内阁中书，仕至礼部主事。博学多才，通经学、文字学及西北舆地之学。晚年好佛学，崇尚天台宗。自珍诗文沉雄博奥，飞扬踔厉，自成一家，在文坛上享有极高声誉。生平著作甚富，有《定庵诗文集》、《定庵词》等。

能令公少年行 [1]

序曰：龚子自祷祈之所言也。虽弗能遂，酒酣歌之，可以怡魂而泽颜焉 [2]。

蹉跎乎公 [3]！公今言愁愁无终。公毋哀吟娅姹声沉空 [4]。酌我五石云母钟 [5]，我能令公颜丹鬓绿而与年少争光风 [6]。听我歌此胜丝桐 [7]。貂毫署年年甫中 [8]，著书先成不朽功 [9]。名惊四海如云龙，攫拏不定光影

---

[1] 古乐府有《少年行》、《结客少年场行》，多咏游侠少年事，此从其化出。
[2] 诗作于道光元年（1821）。作者曾于前一年秋戒诗，本年夏因考军机章京未成，破戒作诗。怡魂而泽颜：精神愉快，颜容光润。
[3] 此诗开始数句，作两人对语式。"公"、"我"均为作者一人。
[4] 娅姹（yà chà）：形声词，指惊怪愤怒之声。
[5] 五石：指容积。《庄子·逍遥游》："魏王贻我大瓠之种，我树之，成，而实五石，以盛水浆。"云母钟：云母，矿物，呈片状结晶。钟，酒器。
[6] 颜丹鬓绿：面颜红润，两鬓乌黑。光风：风采。
[7] 丝桐：琴。
[8] 貂毫：紫貂毛制的笔。署年：在著作上题记写作时的年岁。年甫中：刚到中年。作者时年三十岁。
[9] "著书"句：古时以立德、立功、立言为三不朽。

同[1]。征文考献陈礼容[2]，饮酒结客横才锋[3]。逃禅一意皈宗风[4]，惜哉幽情丽想销难空[5]。拂衣行矣如奔虹[6]，太湖西去青青峰[7]，一楼初上一阁逢，玉箫金琯东山东[8]。美人十五如花秾，湖波如镜能照容，山痕宛宛能助长眉丰[9]。一索钿合知心同[10]，再索班管知才工[11]。珠明玉暖春朦胧[12]，吴歈楚词兼国风[13]。深吟浅吟态不同，千篇背尽灯玲珑[14]。有时言寻缥缈之孤踪[15]，春山不妒春裙红。笛声叫起春波龙[16]，湖波湖雨来空濛[17]。桃花乱打兰舟篷[18]，烟新月旧长相从。十年不见王与公，亦不见九

---

[1] 攫拏：捕捉，抓取。拏，同"拿"。

[2] "征文"句：指搜罗研究历史文献以阐明古代礼仪法度。

[3] 横才锋：驰骋才学，锋芒毕露。

[4] 逃禅：逃遁世俗，学佛家之修行。皈：皈依，归附。宗风：佛家语，指一宗教派的独特风范。作者信奉佛教天台宗。

[5] "惜哉"句：作者叹息不能摆脱尘俗凡念，即"幽情丽想"。

[6] 拂衣：归隐。奔虹：古代传说虹为神龙，奔行如飞。

[7] 太湖：跨江浙两省，中有东、西洞庭山，风景秀丽，为道家所称洞天福地之一。历来为文人向往的隐居之处。

[8] 玉箫金琯：即箫笛一类乐器。琯（guǎn），同"管"。金、玉极言其装饰之美。李白《江上吟》："木兰之枻沙棠舟，玉箫金管两头坐。"此借指吹奏箫管的女伎，即下文所言美人。

[9] "山痕"句：古代以远山比女子双眉。《西京杂记》："文君娇好，眉色如望远山。"宛宛：宛曲貌。

[10] 钿合：镶嵌金花的小盒，用以盛放首饰。白居易《长恨歌》："惟将旧物表深情，钿合金钗寄将去。"索钿合表示爱情。

[11] 班，同"斑"。班管：即用斑竹制的笔管。索笔表明女子有才能文。

[12] "珠明"句：从李商隐《锦瑟》："沧海月明珠有泪，蓝田日暖玉生烟"化出。

[13] 吴歈（yú）：吴歌，即江南一带的民歌。国风：《诗经》中有十五国风，为周代民歌。

[14] 玲珑：光明貌。

[15] "有时"句：言，语助词，无义。缥缈：洞庭西山有缥缈峰。孤踪：人迹不到，幽境独辟之处。

[16] "笛声"句：汉马融《长笛赋》："龙鸣水中不见已，截竹吹之声相似。"此言笛声惊醒太湖蛟龙。

[17] 空濛：烟水迷濛。

[18] 兰舟：木兰树制成的舟楫。唐冷朝阳诗："采菱歌怨木兰舟。"

州名流一刺通[1]。其南岭北舍，谁与相过从？痀瘘丈人石户农[2]，嶔崎楚客[3]，窈窕吴侬[4]。敲门借书者钓翁，探碑学拓者溪僮[5]。卖剑买琴[6]，斗瓦输铜[7]。银针玉莲芝泥封[8]，秦疏汉密齐梁工[9]。佉经梵刻著录重[10]，千番百轴光熊熊[11]，奇许相借错许攻[12]。应客有玄鹤[13]，惊人无白骢[14]。相思相访溪凹与谷中，采茶采药三三两两逢。高谈雄辩皆沉雄，公等休矣吾方慵[15]。天凉忽报芦花浓，七十二峰峰峰生丹枫[16]。紫蟹熟矣胡麻饛[17]，门前钓榜催词筒[18]。余方左抽豪[19]，右按谱，高吟角与宫[20]，三声两

---

[1] 刺：名刺，古代人谒见拜访时所用名帖。

[2] 痀瘘（jū lòu）丈人：《庄子·达生篇》中的人物。瘘应为偻。痀偻，老人驼背曲腰貌。痀偻丈人是"有道"之士。石户农：《庄子·让王篇》中人物，不肯受舜禅让，携妻子逃亡海上。

[3] 嶔崎（qīn qí）：形容山势高危险峻，此处借用以形人的奇崛不凡性格。楚客：指屈原。

[4] 窈窕吴侬：美丽的吴女。

[5] 拓：用纸墨拓印古碑帖。

[6] 卖剑买琴：意谓无心功名。

[7] 斗瓦输铜：瓦，瓦当，有文字图画。铜，铜器。二者均为古物，金石古玩家搜集的对象。

[8] 银针：细笔画的篆书。玉莲（xiè）：粗笔画的篆书。芝泥封：古代信简的封泥。此指封泥之上的篆文印章。

[9] 秦疏：秦代篆书笔画疏朗。汉密：汉代隶书笔画致密。齐梁工：齐梁楷书笔法工整。此二句言爱好书法。

[10] 佉（qū）经：以佉楼书体写成的佛经。梵刻：梵文写成的佛经。

[11] 番：折，页。轴：卷轴。千番百轴：言收藏佛经之多。

[12] "奇许"句：言佛经中奇文可以借用，错误之处也可批驳。

[13] 玄鹤：崔豹《古今注》："鹤千岁则变苍，又二千岁变黑，所谓玄鹤也。"宋人林逋隐居孤山，蓄养两鹤。林逋出，有客到门，童子则开笼放鹤，盘旋空中。见沈括《梦溪笔谈》。

[14] 白骢：骢，毛色青白相杂的马。《后汉书·桓典传》："常乘骢马，京师畏惮，为之语曰：'行行且止，避骢马御史。'"此谓居处无达官贵人。

[15] "公等休矣"句：用陶渊明事。萧统《陶渊明传》："渊明若先醉，便语客：'我醉欲眠，卿可去。'"

[16] 七十二峰：旧传太湖名胜有七十二峰。

[17] 胡麻：芝麻。饛（méng）：器皿盛满貌。

[18] 钓榜：钓鱼船。筒：通"筒"。白居易任杭州刺史时，与旧友吴兴守钱徽，吴郡守李穰经常以诗寄赠，诗筒来往。

[19] 豪：通"毫"，毛笔。

[20] 角与宫：古乐五音之二。

近代诗文

声棹唱终¹，吹入浩浩芦花风，仰视一白云卷空。归来料理书灯红。茶烟欲散颓鬟浓²，秋肌出钏凉珑松³，梦不堕少年烦恼丛。东僧西僧一杵钟⁴，披衣起展华严筒⁵。噫哦⁶！少年万恨填心胸，消灾解难畴之功⁷？吉祥解说文殊童⁸，著我五十三参中⁹。莲邦纵使缘未通¹⁰，它生且生兜率宫¹¹。

说明

　　这首诗反映了作者在现实社会中的苦闷、彷徨，进而希求冲破束缚，追求个性解放。憧憬在才貌并美、情投意合的伴侣相随下，享受无拘无束的快乐生活。但入世与出世的矛盾未能解决，终又转向宗教以求解脱。全诗跌宕跳荡，气势沉雄，想象丰富奇特。

---

[1] 棹唱：渔歌。
[2] 茶烟：茶炉的烟气。唐杜牧《题禅院》："今日鬓丝禅榻旁，茶烟轻飏落花风。"颓鬟：女子斜坠的发鬟。
[3] 秋肌：肌肤如秋水般洁净。钏：手镯。珑松：花名，这里形容肌肤之凉爽。
[4] 杵：钟槌。一杵钟即一声钟。
[5] 华严筒：佛家有《华严经》。筒，指经函。
[6] 噫哦（hū）：感叹词。
[7] 畴：谁。
[8] "吉祥"句：文殊，菩萨名，意谓"妙吉祥"，有八大童子为使者。
[9] "著我"句：据《华严经》：善财童子听文殊菩萨说法后，南行遇五十三个"得道"者，听其说法，得成正果。
[10] 莲邦：犹言净土，即佛教所说西方极乐世界。
[11] 它生：来世。兜率宫：佛教所说兜率天，为欲界六天中的第四天。传说释迦牟尼由兜率天投生人间，得成正果。

又忏心[1]

佛言劫火遇皆销[2]，何物千年怒若潮[3]？经济文章磨白昼[4]，幽光狂慧复中宵[5]。来何汹涌须挥剑，去尚缠绵可付箫[6]。心药心灵总心病[7]，寓言决欲就灯烧[8]。

说明

作者有感于现实，心情压抑，心潮汹涌难以平复，激愤之中戒诗，复又破戒再作。表现了对黑暗现实的极大愤慨和无可奈何的痛苦。

---

[1]　此诗作于嘉庆二十五年（1820），前曾有《观心》一首，抒写自己有感于现实，心潮汹涌不能自己。接写《又忏心》，忏，悔恨，是由烦恼转为悲愤决绝。
[2]　劫火：佛教语。能使尘世一切毁灭的灾火。
[3]　何物：什么东西，指自己的思想感情。
[4]　经济：经国济民。文章：文字。指公务。作者时任内阁中书之职。
[5]　幽光：指玄思妙想。狂慧：佛家语，指无定散乱的智慧。中宵：夜半。
[6]　剑、箫：龚自珍早年有"怨去吹箫，狂来说剑"一联，以剑表示积极进取的精神，以箫表现消极避世的思想。
[7]　心药：佛家语。佛家以其教义能治众生病，是为心药。心灵：旧以为人心能通彻万物，故称心灵。
[8]　寓言：此指文字。

秋心（三首选一）

秋心如海复如潮，但有秋魂不可招[1]。漠漠郁金香在臂[2]，亭亭古玉佩当腰[3]。气寒西北何人剑[4]，声满东南几处箫[5]。斗大明星烂无数，长天一月坠林梢。

说明

此诗作于道光六年（1826）。诗人参加会试，未得中，感叹旧友逝世，魂不可招。而自己空有满腹才华，高洁品行，却报国无门，知音难求，只能付与心潮汹涌。

---

[1] "但有"句：古代有招魂之俗。
[2] 漠漠：微微。郁金：百合科植物郁金香，花大而艳丽。
[3] 亭亭：明貌。梁沈约《丽人赋》："亭亭如玉。"此句以佩玉怀香，喻自己品行高洁。
[4] "气寒"句：边塞多事，无人报国。
[5] "声满"句：喻知音难得。

咏史

　　金粉东南十五州[1]，万重恩怨属名流。牢盆狎客操全算[2]，团扇才人踞上游[3]。避席畏闻文字狱[4]，著书都为稻粱谋[5]。田横五百人安在[6]，难道归来尽列侯？

说明

　　题为咏史，实则借古喻今，讽刺和揭露当时社会的黑暗腐朽，慨叹士大夫知识分子只知明哲保身，谋求俸禄。篇末热情颂扬敢于杀身成仁的田横五百义士。

---

[1]　金粉：古代女子化妆用的铅粉，转义为繁华。

[2]　牢盆：煮盐器皿，指盐政大臣。狎客：豪门帮闲人物。全算：全局。

[3]　团扇才人：才人，宫中女官名。即手握宫扇的内廷女官。此借指皇帝身边的佞幸。

[4]　避席：离座而起。古人席地坐，有所敬、惧，即离席起立。文字狱：清统治者为禁锢思想，巩固其统治，屡次兴文字狱，杀戮知识分子多人。

[5]　稻粱谋：谋取衣食。杜甫《同诸公登慈恩寺塔》："君看随阳雁，各有稻粱谋。"

[6]　田横：秦末汉初人，自立为齐王。后同五百人逃入海岛。汉高祖以封侯相召，田横自杀，五百人亦自杀。

己亥杂诗（选一）[1]

浩荡离愁白日斜，吟鞭东指即天涯[2]。落红不是无情物[3]，化作春泥更护花。

说明

作者长期沉沦下僚，备受排挤，满怀才华抱负得不到施展，遂在此年自请辞官归乡。于一路上吟《己亥杂诗》三百一十五首，这是其中第五首，表达对年轻一代的无限信心。

---

［1］　己亥：道光十九年（1839）。
［2］　吟鞭：诗人手中的马鞭。
［3］　落红：落花。诗人自喻。

魏　源

魏源（1794—1857），字默深，湖南邵阳人。道光二十四年（1844）进士，官至高邮知州。与龚自珍齐名，同属主张"通经致用"的今文经学派。热心研究当时历史、政治，所著《圣武记》、《海国图志》对后来的维新运动起了极大的影响。其诗有揭露清统治者腐朽昏聩之作，也有描摹山水风景之作，风格清苍幽峭。有《古微堂诗集》、《清夜斋诗稿》。

天台石梁雨后观瀑歌[1]

雁湫之瀑烟苍苍[2]，中条之瀑雷硠硠[3]，匡庐之瀑浩浩如河江[4]。惟有天台之瀑不奇在瀑奇石梁：如人侧卧一肱张[5]，力能撑开八万四千丈，放出青霄九道银河霜。我来正值连朝雨，两崖逼束风愈怒。松涛一涌千万重，奔泉冲夺游人路。重岗四合如重城，震电万车争殷辚[6]。山头草木思他徙，但有虎啸苍龙吟。须臾雨尽月华湿[7]，月瀑更较雨瀑谧[8]。千山万山惟一音，耳畔众响皆休息。静中疑是曲江涛[9]，此则云垂彼海立[10]。我曾观潮

---

[1]　天台：山名，在浙江天台县北。石梁：障水的石堰。
[2]　雁湫（jiū）：浙江雁荡山的瀑布。大龙湫有天下第一瀑之称。
[3]　中条：山名，在山西省。硠硠（láng）：石头相击的声音。
[4]　匡庐：庐山。相传古有匡裕结庐于此，故又名匡庐。
[5]　肱（hóng）：臂。
[6]　殷辚：雷声与车声。
[7]　月华：月光。
[8]　谧（mì）：宁静。
[9]　曲江涛：曲江，浙江的别名。其下游钱塘江潮为著名景观。
[10]　海立：杜甫《朝献太清宫赋》："九天之云下垂，四海之水皆立。"

更观瀑，浩然胸中两仪塞[1]。不以目视以耳听，斋心三日钓天瑟[2]。造物赆我良不悭[3]，所至江山纵奇特。山僧掉头笑：休道雨瀑月瀑，那如冰瀑妙。破玉裂琼凝不流，黑光中线空明窈[4]。层冰积压忽一摧，天崩地坼空晴昊[5]。前冰已裂后冰乘，一日玉山百颓倒[6]。是时樵牧无声游屐绝[7]，老僧扶杖穷幽讨[8]。山中胜不传山外，武陵难向渔郎道[9]。语罢落月山茫茫，但觉石梁之下烟苍苍，雷烺烺，挟以风雨浩浩如河江。

说明

古代诗人咏瀑布，向推李白。苏轼赞曰："帝遣银河一派垂，古来唯有谪仙辞。"魏源此诗，却发李白之未发，以纵横跳荡之笔，写天台雨瀑之威，月瀑之幻，末借山僧之口，叙说冰瀑之奇。淋漓挥洒，大气磅礴，充分表述了对祖国壮丽河山的热爱。

---

[1] 两仪：天地。
[2] 斋心：古代祭祀前要先行斋戒，摒除杂念。钓天瑟：天上的音乐。《史记·扁鹊列传》："与百神游于钓天，广乐九奏万舞。"
[3] 赆（kuàng）：赐予。良：确实。
[4] 黑光中线：形容冰瀑裂缝。明窈：冰瀑明亮而美丽。
[5] 晴昊（hào）：晴空。
[6] 玉山百颓倒：本用以形容人的醉倒，今喻层冰崩裂。
[7] 游屐（jī）：古代登山所著木屐，谢灵运所创。此指行人游踪。
[8] 穷幽讨：尽力探访。
[9] 武陵：晋陶渊明《桃花源记》，叙渔人误入武陵桃花源事。

何绍基

何绍基（1799—1873），字子贞，号东洲，晚号蝯叟，湖南道州（今道县）人。道光十六年（1836）进士，历官翰林院编修，国史馆和武英殿纂修、总纂，四川学政。因上书陈时务十二事，被降职。后主讲山东、湖南书院。晚年主持苏州、扬州书局。有《东洲草堂诗集》、《东洲草堂文钞》。

山雨

短笠团团避树枝，初凉天气野行宜。溪云到处自相聚，山雨忽来人不知。马上衣巾任沾湿，村边瓜豆也离披[1]。新晴尽放峰峦出，万瀑齐飞又一奇。

说明

此诗作于道光二十四年（1844），作者赴贵州任乡试生考官途中。写来恬淡自然，脱口而出，不假雕琢。

---

[1]　离披：散乱纷披貌。

鲁一同

鲁一同（1804—1865），字通甫，又字兰岑，江苏山阳（今淮安）人。道光十五年（1835）举人。博学多才，为晚清著名诗人、古文家。鸦片战争时所为哀时感事之作，悲凉雄壮，可称诗史。有《通甫类稿》。

重有感（八首选一）[1]

披发何人诉上苍[2]，孤舟百战久低昂[3]。前军力尽宵泗水，幕府谋深坐裹粮[4]。握节云归魂冉冉[5]，舣灰风疾海茫茫。神光金甲分明见[6]，喷血衔须下大荒[7]。

说明

虎门炮台之战，水师提督关天培率四百余官兵浴血奋战，英勇牺牲，

---

[1] 重有感：晚唐时李训、郑注谋诛除宦官，谋泄被害。李商隐作《有感》伤其事，后又作《重有感》。此用其题，伤鸦片战争事。

[2] "披发"句：此悼关天培。关天培，字滋圃，江苏山阳（今淮安）人。鸦片战争中任水师提督，虎门战役中英勇牺牲。

[3] 孤舟：关天培时任水师提督。

[4] 幕府：指两广总督琦善。关天培孤军奋战，多次求援，琦善坐视不救。裹粮：指按兵不动。《左传·文公十二年》："裹粮坐甲，固敌是求。"

[5] 节：符节，古代将帅权力的标志。冉冉：缓慢状。

[6] 金甲：南宋张世杰抗元，覆舟阵亡。收殓时，见云中金甲神。出《山房随笔》。

[7] 喷（xùn）血衔须：《后汉书·温序传》："序为隗嚣别将苟宇所拘劫，大怒，叱宇等。宇曰：'此义士死节，可赐此剑。'序受剑，衔须于口曰：'为贼所迫杀，毋令须污血。'遂伏剑而死。"大荒：荒远之处。《山海经》："大荒之山，日月所入。"

奏响了一支壮烈千秋的《正气歌》。鲁一同此作，将这悲壮的一幕重又呈现在读者眼前。在刻画了爱国英雄的高大形象时，对琦善的可耻行为也给予尖锐的谴责。全诗激昂悲壮，遣词、用典极为贴切。

姚燮

姚燮（1805—1864），字梅伯，号复庄，浙江镇海人。道光十四年
（1834）举人。多次赴北京会试，均未及第。由膳录即选知县，未赴。
以著作、授徒终身。姚氏多才艺，工诗文、词曲，通佛、道二藏。有
《大梅山馆集》。

谁家七岁儿

谁家七岁儿，弃置墟墓旁[1]？昨见好白晳，一夕肌肤黄。乾号若蛩
咽[2]，血色围两眶。伏地齧枯草[3]，根劲牙不强。野犬过频嗅，跳跃求其僵。
蠕蠕尔何活[4]？早死还匪伤[5]。连村什佰户，迭岁遭疫荒[6]。东邻颇安饱，尚
忧三日粮。收鬻往犹易[7]，自顾今不遑。行人问乡里，南北指渺茫。爷死
弃厓谷，有娘非我娘。昨从丐人去，流落知何方！咄哉朱门儿，绣褓金
辉煌[8]。得饵更索乳，娇泣怀中藏。赤子何良诈[9]？天壤分咎祥[10]。乱木郁昏
惨，斜日风头抢[11]。雏鸟抱枝泣，今日多严霜。

---

[1]　墟墓：墓地。
[2]　蛩（qióng）：蟋蟀。
[3]　齧（niè）：咬。
[4]　蠕蠕：虫子爬行状。
[5]　匪：同"非"。
[6]　迭岁：连年。
[7]　鬻（yù）：卖。
[8]　褓：幼孩的包被。
[9]　赤子：初生婴儿。良诈：好坏。
[10]　天壤：天地。咎（jiù）祥：吉凶。
[11]　抢（qiāng）：逆风。

说明

　　作者在描绘疫荒之年一个弃儿不幸遭遇这一椎心刺骨的悲惨画面的同时，提出"赤子何良诈？天壤分咎祥"的问题，使读者在感叹之余，进一步思考清末腐朽现实。

北村妇

妾夫充水兵，战死浃江口[1]。愿妾怀中胎，生男续夫后。昨夜生一男，夫死妾有子。生男未一日，獐獚遍邻里[2]。云贼来虏村，跣足偕逃奔[3]。妾死寻夫魂，杀妾贼之恩。妾杀不足惜，妾死儿何存？折衾手褓儿[4]，河上行迟回。一步一颠扑，蓬发面如灰。妾欲还娘家，娘家路悬悬。指拈双银环，手招河壖船[5]。刁民来夺衾，并夺妾儿去。眼看将妾儿，投弃乱流渡。

说明

道光二十二年（1842），英国侵略军攻占浙东定海、宁波、镇海等地，人民遭受到极大苦难。作者写北村妇的悲惨遭遇，真挚感人，与杜甫"三吏"、"三别"有异曲同工之妙。

---

[1] 浃江：浙江省甬江的古称，为海防要地。
[2] 獐獚：兽名，借指英侵略军。
[3] 跣（xiǎn）：赤。
[4] 褓：婴儿的包被，此处用作动词。
[5] 壖（ruán）：水边。

郑　珍

郑珍（1806—1864），字子尹，晚号柴翁，贵州遵义人。道光十七年（1837）举人，官荔波县训导，补江苏知县，未赴而卒。精经学、小学，通声音文字之原，与古宫室冠服车舆之制。诗学韩愈、黄庭坚，为晚清宋诗派代表作家。诗歌题材广泛，举凡社会现实、个人生活杂事，刻画风景，题咏金石艺术等，无所不包。风格兼有奇奥生峭与平易浅近。有《仪礼私笺》、《说文新附考》、《说文逸字》、《郑学录》、《巢经巢诗钞》等。

完末场卷，矮屋无聊，成诗数十韵。揭晓后因续成之 [1]

我亦胡不足，而必求科名。名成得美仕，岂遂贵此生？十年弃制艺 [2]，汗漫窥六经 [3]。友串妄称誉 [4]，谓我手笔精。安知公等长，真非吾所能。所以求试者，亦复有至情。父母两忠厚，辛苦自夙婴 [5]。一编持授我 [6]，望我有所成。未尽无所成，而世以此轻。因之忘颜厚，自量非不明。贵从老亲眼，见此娇子荣。痴心有弋获 [7]，焉知非我丁 [8]。独叹少也苦，精力遂不撑。四更赴辕门，坐地眠瞢腾 [9]。五更随唱入 [10]，阶误东西

---

[1]　末场：清代乡试三道考题中的最后一题。矮屋：考场中房舍。
[2]　制艺：八股文。
[3]　汗漫：广泛。六经：儒家典籍《诗》、《书》、《易》、《春秋》、《礼》、《乐》。
[4]　友串：朋友们。
[5]　夙：早。婴：缠绕。
[6]　一编：书籍。
[7]　弋获：射中获得，指考取。
[8]　丁：遭逢。
[9]　瞢（méng）腾：迷迷糊糊。
[10]　唱：唱名，点名。

行。揩眼视达官[1]，蠕蠕动两枨[2]。喜赖搜挟手[3]，按摩腰股醒。携篮仗朋辈[4]，许贿亲火兵[5]。拳卧半边屋，隔舍闻丁丁[6]。黄帘自知晚[7]，蜗牛喜观灯。梦醒见题纸，细摩压折平。功令多于题[8]，关防映红青[9]。文字如榨膏，鐅急膏亦倾[10]。卷完自嗤笑，此又虫语冰[11]。安知上钓鲇[12]，突作掉尾鲸[13]。自视此穷骨，何让等棱登[14]。归去见儿女，夸我头衔增。但愁世上语，高文真有灵[15]。又愁邻舍翁，故生分别惊。寒檠照秋馆[16]，苦续号虫声[17]。同砚有良友[18]，鉴此欣慨并[19]。难与外人言，果赢于螟蛉[20]。

---

[1]　达官：大官，指主考。
[2]　蠕蠕：缓慢移动貌。枨（chéng）：门旁所竖的木柱。
[3]　搜挟手：搜查挟带的人。
[4]　篮：考篮，装载考试用具。
[5]　火兵：衙役。
[6]　丁丁：敲击声，指邻舍考生作文时叩桌吟咏。
[7]　黄帘：考房挂有黄色门帘，此指考场。
[8]　功令：国家法令规程。
[9]　关防：官印，因用紫红色水，故颜色红中映青。
[10]　鐅（niè）：木楔，榨油时用。
[11]　虫语冰：比喻不可沟通。《庄子·秋水》："夏虫不可以语于冰者，笃于时也。"
[12]　鲇（nián）：无鳞，色苍黑，体表多黏液。
[13]　掉尾鲸：摇动尾巴的鲸鱼。杜甫《太子张舍人遗织成褥段》："开缄风涛涌，中有掉尾鲸。"
[14]　等棱登：应为"棱等登"，唐代卢肇口吃，得中状元，谒见李德裕时，率先致词，"本欲言'棱等登科'，而频然发汗，鞠躬致时，乃曰：'棱等登……棱等登'卒不能致后语而罢"。见《玉泉子》。后以"棱等登"为中式登科的诙谐语。
[15]　高文：高妙的文章。
[16]　檠（qíng）：灯架，指灯。
[17]　号虫：号寒虫，比喻读书吟咏声。
[18]　"同砚"句：自注"谓伯容"。伯容为郑珍内兄黎兆勋的字。
[19]　欣慨：欣慰与感慨。
[20]　果赢：细腰蜂。螟蛉：青虫。"果赢"句：细腰蜂常捕螟蛉喂养其幼虫，古人不明此理，传说果赢捕螟蛉入巢，每天祝祷："似我似我"，螟蛉便渐渐化为果赢。

说明

此诗作于道光十七年（1837），郑珍在贵阳应乡试时。摹写试场的情形，绘声绘色。诗表现了他对八股、科名的鄙视，鄙视不屑之中，对自己不得不随众从俗应考之举也表示了自嘲和无奈。

集评

陈衍曰：子尹先生……从侍郎（程恩泽）于湖南，故其为诗濡染于侍郎者甚深。侍郎私淑昌黎、双井，在有清诗人几欲方驾藤石斋，天不假年。而子尹与道州从而光大之，寿阳、湘乡又相光后其间，为道咸以来诗家一变局。

——《石遗室诗话》

狄葆贤曰：遵义郑子尹先生笃学能文。家奇贫，遭际乱离，崎岖山谷间。时以诗篇写黔中巉崖绝壑之胜。雅善说文，故为诗不主故常而自然幽峭。论者谓东野之嗣音也。

——《平等阁诗话》

题新昌俞秋农汝本先生《书声刀尺图》[1]

秋风起哀音，吹此慈竹林[2]。行行竹林下，诵公怀母吟。吟声和泪声，滴我思母心。请为皋鱼歌[3]，和以子夏琴[4]。苍天何高高，海水何深深。可怜一寸心，死此一块肉[5]。身矣恐不男[6]，男矣恐不育。既育望儿长，既长望儿读。岂要儿苦读，投胎我贫家。贫岂必读书，祖父此生涯。尔勿学他儿，他儿福命佳。尔勿定爷守，欲饱放尔爷。尔勿怨阿娘，阿娘不尔挞。黄鸡屋角叫，今日又生子。速读去拾来，饭时吾尔饲。种余有罂底[7]，包余有床里，速读去探来，全家吾爱尔。姊妹不解事，恼尔读书子。速读待筜来[8]，从我取蔬水[9]。有蔬苦无盐，有水复无米。速读待春来，饭团先搦与[10]。书衣看看昂[11]，儿衣看看长。女大不畏爹，儿大不畏娘。小时如牧猪，大来如牧羊。血吐千万盆，话费千万筐。爷从前门出，儿从后门去。呼来折竹签，与儿记遍数。爷从前门归，呼儿声如雷。母潜窥儿

---

[1]　新昌：县名，在浙江省。俞秋农：名汝本，官贵州镇远知县。郑珍应乡试时，得其推荐。《书声刀尺图》：俞汝本为纪念亡母所作。

[2]　慈竹：竹之一种，又名子母竹。

[3]　皋鱼：春秋时人，因游学列国求官，不及奉养父母，悔恨哭泣而死。

[4]　子夏：孔门弟子之一，因子死而哭泣失明。

[5]　一块肉：指儿女。

[6]　身：怀孕。不男：不是男孩。

[7]　罂（yīng）：小口大腹的瓶子。

[8]　筜（dá）：粗竹席。

[9]　蔬水：蔬菜和水。

[10]　搦（nuò）：给予。

[11]　书衣：书函。昂：高。

倍[1]，忿顽复怜痴。夏楚有笑容[2]，尚爪壁上灰[3]。为捏数把汗，幸赦一度笞。哀哀摧肺肝，歌哽琴咽弹。天耳为我塞，地鼻为我酸。苦力种来禽[4]，禽来不能餐。极意作织成[5]，成织不能穿。徒枉一世心，不博一日安。蠢蠢者纸堆[6]，累累者新阡[7]。负母非一涂[8]，因公附斯篇。

说明

此诗作于道光二十二年（1842），时郑珍母亡故已三年。郑珍借为俞汝本题图之机，抒发对母亲的哀思、对童年生活的回忆，母亲对自己的爱护督促，都写得极为细腻生动，如见其人，如闻其声，感人肺腑，催人泪下。

---

[1]　倍：同"背"。
[2]　夏楚：挨打。
[3]　爪：抓。
[4]　来禽：果名，即林檎。
[5]　织成：珍贵的丝织品。
[6]　"蠢蠢"句：意谓读书无成。
[7]　累累：多貌。阡：墓道，指坟墓。
[8]　一涂：一道。

白水瀑布[1]

断岩千尺无去处，银河欲转上天去。水仙大笑且莫莫，恰好借渠写吾乐[2]。九龙浴佛雪照天[3]，五剑挂壁霜冰山。美人乳花玉胸滑，神女佩带珠囊翻。文章之妙避直露，自半以下成霏烟。银虹堕影饮谼壑[4]，天马无声下神渊。沫尘破散汤沸鼎，潭日荡漾金镕盘[5]。白水瀑布信奇绝，占断黔中山水窟[6]。世无苏、李两谪仙[7]，江月海风谁解说[8]？春风吹上观瀑亭，高岩深谷恍曾经。手把清泠洗凡耳[9]，所不同心如白水[10]。

说明

此诗作于道光十六年（1836），为诗人的写景名篇。此诗高度赞美贵州黄果树瀑布的雄奇壮丽，想象丰富，比喻新颖。"美人乳花玉胸滑"七字，设想之新奇，发前人之未道。

[1] 白水瀑布：即贵州黄果树瀑布，位于镇宁布依族苗族自治县西南白水河上，为全国第一瀑。
[2] 渠：他。
[3] 浴佛：佛教徒于四月初八纪念释迦牟尼诞生，以水灌洗佛像。
[4] "银虹"句：古代传说虹能吸饮。刘敬叔《异苑》："晋陵薛愿，有虹饮其釜澳。"谼（hóng）壑：大谷、深沟。
[5] 潭日：映在潭水中的日影。
[6] 黔中：贵州。
[7] "世无"句：苏轼有"坡仙"之称，李白有"谪仙"之名。
[8] 江月海风：用李白《望庐山瀑布水》："海风吹不断，江月照还空"句意。
[9] 洗凡耳：尧召隐士许由任九州之长，许由不愿听，于颍水边洗耳。
[10] "所不同"句：《左传·僖公二十四年》记晋公子重耳出亡十九年后返国，于河边与随臣子犯盟誓明心："公子曰：'所不与舅氏同心者，有如白水。'"

贝青乔

贝青乔（1810—1863），字子木，号无咎，又号木居士，江苏吴县人。家境贫寒。道光二十一年（1841），激于爱国热情，自请投军，入清扬威将军奕经幕下。曾亲临前线，入敌后探听军情。后游历浙、云、川、贵等地，为人幕客，一生郁郁不得志。在军中时，将所见所闻写成《咄咄吟》，以诗纪史，就诗作注，反映清军将帅的昏聩和军士的英勇事迹。诗风平易近人。著有《咄咄吟》、《半行庵诗存稿》。

初抵泸州寄内 ¹

几番夙约误天涯 ²，海燕到时定在家 ³。望远莫须惊柳色 ⁴，寄声先为告梅花 ⁵。西窗夜雨留情话 ⁶，南浦春波感梦华 ⁷。卜到金钱应倍喜 ⁸，行人早晚下三巴 ⁹。

---

[1] 泸州寄内：作者游历西南，从贵州东归经四川泸州时作。内，妻子。
[2] 夙约：旧约。
[3] "海燕"句：用唐沈佺期《古意》诗意："卢家少妇郁金堂，海燕双栖玳瑁梁。"
[4] 惊柳色：唐王昌龄《闺怨》："忽见陌头杨柳色，悔教夫婿觅封侯。"
[5] 梅花：南朝宋陆凯折梅花寄赠范晔，有诗曰："折花逢驿使，寄与陇头人。江南无所有，聊赠一枝春。"
[6] 西窗：唐李商隐《夜雨寄北》："何当共剪西窗烛，却话巴山夜雨时。"
[7] 南浦：送别之地。江淹《别赋》："送君南浦，伤之如何。"
[8] 金钱：指用金钱占卜以问行人归期。唐于鹄《江南曲》："众中不敢分明语，暗掷金钱卜远人。"
[9] 三巴：地名，在泸州之东。李白《长干行》："早晚下三巴，预将书报家。"

说明

这是一首旅途寄赠妻子的爱情诗。有忆念，有惭疚，有安慰，也有预想重逢的喜悦。写得语淡情浓，明白如话，而又缠绵悱恻。是文人爱情诗的上乘佳作。

集评

恽世临曰：其沉雄坚卓，胎息于少陵，无一字一句不锤炼而成者乎？其得江山之助，与其胸中奇气相摩荡以出之者乎？

——《半行庵诗存稿序》

咄咄吟（选一）¹

瘾到材官定若僧²，当前一任泰山崩。铅丸如雨烟如墨，尸卧穹庐吸一镫³。

骆驼桥距镇、宁二城约二十余里，故张应云屯兵于此，以为两路后应。廿八日夜半，瞭见二城火光烛天，胜负莫决，或请于应云曰："我兵不带枪炮，而今炮声大作，恐或失利，急宜运赴前队以助战。"而应云素吸鸦片烟，时方烟瘾至，不能视事。及廿九日天明，探报四至，迄无确耗。日中，镇海前队刘天保等败回。晡后，宁波前队余步云、李廷扬自慈溪至，知其并未进城，而段永福等已败入大隐山。讹言蜂起，加以败残军士乏食，哭声震野。或谓宜再进，或谓宜速退，聚谋至黄昏不决，而英夷旋从樟市来犯，先焚我所弃火攻船以助声势，继闻发枪炮，豕突而至。我兵望风股慄，不敢接战，咸向慈溪城奔避。应云犹卧吸鸦片烟半时许，始跄踉升舆而走。

---

[1] 咄咄：晋殷浩被黜，终日独坐，以指在空中书写"咄咄怪事"四字，见《世说新语·黜免》。作者以"咄咄"为题，记在清扬威将军奕经军中所见的怪事，共120首。
[2] 材官：武官。定若僧：如和尚打坐入定。
[3] 尸卧：死尸样的躺卧。穹庐：篷帐，此指军中营帐。

说明

　　这首诗讽刺张应云，在临敌交战"铅丸如雨"的紧急时刻，还在吸鸦片烟。有将如此，作战焉能不败？而当时清政府中，如张应云者又岂止一人。

莫友芝

莫友芝（1811—1871），字子偲，号郘亭，晚号眲叟，贵州独山人。道光十一年（1831）举人，屡试不第，长期游历江淮吴越。晚入曾国藩幕中。博学多才，广涉群籍，对版本目录之学尤多贡献。有《郘亭诗钞》、《郘亭知见传本书目》、《遵义府志》等。

襄城灯词 [1]

漫随女伴逐灯嬉，问著灯名总不知。忽见望嵩楼上月，占无灯处立多时。

说明

从唐人王昌龄"闺中少妇不知愁"一句化出，但并未明说少女为何愁思，较唐人诗更为含蓄。

---

[1] 襄城：今河南开封。

曾国藩

曾国藩（1811—1872），字伯涵，号涤生，湖南湘乡人。道光十八年（1838）进士，历任翰林院检讨、侍读、内阁学士及侍郎等职。太平天国运动爆发，在湖南组织地主武装湘军，与太平天国多次作战。累官两江、直隶总督、大学士，封一等毅勇侯。死后谥"文正"。有《曾文正公全集》。

傲奴

君不见萧郎老仆如家鸡[1]，十年笞楚心不携[2]。君不见卓氏雄资冠西蜀[3]，颐使千八百人伏[4]。今我何为独不然？胸中无学手无钱。平生意气自许颇[5]，谁知傲奴乃过我。昨者一语天地暌[6]，公然对面相勃豀[7]。傲奴诽我未贤圣，我坐傲奴小不敬[8]。拂衣一去何翩翩[9]，可怜傲骨撑青天。噫嘻乎[10]，安得好风吹汝朱门权要地，看汝仓皇换骨生百媚[11]。

---

[1]　萧郎老仆：唐萧颖士有老仆，追随十年，虽受笞楚，而不忍离去。见《新唐书·本传》。
[2]　笞：鞭打。楚：刑杖。
[3]　卓氏：西汉时蜀中巨商卓王孙，家资巨万。
[4]　颐使：以下巴的动向来指挥人。颐，下颏。
[5]　自许颇：自负。
[6]　暌：乖异，悬殊。
[7]　勃豀：争斗。
[8]　小不敬：旧称对皇帝失礼之罪为"大不敬"，此称"小不敬"，有嘲讽意。
[9]　翩翩：鸟飞疾轻貌，此用为飘然而去之意。
[10]　噫嘻：叹词。
[11]　仓皇：立刻。换骨：指改变原来的傲态。

说明

  这是作者早期的作品。其时作者在京官位低微，生活清苦。此诗以调侃风趣之笔，描写一个势利奴仆形象，抒发对世态炎凉的感叹之情。

集评

  金天羽曰：于涩鳌中犹涵选择，微为气累。

——《答苏堪先生书》

金　和

金和（1818—1885），字号叔，号亚匏，江苏上元（今南京）人，诸生。亲历鸦片战争及太平天国运动，诗中多反映这一时期社会生活。诗作长于乐府，长篇叙事，滔滔不绝，大气磅礴，有一定的艺术特色。有《秋蟪吟馆诗钞》。

围城纪事六咏（选一）[1]·警奸

西北诸山火星堕，都说城中有夷伙[2]，中夜能为夷放火。大吏责成县令拿，县令责成里长查。何人野宿蹲如蛙，搜身偏落铁药沙[3]。逻者见之喜且哗[4]，侵晨缚送县令衙[5]。县令大怒棒乱挝[6]，根追欲泛河源槎[7]。叩头妄指仇人家，一时冤狱延蔓瓜[8]。从此里巷纷如麻，人人切齿嗔朝鸦[9]。平日但有微疵瑕，比来尽作虺与蛇[10]，往往当路横要遮[11]。道旁三老私叹嗟[12]。平原独无董事耻[13]，昨日亦获瘦男子，大抵窃鸡者贼是。

---

[1]　自注："壬寅英夷犯江之役也。"道光二十二年（1842）八月，英军沿长江直上，抵南京下关。清政府被迫在《南京条约》上签字。围城：指南京。

[2]　夷伙：夷人同伙，指汉奸。

[3]　"何人"二句：自注"时首获郭犯，身有铅药数丸。或曰：郭固官顶匠，药其所宜有也"。官顶匠，制造官员顶戴的工匠。

[4]　逻者：巡逻的兵卒或役夫。

[5]　侵晨：天明。

[6]　挝（zhuā）：打。

[7]　河源槎：古代传说汉武帝命命张骞寻黄河源，乘槎直达天河。此借喻"寻根究底"。

[8]　延蔓瓜：明建文帝大臣景清被永乐帝处死，乡邻亲属辗转牵连，谓之瓜蔓抄。

[9]　朝鸦：迷信乌鸦叫声不祥。

[10]　比来：近来。虺（huǐ）：毒蛇的一种。

[11]　要遮：拦截。

[12]　三老：乡官，秦汉置，用以帮助推行政令。此泛指地方上有声望的长者。

[13]　平原独无：东汉时搜捕党人。平原相史弼拒不从命，说："水土异齐，风俗不同。它郡自有，平原自无。"见《后汉书·史弼传》。董事：自注"时司九城保卫者，皆谓之董事"。

说明

　　这首诗揭露、谴责了清廷官员在围城之中的种种丑态。他们御敌无能，残民有术，任意鱼肉乡民，残害无辜，用笔犀利而充满嘲讽。

嘲燕

海燕将雏分外忙 [1]，呢喃终日向华堂 [2]。生儿尽学江南语，秋后如何返故乡？

说明

这是首写燕子情态的小诗，语气亲切而富有调侃意味，十分风趣。

---

[1]　雏：幼鸟。
[2]　呢喃：燕语声。华堂：高大华美的建筑。

江　湜

江湜（1818—1868），字弢叔，江苏长洲（今吴县）人。诸生，道光间官浙江候补县丞。曾应省试京试，不售。遂绝意进取，客居四方。临殁，遗嘱碑碣上书："清诗人江弢叔之墓"，可知其对诗之自负。后人对其评价甚高，甚至许之为可与李杜相比。有《伏敔堂诗录》。

湖楼早起（二首选一）

面湖楼好纳朝光[1]，夜梦分明起辄忘。但记晓钟来两寺[2]，一钟声短一声长。

说明

江湜赋诗，不用典故，不事雕琢，纯用白描手法。这首写西湖晨景的小诗，淳朴清丽，充分表现了他的艺术特点。

集评

陈衍曰：弢叔诗力深透，彭咏莪相国序以为古体皆法昌黎，近体皆法山

---

[1]　朝光：晨光。
[2]　两寺：凤林寺与净慈寺。

谷，无一切谐俗语错杂其间，戛戛乎超出流俗。固矣。然叔近体出入少陵，古体出入宛陵，而身世坎壈，所写穷苦情况多东野、后山所未言。咸、同间一诗雄也。

——《石遗室诗话》

彭蕴章曰：由斯道也，可传于后而不适于时，犹古锦之不可为衣裳，古乐不可以娱宾客，而诗之品则益高矣。

——《伏敌堂诗录序》

金天羽曰：（叔）创坛坫于海上，独吟无和。吴中文字绮靡，叔独以清刚胜浓嬺。文正（曾国藩）于涩骛中犹涵选择，微为气累。叔曲折洞达，写难状之隐，如听话言。

——《天放楼文言》

雨中

山城日日感秋深，更着秋霖恼客心¹。恐有家书来岭外²，将教湿却又教沉。

说明

游子思乡，盼望家书的题材在古代诗词中屡见不鲜，作者却以惧怕秋雨湿信来写乡愁，在同类题材中别成一格。

[1] 秋霖：连绵不断的秋雨。
[2] 岭外：指岭南地区。作者时客居福建。

邓辅纶

邓辅纶（1828—1893），字弥之，湖南武冈人。咸丰元年（1851）副贡生。以军功得荐，官浙江候补道。有《白香亭诗集》。

鸿雁篇[1]

序曰：道光己酉，湖湘大水。以闻以见，述为诗篇[2]。

巷昏阴气多，哭声风里来。病儿守死母，人鬼俱徘徊。自从失庐落[3]，匍匐尘与灰[4]。左负破布衾，右挈一尺孩。返顾十岁儿，足血沾枯荄[5]。时荒莫作妇，作妇先及灾。百里倍千里，邱峦助崔嵬[6]。仰啜城北粥，至自城南隈[7]。无食更狂走，什伍相排推[8]。盂中纵有乞，徒饱强丐腮[9]。儿绕空筐啼，饭儿以黄埃[10]。生短饥正长，鬼路难迟回。一朝弃儿去，委质沈蒿莱[11]。客请听儿述，母死身无缞[12]。死母怀中儿，抱母啼愈哀。生儿吮死乳，见者心为摧。

---

[1]　鸿雁：《诗·小雅·鸿雁》："鸿雁于飞，肃肃其羽。爰及矜人，哀此鳏寡。"叙述万民离散，周宣王能安集百姓，使各得其所。此用其题。

[2]　道光己酉：道光二十九年（1849）。湖湘：湖南。

[3]　庐落：院落，指房舍。

[4]　匍匐：蹬伏于地。

[5]　荄（gāi）：草根。

[6]　邱峦：小山。崔嵬（wéi）：高大雄伟。

[7]　隈：城角。

[8]　什伍：错杂貌。

[9]　强丐：强横的乞讨者。

[10]　黄埃：黄土。

[11]　委质：弃尸。蒿莱：野草。

[12]　缞（cuī）：丧服。

哑哑林中鸦，一母将九雏[1]。流离骨肉贱，泣坐城南隅。问妇何为然，别儿临荒衢[2]。阿耶嗔儿号[3]，鞭挞儿为奴。鬻儿易炊爨[4]，莫塞中肠枯。妇死方旦夕，宁不少踌躇。夜中寒飙穿，两耳疑啼呼。亦忧难汝活，但冀聚黄垆[5]。骷髅得因依[6]，犹胜生羁孤[7]。

日落乌乱啼，争下啄破屋。屋中失正榱[8]，坏瓦向人扑。瘦犬尽日卧，饥婴席草宿。寒雨侵枯颜，荒荒断野哭。居者各为依，举问辄非族。墙头下鬼磷，风来照茕独[9]。心知邻人魂，狼藉荐残粥[10]。新冢亮已夷[11]，惧为北邙续[12]。

说明

《诗经》中的《鸿雁》篇，叙述万民流离失所，周宣王安抚有方。而《鸿雁篇》呈现给我们的，却是一幅幅惨绝人寰、哀苦无告的图像。其讽刺鞭挞的矛头所指，不言可喻。全篇风格凝练沉郁，源出杜甫。

---

[1] 将：带领。
[2] 衢：道路。
[3] 阿耶：阿爷，父亲。
[4] 鬻（yù）：出卖。爨（cuàn）：烧火煮饭。
[5] 黄垆：地下深处。
[6] 骷髅：同"骷髅"，死人骸骨。
[7] 羁孤：孤独无依。
[8] 榱（cuī）：屋椽。
[9] 茕独：孤独。
[10] 荐：给死者的祭品。
[11] 亮：同"谅"，大概。夷：平。
[12] 北邙：河南洛阳市北有北邙山，东汉王侯公卿多葬于此，后泛指墓地。北邙续：成为墓地的下一个死者。

集评

王闿运曰：邓弥之幼有神慧，而思力沉苦。每吟一句，必绕室百转。诗学杜甫，体则颜谢。至其《东道难》、《鸿雁篇》，古人无此制也。

——《湘绮楼说诗》

谭献曰：使生晋、宋间，不为鲍则为谢矣。

——《复堂日记》

钱基博曰：清季王闿运崛起湘潭，与武冈邓辅纶倡为古体，每有作皆五言，力追魏晋，上阚风骚，不取宋唐歌行近体。辅纶《白香亭诗》高秀出《湘绮楼》之上。闿运自谓学二陆，至陶谢已无阶可登。而辅纶和陶，冲淡微远，深晔神味。

——《现代中国文学史》

翁同龢

翁同龢（1830—1904），字叔平，号松禅，晚号瓶庵居士。江苏常熟人。咸丰六年（1856）状元，官至协办大学士。甲午战争时反对李鸿章求和，后因支持变法被慈禧太后革职。有《瓶庵诗稿》。

甲辰五月二十日绝笔 [1]

六十年中事，凄凉到盖棺 [2]。不将两行泪，轻为汝曹弹 [3]。

说明

作者身历咸丰、同治、光绪三朝，任职高位，在清政府走向衰微的过程中，曾尽心竭力试图挽狂涛于既倒。这首临终诗表现了他补天无力的悲愤。

---

[1] 甲辰：光绪三十年（1904），此为临终前作。
[2] 盖棺：死亡。
[3] 汝曹：你们。

李慈铭

李慈铭（1830—1895），字莼伯，号莼客，浙江会稽（今绍兴）人。光绪六年（1880）进士，官至监察御史。甲午战败，悲愤成疾，卒于官。博学多才，通经史百家，工诗及骈文。有《白华绛跗阁诗集》、《杏花香雪斋诗》、《越缦堂日记钞》。

庚午书事（孤愤千秋在）[1]

孤愤千秋在[2]，狂呼一击中。夷酋方丧魄[3]，廷议急和戎[4]。歼敌诚非易，要盟岂有终[5]。宋金殷鉴近[6]，幸莫恃成功。

华夏瞻山斗[7]，安危仗老成[8]。出师良有待[9]，执法太无名[10]。竟堕纤儿术[11]，

---

[1] 庚午：同治九年（1870），天津法国天主教会所办育婴堂虐杀我国儿童数十人，引起民愤，群集教堂抗议。法驻天津领事丰大业开枪恫吓，打死一人。天津人民打死丰大业，焚烧教堂及领事署。时曾国藩任直隶总督，以赔款四十六万两，屠杀平民二十人了结此案。

[2] 孤愤：原为《韩非子》篇名，指正直之士不见容于世的悲愤。

[3] 夷酋：指法国帝国主义首领。

[4] 廷议：朝廷决策。和戎：与外邦议和。

[5] 要盟：要挟之下订立条约。

[6] 宋金：指宋王朝屡次与金人屈辱订约。殷鉴：借鉴。《诗经·大雅·荡》："殷鉴不远，在夏后之世。"意即夏代灭亡教训，应作为殷代的借鉴。

[7] 山斗：名高望重。《新唐书·韩愈传》："学者仰之，如泰山北斗。"指曾国藩平定太平天国革命，在全国享有极高声誉。

[8] 老成：年老有德。《诗·大雅·荡》："虽无老成人，尚有典刑。"意谓倚仗老成之人渡过危难。

[9] "出师"句：等候曾国藩以武力对付法国。

[10] "执法"句：斥责曾国藩滥杀平民。

[11] 纤儿：小人。意谓曾国藩受小人蛊惑。

难全义士生。虚传持重议，晚节付公评[1]。

说明

这首诗表达了作者在天津教案之后的悲愤沉痛之情，对曾国藩媚外行径的极大不满。在悲愤之中，又表现了告诫和期待，希望曾国藩保持晚节，不要辜负人民对他的期望。

集评

陈衍曰：越缦身丁乱离，遇复蹭蹬，而声诗极乎和平。不特不抑郁牢愁，亦并不矜才使气、题咏金石书画自其所长，而闲情之作，偶亦所喜。

——《石遗室诗话》

---

[1] "晚节"句：天津教案后，广大人民群众怒斥曾国藩卖国。

石达开

石达开（1831—1863），广西贵县人，太平天国革命运动领导人之一，文武兼全，勇猛多智略，受封为翼王。杨、韦内讧后，对革命前景感到疑虑，带兵出走，造成革命力量分裂，后转战江西、四川等地，渡大渡河不成，战败牺牲。

驻军大定与苗胞欢聚即席赋诗 [1]

千颗明珠一瓮收 [2]，君王到此也低头 [3]。五岳抱住擎天柱 [4]，吸尽黄河水倒流。

说明

这首诗描写了作者与苗胞欢聚的情境，既写了低头饮酒的动作姿态，也表现自己英雄的气概。比喻强烈夸张，形象极为生动。

---

[1] 大定：今贵州大方县。石达开带兵路过大定，苗族同胞以贵宾之礼款待，敬献美酒。

[2] 千颗明珠：指酿酒用的各色杂粮。

[3] 君王：作者自称。石达开受封翼王。低头：用通心秆插入酒缸，低头吸饮。

[4] 五岳：指东岳泰山，西岳华山，中岳嵩山，北岳恒山，南岳衡山。此喻五指。擎天柱：撑持天空的柱子，此喻吸酒的通心秆。

张之洞

张之洞（1837—1909），字孝达，号香涛，别号壶公，又称广雅。直隶南皮（今属河北）人。同治二年（1863）进士。屡督学典试，所至提倡经史实学。官湖广总督、两江总督、体仁阁大学士、军机大臣。致力于洋务运动，创办汉阳铁厂、萍乡煤矿等。卒谥文襄。有《张文襄公全集》。

秋日同宾客登黄鹄山曾、胡祠望远 [1]

群公整顿好家居 [2]，又见烟尘战伐余 [3]。鼓角犹思助飞动 [4]，江山何意变凋疏 [5]。三年菜色灾应澹 [6]，一树岩香老未舒。我亦浮沉同湛辈 [7]，登盘愧食武昌鱼 [8]。

---

[1] 黄鹄山：即武昌蛇山。曾、胡祠：曾国藩、胡林翼的祠堂。两人均是抵抗、镇压太平天国运动的有功之臣。

[2] 群公：指曾国藩、胡林翼等人。

[3] "又见"句：指光绪二十年（1894）中日甲午战争。

[4] 飞动：意气飞扬。

[5] 凋疏：残破。

[6] 菜色：饥色。

[7] 湛辈：晋羊祜与从事邹湛登岘首，感叹道："由来贤达胜士，登此远望，如我与卿者多矣。然湮灭无闻，使人悲伤。"邹湛答云："……（公）必与此山俱传，至若湛辈，乃当如公言耳。"见《晋书·羊祜传》。

[8] 武昌鱼：三国吴建业童谣："宁饮建业水，不食武昌鱼。"

说明

作于光绪二十二年（1896），与前一诗同时。有感于国势衰弱，外患频起，百姓食不果腹，面有菜色。而自己身为大臣，未能有所作为，只是浮沉于世俗，感到深深的羞愧。

冯 煦

冯煦（1843—1927），字梦华，号蒿庵。江苏金坛人。光绪十二年（1886）进士，官至安徽巡抚。辛亥后为遗老，自称蒿隐公。有《蒿庵类稿》。

八月二十一日之夜，仆卧已久，苹湘忽出寄拂青三绝句相质，效拂青体也，既复强仆效之。时窗外雨声淙淙，苦不得寐，亦成三首。来朝放晴，仆又将强漱泉也[1]（选二）

玉簟秋回欲梦阑[2]，相思迢递碧云端[3]。淮南一夜潇潇雨，莫倚空帘弄晓寒。

阴阴凉翠沁尊边，又是栖鸦流水天[4]。记向城东踏黄叶，一襟残月澹于烟。

说明

作此诗时，作者身在江宁，秋夜梦回，思念好友之情萦绕不去，意念随碧云远寄淮南，"莫倚"句关怀之情溢于纸上。全篇深微婉约，清寒

---

[1] 苹湘：曾行淦的字，曾为四川长宁人，工诗词。拂青：姓刘，作者少年时好友。漱泉：成肇麟的字，江苏宝应人。三人均是作者友人。

[2] 玉簟（diàn）：竹席的美称。阑：结束。

[3] 迢递：高远貌。

[4] "又是"句：明末清初女诗人纪映淮诗："栖鸦流水点秋光。"

高远兼而有之。

集评

　　狄葆贤曰：《夜雨有怀》云："淮南一夜潇潇雨，莫倚空帘弄晓寒。"意味渊永，真佳句也。

——《平等阁诗话》

袁　昶

袁昶（1846—1900），初名振蟾，字重黎，又字爽秋。浙江桐庐人。光绪二年（1876）进士，官至太常寺卿。光绪二十六年（1900）义和团事起，力主镇压，反对围攻外国使馆，遂被杀。袁为晚清宋诗派代表作家。有《浙西村人初集》、《安般簃诗》。

西轩睡起偶成绝句

无心危坐学黄庭[1]，门外烟樯接远汀[2]。睡起西园春已去，却看飞絮度风棂[3]。

说明

从诗中可以看出，作者的理想是在门外的"烟樯"与"远汀"。而现实生活中，却被迫闲居西轩，睡梦中消磨春光。这种理想与现实的矛盾和欲罢不能、欲求不得的复杂心境，便构成了绝句耐人品味的艺术特色。

---

[1]　黄庭：即《老子黄庭经》，道家典籍。
[2]　烟樯：船桅隐于云烟中。
[3]　棂（líng）：窗格。

陈 豪

陈豪，生卒不详，字蓝洲，号迈庵，晚号止庵。浙江仁和（今杭州市）人。同治九年（1870）优贡生，官湖北汉川知县。有《冬暄草堂诗文集》。

题画（二首选一）

故山多少好烟霞[1]，自挈琴书且住家[2]。老木修篁人迹远[3]，删除凡艳不栽花。

说明

作者是杭州人，从"故山"句可知这是一幅描绘杭州风景的画。寥寥数句，既形容了杭州山水之美，自己对家乡的深情，又寄托了自己高远的情趣。

集评

潘鸿曰：题画绝句含情绵邈，言短意长，尤非胸无尘滓者不能有其境地。

——《冬暄草堂诗文集跋》

---

[1]　故山：家乡的山水。
[2]　挈：携，带。
[3]　修篁：修竹。

樊增祥

樊增祥（1846—1931），字嘉父，号云门，一号樊山。湖北恩施人。光绪三年（1877）进士，官至江宁布政使、护理两江总督。曾师事李慈铭。其诗宗中晚唐，词藻艳丽，用典精工。有《樊山全集》。

闻都门消息（五首选一）

繁华非复凤城春¹，玉辂于今隔陇秦²。金雀觚棱虚御仗³，铜驼荆棘泣孤臣⁴。朱门白屋多新鬼⁵，卜肆僧寮几故人⁶？莫问北池旧烟月⁷，雨霖铃夜一沾巾⁸。

说明

诗作于光绪二十六年（1900）八国联军入侵北京后。作者闻说侵略军在北京劫掠、杀戮、奸淫的种种罪行后，心潮难平，写下《闻都门消息》组诗，情感充沛，风骨嶙峋，有一定的价值。

[1]　凤城：旧称京都为凤凰城。

[2]　玉辂：天子所乘之车。陇：甘肃。秦：陕西。指慈禧太后挟光绪帝西逃西安。

[3]　金雀觚（gū）棱：指宫阙。班固《西都赋》："设璧门之凤阙，上觚棱而栖金爵。"御仗：皇帝的仪仗。

[4]　"铜驼"句：《晋书·索靖传》记西晋末朝政不修，索靖预知天下将乱，指宫门铜驼叹曰："会见汝在荆棘中耳。"后以"铜驼荆棘"形容变乱残破景象。

[5]　朱门：贵族之家。白屋：平民之居。

[6]　卜肆：卖卜的店铺。僧寮：僧房。

[7]　北池：指昆明池。

[8]　雨霖铃：唐玄宗离长安去四川途中，于栈道闻雨霖铃声，悼念杨妃而作《雨霖铃》曲。此指光绪帝西行途中思念珍妃。

黄遵宪

黄遵宪（1848—1905），字公度，广东嘉应州（今梅州市）人。光绪二年（1876）举人，历任驻日、英、美诸国使馆参赞及总领事之职。回国后积极参与改良派政治活动。戊戌变法失败，被革职归乡，郁郁死。黄遵宪为近代"诗界革命"的积极提倡与实践者，主张"我手写我口"，要求诗歌反映当代人生活及思想感情，表现"古人未有之物，未辟之境"。所作诗多反映重大历史题材，有"史诗"之称。写作特点为多用古体长篇，气势宏伟，纵横开阖，流畅通俗，不避方言俗语及新名词。梁启超称其诗"元气淋漓，卓然为大家"。丘逢甲誉之为"诗世界之哥伦布"。著有《人境庐诗草》。

今别离¹（四首）

别肠转如轮²，一刻既万周³。眼见双轮驰，益增中心忧。古亦有山川，古亦有车舟。车舟载离别，行止犹自由⁴。今日舟与车，并力生离愁。明知须臾景⁵，不许稍绸缪⁶。钟声一及时，顷刻不少留。虽有万钧柁⁷，动如绕指柔⁸。岂无打头风，亦不畏石尤⁹。送者未及返，君在天尽头。望影倏

---

[1] 今别离：乐府《杂曲歌辞》有《古别离》，咏相思离别之情。唐崔国辅作《今别离》，此用其题。

[2] 此咏火车、轮船。

[3] 万周：化用唐孟郊《远游联句》："别肠车轮转，一日一万周。"

[4] 行止：举止、举动。

[5] 须臾：短暂时光。

[6] 绸缪：缠绵。

[7] 钧：古代重量单位，三十斤。

[8] 绕指柔：晋刘琨《重赠卢谌》："何意百炼钢，化作绕指柔。"指轮船转柁容易。

[9] 石尤：行船时所遇逆风。相传有石氏女嫁尤郎，夫经商不归，石氏女思念成疾，临终时云："吾恨不能阻其行，今凡有商旅远行，吾当作大风，为天下妇人阻之。"古乐府《丁督护歌》："愿作石尤风，四面断行旅。"

不见，烟波杳悠悠。去矣一何速，归定留滞不？所愿君归时，快乘轻
气球。

朝寄平安语[1]，暮寄相思字。驰书迅已极，云是君所寄。既非君手
书，又无君默记[2]。虽署花字名[3]，知谁箝缂尾[4]。寻常并坐语，未遽悉心事。
况经三四译，岂能达人意。只有斑斑墨，颇似临行泪。门前两行树[5]，离
离到天际[6]。中央亦有丝，有丝两头系[7]。如何君寄书，断续不时至？每日
百须臾[8]，书到时有几？一息不相闻[9]，使我容颜悴。安得如电光，一闪至
君旁。

开函喜动色[10]，分明是君容。自君镜奁来[11]，入妾怀袖中[12]。临行剪中衣[13]，
是妾亲手缝。肥瘦妾自思，今昔得毋同[14]？自别思见君，情如春酒浓[15]。
今日见君面，仍觉心忡忡[16]。揽镜妾自照，颜色桃花红。开箧持赠君，如

---

[1]　此咏电报。
[2]　默记：彼此默契的记号。
[3]　花字名：签名。宋周密《癸辛杂志》："古人押字，谓之花字，即是用名字稍花之，如韦陟之
　　　朵云是也。"
[4]　箝（qián）：夹。缂尾：据于湖题襟集等应作纸尾，指电报的封口。
[5]　两行树：指电线杆。
[6]　离离：历历。
[7]　两头系：指电线。古乐府《捉搦歌》："黄桑柘屐蒲子履，中央有丝两头系。"
[8]　百须臾：须臾，短促的时间单位。毗昙论："三十罗婆为一摩睺罗，翻为一须臾。三十摩睺
　　　罗为一日夜。"百须臾谓一天由许多短促的时间单位所组成。
[9]　一息：一呼一吸。
[10]　此咏照相。
[11]　镜奁：镜匣。
[12]　怀袖：古乐府《西洲曲》："置莲怀袖中。"
[13]　中衣：内衣。
[14]　得毋同：也许相同吧。
[15]　春酒：冬酿春熟的酒。
[16]　忡忡：忧愁不安貌。

与君相逢。妾有钗插鬓，君有襟当胸。双悬可怜影[1]，汝我长相从。虽则长相从，别恨终无穷。对面不解语，若隔山万重。自非梦来往，密意何由通！

汝魂将何之[2]，欲与君追随。飘然渡沧海，不畏风波危。昨夕入君室，举手搴君帷[3]。披帷不见人，想君就枕迟。君魂倘寻我，会面亦难期。恐君魂来日，是妾不寐时。妾睡君或醒，君睡妾岂知。彼此不相闻，安怪常参差[4]。举头见明月，明月方入扉。此时想君身，侵晓刚披衣[5]。君在海之角，妾在天之涯。相去三万里，昼夜相背驰。眠起不同时，魂梦难相依。地长不能缩，翼短不能飞[6]。只有恋君心，海枯终不移。海水深复深，难以量相思。

说明

《今别离》四首，作于清光绪十六年（1890），任驻英使馆参赞时。四首诗分别咏火车、轮船、电报、照相、东西半球昼夜相反等新事物、新知识，形式上则采用乐府旧题，以男女相思离别的抒写手法而出之。构思新颖别致，语言生动自然，充分体现了诗人要表现"古人未有之物，未辟之境"的精神。

---

[1]　可怜：可爱。古乐府《捉搦歌》："可怜女子能照影。"
[2]　此咏东西半球昼夜相反。
[3]　搴（qiān）：揭。
[4]　参差（cēn cī）：错落不齐貌，引申为错过。
[5]　侵晓：清晨。
[6]　翼短：晋赵整《琴歌》："尾长翼短不能飞。"

集评

　　梁启超曰：近世诗人能熔铸新理想以入旧风格者，当推黄公度。　又曰：昔尝推黄公度、夏穗卿、蒋观云为近世诗界三杰。　又曰：黄公度集中名篇不少。至其《今别离》四章，度曾读黄集者无不首记诵之。陈伯严推为千年绝作，殆公论矣。　又曰：人境庐集中性情之作、纪事之作、说理之作，沈博绝丽，体殆备矣。惟绮语绝少概见。吾以为公度守佛家第七戒也。

——《饮冰室诗话》

　　袁祖光曰：黄公度作《今别离》四章，分咏汽船、汽车、电信、照相及东西两半球昼夜相反，古意沉丽。陈伯严吏部推为千年绝作。

——《绿天香雪簃诗话》

　　高旭曰：文界诗界当造出一新天地，此一定公例也。黄公度诗独辟异境，不愧中国诗界之哥伦布矣。

——《愿无尽庐诗话》

　　钱基博曰：能以诗鸣者，推黄遵宪。毅然有改革诗体之志，模山范水，关于外邦名迹之作，颇为夥颐。其成就虽未能副其所期，然规模既大，波澜亦宏。世称硬黄，一时巨手矣。

——《现代中国文学史》

陈宝琛

陈宝琛（1848—1935），字伯潜，号弢庵，福建闽县（今福州）人。同治七年（1868）进士。任翰林院编修。光绪十年（1884）因言事触怒慈禧，被罢。溥仪即位后召回，授溥仪读书。官至弼德院顾问大臣。为闽派诗坛领袖之一，有《沧趣楼诗集》。

感春（四首选二）

一春谁道是芳时，未及飞红已暗悲。雨甚犹思吹笛验[1]，风来始悔树旛迟[2]。蜂衙撩乱声无准[3]，鸟使逡巡事可知[4]。输却玉尘三万斛[5]，天公不语对枯棋[6]。

倚天照海倏成空[7]，脆薄原知不耐风。忍见化萍随柳絮[8]，倘因集

---

[1] 吹笛：任昉《述异记》："连雨三月，穆王乃吹笛，其雨遂止。"

[2] 树旛：谷还古《博异志》记崔玄微与花神相遇，花神求其于苑东立一朱旛，以保护群花不受风灾。二句言清廷于甲午之战事先不做准备，待战事起后举止失措，致一败涂地。

[3] 蜂衙：谓蜂群早晚群集如衙参。《埤雅》："蜂有两衙，待潮。"

[4] 鸟使：《山海经·大荒西经》："西有王母之山，有三青鸟。"青鸟为王母使者。二句上言各衙门争和议，下言清廷初派张荫桓、邵日濂议和，因日人不接受，改派李鸿章。

[5] "输却"句：《类说》引《幽明录》："巴邛人橘园霜后两橘大如三斗盎，剖开，每橘有二老叟相对象戏。一叟曰：'君输我龙女发十两，瀛洲玉尘九斛。'"玉尘亦喻花。张籍《玉蕊花》："千枝花里玉尘飞。"

[6] 天公：指清光绪帝。枯棋：棋子，喻残局。《文选·博弈论》："枯棋三百，孰与万人之将。"注："枯棋，棋子也。"二句指马关条约签订，赔款二百亿，割让辽东。

[7] 倚天照海：喻花开烂漫之状，暗指北洋水师败绩。

[8] "忍见"句：《本草》："浮萍季春始生，或云杨花所化。"

蓼蒠桃虫[1]。到头蝶梦谁真觉[2]，刺耳鹃声恐未终[3]。苦学桔皋事浇灌[4]，绿阴涕尺种花翁[5]。

说明

诗作于光绪二十一年（1895）。黄濬《花随人圣盦摭忆》有如下记述："考沧趣之感春四律，作于光绪乙未中日和议成时。其一云云，三四句言冒昧主战，一败涂地，实毫无把握也。五句言台谏及各衙门争和议，亦空言而已。六句言初派张荫桓邵曰濂议和，日人不接待，改派李鸿章，以全权大臣赴马关媾和，迟迟不行。七八句则言赔款二百兆，德宗与主战枢臣，坐视此局全输耳。其二云云，此首言孝钦太后以海军经费滥用诸建颐和园与诸娱乐之事。是年适六旬寿辰，当大庆贺，以战事败衄而罢。其三云云，此首言海军告燔。末联言北洋枉学许多机器制造，付诸一掷而已。"四诗本事，皆作者亲告陈衍，录入诗话，颇堪信任。此四诗与十余年后用原韵所作《次韵逊敏斋主人落花》，皆传诵一时，为陈氏代表之作。

---

[1] "蓼蒠"句：《诗经·周颂·小毖》："肇允彼桃虫，拚飞维鸟。未堪家多难，又集于蓼。"集蓼：言辛苦也。毖：谨慎。桃虫：鹪也。

[2] 蝶梦：《庄子·齐物》记庄周梦己化为蝴蝶。

[3] "刺耳"句：《河南邵氏闻见前录》记邵雍于洛阳天津桥上闻杜鹃声，曰："不二年，上用南人为相，天下自此多事矣。"《花随人圣盦摭忆》："六句，言翁同龢以南人作相也。"

[4] 桔皋：即"桔槔"，井上汲水的一种工具。

[5] 涕尺：流泪状。王褒《僮约》："目泪下落，鼻涕长一尺。"

集评

　　陈衍曰：弢庵年未四十，丁内艰归里不出者二十余年。抚时感事，一托于诗。弃斥少作，肆力于昌黎、荆公，出入于眉山、双井。

——《石遗室诗话》

　　狄葆贤曰：长于五古，潜气内转，真理外融，酷肖宋人，以意境胜。

——《平等阁诗话》

　　黄濬曰：沧趣楼诗，谨严精密，属词使事，罔不铢两悉称。其《感春》及《落花》诗，尤驰诵一世。

——《花随人圣盦摭忆》

沈曾植

沈曾植（1850—1922），字子培，号乙盦，晚年号寐叟，浙江嘉兴人。光绪六年（1880）进士，历任刑部主事、郎中、江西按察使、安徽布政使、护理安徽巡抚。曾参加强学会，赞助维新，与文廷式交好。辛亥后，居上海为遗老。博学广识，通西北南洋地理、佛典、道藏，号称一代儒宗。诗称大家，亦工词。有《海日楼文集》、《蒙古源流笺证》等。

偕石遗渡江 [1]

湍深刚避鹄矶头 [2]，望远还迷鹦鹉洲 [3]。残腊空舲容二客 [4]，清江晓日写千愁。刚肠志士丹衷在 [5]，壮事愚公白发休 [6]。只借柏庭收寂照 [7]，四更孤月瞰江楼 [8]。

说明

诗作于光绪二十四年（1898）冬，作者与陈衍均是赞同维新变法的

---

[1]　石遗：陈衍的号，见后作者介绍。
[2]　湍（tuān）：急流。　鹄矶头：黄鹄矶，在武昌西南角蛇山西端。
[3]　鹦鹉洲：在湖北汉阳县西南江中，明末渐沉江中。
[4]　残腊：十二月末。舲（líng）：小船。
[5]　刚肠：性格刚直。志士：指戊戌六君子。丹衷：丹心。
[6]　壮事：壮志。愚公：传说中移山的老人。指自己和陈衍。
[7]　柏庭：佛教语，指佛境。《景德传灯录》："问如何是祖师西来意，师曰：不可向汝道，庭前柏树子。"寂照：佛教语，《大佛顶如来密因修证了义诸菩萨万行首楞严经》："湛然寂照。"
[8]　瞰（kàn）：高处向下看。

人士。变法失败，六君子殉难，给他们带来了心灵上挥之不去的沉重阴影。是年冬，二人在武昌相会，相偕渡江访友。写下此诗，抒发对殉难诸人的哀悼和对前途的忧虑。

集评

易宗夔曰：若同光体诗人，出入南北宋，郑苏龛（孝胥）、陈伯潜（宝琛）、陈伯严（三立）、沈子培为其宗之魁杰。其中又分二派，一派生涩奥衍，语必惊人，字忌习见，伯严、子培优为之。

——《新世说》

释敬安

释敬安（1851—1912），字寄禅，别号八指头陀。俗姓黄，湖南湘潭人。十八岁出家，遍游江浙各地，与诗人王闿运等交往，结社吟诗。后住持浙江鄞县天童寺为方丈。辛亥后任中华佛教总会会长。有《八指头陀诗集》、《续集》。

白　梅

一觉繁华梦[1]，惟留淡泊身[2]。意中微有雪，花外欲无春。冷入孤禅境[3]，清如遗世人[4]。却从烟水际，独自养其真。

说明

作者有白梅诗多首，以白梅的高洁，寄托自己清净恬淡的胸怀，抒发不为俗情所羁的志向。写花即是写人，人花合而为一。当时有"白梅诗僧"之号。

---

[1]　繁华梦：华，同"花"，梅花盛开，如人荣华。
[2]　淡泊：恬静寡欲。
[3]　孤禅境：清净静思。
[4]　遗世：脱离人世。

题《寒江钓雪图》

垂钓板桥东，雪压蓑衣冷。江寒水不流，鱼嚼梅花影。

说明

此诗作于光绪十年（1884），作者时住浙江鄞县天童寺中。寒江钓雪，意境与柳宗元《江雪》诗全同。而柳诗表现清高孤傲，释敬安诗表现的却是一派恬然宁静，生趣蓬勃。

朱铭盘

朱铭盘（1852—1893），字俶侗，又字日新，号曼君，江苏泰兴人。光绪八年（1882）举人。客两淮盐运使方浚颐、庆军统领吴长庆幕，曾随庆军入朝鲜。归至金州，客张明光幕。后卒于旅顺。朱与范当世为同乡、同门，经历及诗才亦相似。朱诗宗唐，风格雄健俊丽。有《桂之华轩诗集》。

与履平 [1]

三韩秋色远冥冥 [2]，策马西来晚带星。尚喜随身孤剑在，正堪对榻一灯青。天寒草木边声急，风过鱼龙海气腥。记否清凉山下住 [3]，夜深钟鼓两人听？

说明

诗反映在朝鲜吴长庆军幕中生活，风格雄健，无一毫萎靡之色。

---

[1] 履平：邱心坦字，作者友人，同为吴长庆幕客。

[2] 三韩：朝鲜。

[3] 清凉山：在江苏南京城外。

集评

　　陈衍曰：曼君工骈体文，沉博绝丽。诗天骨开张，风格隽上。

——《石遗室诗话》

　　狄葆贤曰：惊才盖代，太白之流。五古五律，萧寥之中，咸具胜韵。七律典重，微患才多。

——《平等阁诗话》

　　汪国垣曰：泽古甚深，不苟作，不矜才。

——《光宣诗坛点将录》

林　纾

林纾（1852—1924），字琴南，号畏庐，别号冷红生、六桥补柳生、福建闽县（今福州）人。光绪八年（1882）进士，于京师大学堂任教。工诗文，能画。虽不谙外语，而请人口译，以古文译西方小说多部，影响甚大。新文化运动兴起，他极力反对。有《畏庐诗存》、《畏庐文集》等。

余每作一画，必草一绝句于其上。二年以来作画百余帧，而题句都不省记。强忆得三十首，拉杂录之（选一）

回首琼河五十秋[1]，当年雏发尚盈头[2]。柳花阵阵飘春水，逃学偷骑老牝牛[3]。

说明

通过对儿时岁月如画如诗的描摹，表现出年华老去的深沉感慨。

---

[1]　琼河：即琼水，闽江支流。
[2]　雏发：幼孩的头发。
[3]　牝牛：母牛。

陈三立

陈三立（1852—1937），字伯严，号散原，江西义宁（今修水）人。光绪十二年（1886）进士，任吏部主事。光绪二十一年（1895），其父陈宝箴为湖南巡抚，创办新政，提倡新学。黄遵宪、梁启超、谭嗣同等改良人物相继前来做官或讲学，使湖南成为改良运动中心。三立协助其父，多所筹划，变法失败，父子同被革职，永不叙用，遂隐退江西南昌，筑崝庐而居。清亡后，以遗老自居。诗学韩愈、黄山谷，清奇拗涩，为"同光体"诗人首领。汪国垣《光宣诗坛点将录》中，以陈三立当"都头领天魁星宋江"之席。有《散原精舍诗集》、《续集》、《别集》。

晓抵九江作

藏舟夜半负之去[1]，摇兀江湖便可怜[2]。合眼风涛移枕上，抚膺家国逼灯前[3]。鼾声邻榻添雷吼[4]，曙色孤篷漏日妍。咫尺琵琶亭畔客[5]，起看啼雁万峰巅。

---

[1]　藏舟：《庄子·大宗师》："夫藏舟于壑，藏山于泽，谓之固矣，然而夜半有力者负之而走，昧者不知也。"
[2]　摇兀：摇荡。
[3]　抚膺（yīng）：以手抚胸。
[4]　鼾声邻榻：宋太祖兴兵灭南唐时说："天下一家，卧榻之侧，岂容他人鼾睡耶？"见岳珂《桯史》。指帝国主义对我国的侵略。
[5]　琵琶亭：在九江附近。诗人白居易于此作《琵琶行》。

说明

　　诗作于光绪二十七年（1901），八国联军入侵，清政府被迫签订《辛丑和约》，民族危机已到了最危急的关头。作者乘船夜行，以船比喻国家，以鼾声邻榻暗示列强亡我之心，但又无能为力，只有效学诗人白居易的泪湿青衫了。

　　十月十四日夜饮秦淮酒楼，闻陈梅生侍御、袁叔舆户部述出都遇乱事感赋 [1]

　　狼嗥豕突哭千门 [2]，溅血车茵处处村 [3]。敢幸生还携客共，不辞烂漫听歌喧。九州人物灯前泪，一舸风波劫外魂 [4]。霜月阑干照头白，天涯为念旧恩存 [5]。

说明

　　诗作于光绪二十七年（1901），作者以隐退之身，仍然注意朝中政局的变化。闻知八国联军攻入北京后烧杀抢掠的惨景，感慨万端，却又深感无能为力。

───────────

[1]　作于光绪二十七年（1901）。秦淮：河名，源于江苏句容，流经金陵，北入长江。系南京繁华区。出都遇乱：指八国联军攻入北京所带来的灾难。
[2]　狼嗥（háo）：狼叫。豕突：野猪奔走。指侵略军横行。
[3]　车茵：车坐垫。
[4]　舸（gě）：船只。劫外魂：指自己。时在江南，未逢此劫。
[5]　"天涯"句：指所受清廷恩德未报。

十一月十四夜发南昌月江舟行（四首选一）¹

露气如微虫，波势如卧牛，明月如茧素²，裹我江上舟。

说明

写月夜江行景色，语语奇兀，都未经人道。

集评

狄葆贤曰：奇语突兀，二十字抵人千百。

——《平等阁诗话》

---

[1]　作于光绪二十九年（1903）冬。
[2]　茧素：白色丝绢。

张 謇

张謇（1851—1926），字季直，号啬庵，江苏通州（今南通）人。光绪二十年（1894）殿试第一名，授翰林院修撰。后致力于实业及教育。辛亥革命后曾任实业总长、农林工商总长兼水利局总裁。诗宗晚唐，也学苏轼、黄庭坚。有《张季子诗录》

屡出

屡出真成惯，孤怀亦自遥[1]。小车犹择路，独木已当桥。鹳影中宵月，蛙声半夜朝[2]。无人能共语，默默斗旋杓[3]。

说明

张謇当年致力于实业，付出极大的代价，他奔走于南京、湖北、通州各地，谒见官绅富户，筹措资金，备极辛劳，而往往遭人嘲讥。每于黄埔滩头，搔首自叹。此诗便是他这一时期心声的写照。末二句表达了他一往无前的决心与勇气。

---

[1] 孤怀：孤高的情操。
[2] 朝：同"潮"。
[3] 斗旋杓：北斗七星形如水杓，其斗柄三星虽不断旋转，中心方位永不改变。

范当世

范当世（1854—1904），初名铸，字无错，后字肯堂，江苏南通人。岁贡生。光绪间为李鸿章幕僚，古文师张裕钊，诗兼学苏轼、黄庭坚。与吴汝纶为密友。桐城吴闿生选《晚清四十家诗》，以范氏冠首，选录最多。有《范伯子诗集》。

书贾人语[1]

去即去耳谁为贤？人如绿草生春田。镰刀割尽还须长，不闻但有今岁无来年。东家独患囊无钱，佣保杂作何有焉？请看朝廷没曾左[2]，也有后相来联翩。我闻此语怳失色[3]，从此昆仑泰华皆不坚[4]。明朝便叱玉皇退，何能一帝专诸天[5]？

说明

此诗说明新旧更迭、世道循环反复的哲理，出语奇兀惊人。

---

[1]　贾人：商人。
[2]　曾左：曾国藩、左宗棠。
[3]　怳（huǎng）：迷惘。
[4]　昆仑：在西藏新疆之间。泰华：泰山、华山，五岳之二。
[5]　诸天：佛家语，佛经以为三界共有三十二天。

过泰山下

生长海门狎江水¹，腹中泰岱亦峥嵘²。空余揽辔雄心在³，复此当前黛色横。蜿蜒痴龙怀宝睡⁴，蹒跚病马踏莎行⁵。嗟余即逝天高处，开阖云雷倘未惊。

说明

此诗作于光绪十一年（1885）北上途中。诗人描绘了祖国河山的壮美，反衬出对"痴龙正睡"的国家前途的忧虑。最后想象自己将要凌空直上，即令风雷鼓荡也不会惊慌。语气雄放，豪情万丈。

集评

吴闿生曰：刚己日记载先生自评云"此等题无他难，但若将泰山看得绝大，而求为震撼之词，则便竭蹶支持不能佳矣"。又曰："我诗何足与杜公比论。要其一起一收，规模颇好。中四句亦蹈大方也。"

———《晚清四十家诗钞》

---

[1]　海门：范当世为江苏通州（今南通）人。狎：戏弄。
[2]　泰岱：泰山。
[3]　揽辔：《后汉书·本传》记"（范）滂登车揽辔，有澄清之志"。
[4]　"蜿蜒"句：《法苑珠林》引《幽明录》，汉时有人堕入一洞极深，遇大羊。返回后问张华，云此是痴龙。痴龙，犹言睡狮。
[5]　莎：草名，多年生。

严　复

严复（1854—1921），字又陵，又字几道，福建侯官（今闽侯）人。留学英国海军学校，归后任北洋水师学堂总教习，升总办。甲午战争后，主张维新变法，发表多篇政论文，并译《天演论》，号召人们救亡图存，起到很大影响。有《瘉壄堂诗集》、《严几道诗文钞》等。

戊戌八月感事 [1]

求治翻为罪 [2]，明时误爱才 [3]。伏尸名士贱 [4]，称疾诏书哀 [5]。燕市天如晦 [6]，宣南雨又来 [7]。临河鸣犊叹 [8]，莫遣寸心灰 [9]。

说明

诗为戊戌变法失败而作。尽管事变后局势十分恶劣，作者还是竭力勉励自己不要消极灰心，要继续奋斗。

---

[1]　戊戌：光绪二十四年（1898）。
[2]　求治：指变法维新。
[3]　明时：政治清明的时代。误爱才：光绪提拔重用维新人士，反使维新人士被迫害。
[4]　"伏尸"句：指谭嗣同六人被杀。
[5]　"称疾"句：慈禧太后以光绪名义下诏书，称有病不得临朝，请太后再度垂帘。
[6]　燕市：北京。晦：天色昏暗。
[7]　宣南：宣武门南菜市口，六君子殉难处。
[8]　"临河"句：孔子欲入晋见赵简子求职，至黄河边，闻赵简子杀贤臣窦鸣犊，叹息："丘之不济此，命也夫！"见《史记·孔子世家》。
[9]　"莫遣"句：李商隐《无题》："一寸丹心一寸灰。"

文廷式

文廷式（1856—1904），字道希，号云阁，又号纯常子。江西萍乡人。光绪十六年（1890）进士，任翰林院侍读学士。积极支持维新，赞助光绪帝亲政。被慈禧太后革职。郁郁死。有《文道希先生遗诗》。

夜坐向晓

遥夜苦难明，他洲日方午[1]。一闻翰音啼，吾岂愁风雨[2]。

说明

作者于变法失败后，连遭政治迫害，远走日本。此诗用地球时差原理，寄托感怀，抒写在"长夜漫漫何时旦"之际，对天明的渴望之情。诗虽五绝，而有鸿篇巨制之气魄。

集评

狄葆贤曰：芸阁学士，平生与沈乙盦方伯最为友善。尝问乙翁曰："余诗于古人奚似？"乙翁曰："君诗自具一种冲和之气，殊类王摩诘。此意外人那得知，则亦以为似青邱也。"可谓名论。

——《平等阁诗话》

---

[1]　他洲：欧洲、美洲。
[2]　翰音：鸡鸣。

沈汝瑾

沈汝瑾（1858—1917），字公周，号石友，江苏常熟人，诸生。擅书画，与吴昌硕等交好。作诗善学杜甫。有《鸣坚白斋诗》。

中秋夜独步荒野中

饮酒不乐浩歌去，荒野沈沈蒿没路[1]。栖鸟惊人移别林，流萤如燐出颓墓，满城金粟迷花雾[2]，踏月罗衣湿香露。欲呼才鬼相与谈，厌听寻常世间语。

说明

荒野所见，与城中赏月盛况形成强烈对照。末句呼才鬼共谈，趣甚，作者之气节高洁可见。

---

[1]　蒿：野草名。
[2]　金粟：桂花别名。

易顺鼎

易顺鼎（1858—1920），字仲硕，一字实父，号眉伽，别号哭庵。湖北龙阳（今汉寿）人。光绪元年（1875）举人，官广西右江道。甲午间两度赴台湾助刘永福抗日。有《丁戊之间行卷》、《四魂集》、《琴志楼游山诗》等。

登五老峰观三叠泉送陈范罗三君别 [1]

天风怒挟楼船走，一夜吹人傍南斗 [2]。琴志楼头飞雨悬 [3]，日呼五老同杯酒。诘朝海色连屏风 [4]，初阳灿烂金芙蓉 [5]。白云散尽五峰出，一朵芙蓉为一峰。云霞精魂日月液，铸此空中数拳碧。斑驳疑经女娲炼 [6]，峥嵘想见灵胡阙 [7]。孤根下插溟渤深 [8]，倒涌奇云作潮汐。上窥造化无四邻 [9]，横绝东南惟一石。不知混沌未分前 [10]，此峰却倚何天立。乾坤崩坼海水翻 [11]，

---

[1] 五老峰：庐山名胜。《太平寰宇记》："五老峰在庐山东，悬崖突出，如五人逐罗列之状。"三叠泉：庐山名胜。《庐山续志》："其水出自大月山，由五老峰背，东注磐石，凡三叠而后至地。"陈、范、罗：陈三立、范钟、罗运崃。

[2] "天风"二句：楼船，指轮船。南斗：即斗宿，为二十八宿之一。李白《庐山谣寄卢侍御虚舟》："庐山秀出南斗旁。"二句意谓乘江轮，至九江抵庐山。

[3] 琴志楼：易顺鼎在庐山三峡涧所筑居室。

[4] 屏风：庐山名胜，在大月山七里冲之东。李白诗："屏风九叠云锦张。"

[5] 芙蓉：李白《望庐山五老峰》："庐山东南五老峰，青天削出金芙蓉。"

[6] 斑驳：颜色杂乱。

[7] 灵胡：李白《上云乐》云西方老胡生自上古，"云见日月初生时，冶铸火精与水银"。

[8] 溟渤：溟海与渤海合称，泛指大海。

[9] 造化：指自然的创造化育。

[10] 混沌：天地未开辟前的蒙昧状态。

[11] 崩坼：分崩。

未倒鸿濛旧墙壁[1]。杞人莫忧天柱倾[2]，乾坤赖此还清宁。阳开阴阖苞万灵[3]，砉然吐出如新硎[4]。大鹏沸海挈金翅，孔雀摇天遮翠屏。江湖下通地道白[5]，吴楚中断天门青[6]。独斡元枢执大象[7]，坐览八极神明庭[8]。我疑一峰肖一岳，五岳何处藏真形[9]。鸟道横空一万里[10]，石梁卷尽昆仑水[11]。龙愤雷霆斗穴骄，猿惊冰雪喷崖起。鬓边河汉似西流[12]，脚底须弥欲东徙[13]。误道天公大笑声，投壶玉女输骁矢[14]。仙魅行霄瀑作梯，虹霞饮涧山如绮[15]。匡君无言李白死[16]，落落人寰初至此[17]。未许残飙冷剑花，肯让幽苔埋屐齿[18]。醉倚磐陀钓海还，神州正拂长竿底[19]。坐对千峰休怅然，与君便可挟飞仙。青天涕唾六鳌背[20]，白日歌呼五老颠。

---

[1]　鸿濛：犹"混沌"。

[2]　杞人：《列子·天瑞》："杞国有人，忧天地崩坠，身亡所寄，废寝食者。"

[3]　苞：苞含。

[4]　砉（huā）然：象声词。硎（xíng）：磨刀石，此用为动词。

[5]　"江湖"句：指长江的九道支流。《尚书》："九江孔殷。"孔安国注："江于此州界分为九道。"李白《庐山谣寄卢侍御虚舟》："白波九道流雪山。"

[6]　天门：山名，在安徽当涂县西南二十里。李白《望天门山》："天门中断楚江开。"

[7]　元枢：即玄枢，玄奥之机枢。大象：指世界一切事物的本原。《老子》："执大象，天下往。"

[8]　八极：八方极辽远处。《淮南子·地形》："八纮之外，乃有八极。"

[9]　五岳：指东岳泰山、西岳华山、中岳嵩山、北岳恒山、南岳衡山。

[10]　鸟道：指险绝的山路，仅通飞鸟。李白《蜀道难》："西当太白有鸟道，可以横绝峨嵋巅。"

[11]　石梁：庐山风景。李白《庐山谣寄卢侍御虚舟》："银河倒挂三石梁。"

[12]　河汉：银河。杜甫《同诸公登慈恩寺塔》："七星在北户，河汉声西流。"

[13]　须弥：佛教传说中的山名。

[14]　"误道"二句：神话传说，东王公与玉女作投壶戏，投壶不中则天为之笑，见《神异经》。

[15]　"虹霞"句：传说虹能饮水。

[16]　匡君：传说殷周时有匡裕于庐山结庐而居，故名匡庐或庐山。李白：唐代，大诗人，曾居庐山。

[17]　落落：稀疏、冷落。

[18]　屐齿：古人登山所穿木屐，有齿。屐齿，犹言履迹、游踪。

[19]　"醉倚"二句：杜甫《送孔巢父谢病归游江东兼呈李白》："巢父掉头不肯住，东将入海随烟雾。诗卷长留天地间，钓竿欲拂珊瑚树。"

[20]　六鳌（áo）：鳌，传说中海上大龟。《列子·汤问》："一钓而连六鳌。"

君卧太虚犹衽席[1]，我凭倒景作阑干。梦魂不逐斜阳去，相与提携十万年。

说明

易顺鼎一生足迹半天下，所到之处必有诗，而以庐山诗最为雄奇瑰丽。此诗在李白《庐山谣寄卢侍御虚舟》等诗基础上，进一步发挥想象，大力挥洒，极尽变化之能事。

---

[1]　太虚：天空。衽（rèn）席：卧席。

丙戌十二月二十四日雪中游邓尉三十二绝句（选一）[1]

　　湖天光景入空濛，海立云垂瞑望中[2]。记取僧楼听雪夜，万山如墨一灯红。

说明

　　雪夜游邓尉，前写望湖，后写望山。一片空濛幽静之中，一灯独明。环境氛围、色彩情调，运用出神入化。

---

[1]　丙戌：光绪十二年（1886）。邓尉：在今苏州西南，因汉时邓尉隐居此而得名。遍植梅花，有"香雪海"之称。

[2]　海立：杜甫《朝献太清宫赋》："四海之水皆立。"

陈　衍

陈衍（1858—1938），字叔伊，号石遗，福建闽侯人。光绪八年（1882）举人。曾入张之洞幕，为学部主事，后任京师大学、厦门大学、无锡国专教授。晚寓苏州。诗与陈三立、郑孝胥齐名，为同光体闽派的代表人物。有《石遗诗集》、《石遗诗话》，并选辑《近代诗钞》等。

江中回望金焦二山 [1]

昨宵江色天冥冥，江潮正落月未生。金山塔上铃自语，焦山寺中钟已鸣。昂藏北固了无见 [2]，瓜洲灯火三两星 [3]。朝来四望致爽气 [4]，隔江之树青泠泠。江山一顾如倾城 [5]，端庄流丽二者并。松寥寂寞修竹尽 [6]，鹳鹤飞去栖老兵 [7]。乱头粗服背亦好 [8]，故衣黯淡尹与邢 [9]。金山颜色真宁馨 [10]，坐中贵人来平明 [11]。态浓意远挹不尽，水边一赋丽人行 [12]。俗物

---

[1]　金焦：金山在江苏镇江市西北七里长江中，后与江南岸相连。焦山在镇江东北九里长江中。
[2]　昂藏：高峻、轩昂。北固：在镇江市北，三面临水，高数十丈，形势雄丽。
[3]　瓜洲：在江苏扬州西南，长江北岸，当运河口，为南北交通要道。张祜《题金陵渡》："两三星火是瓜洲。"
[4]　"朝来"句：《世说新语·简傲》："西山朝来，致有爽气。"
[5]　"江山"句：《李延年歌》："北方有佳人，绝世而独立。一顾倾人城。"后代以"倾城"喻美色，此处用以形容江山之美。
[6]　松寥：《京口山水志》："松寥、夷山在（焦）山东北江中。"
[7]　鹳鹤：焦山瘗鹤岩有瘗鹤铭。山多鹰鹳。鸦片战争时筑炮台防江，故云"老兵"。
[8]　乱头粗服：形容不事修饰。
[9]　"故衣"句：汉武帝宠幸尹、邢二夫人，令二人不相见，后尹夫人请求会见邢夫人，汉武帝使邢夫人衣故衣，杂人群中进入，尹夫人望见，遂低头掩面而泣。
[10]　宁馨：如此。
[11]　"坐中"句：张祜《集灵台》："虢国夫人承主恩，平明骑马入宫门。"
[12]　"态浓"二句：杜甫《丽人行》："长安水边多丽人，态浓意远淑且真。"

败意强解事[1]，徒以寒瘦为神清。妙高亭子何亭亭[2]，就中与余相目成[3]。未知明月几时有？难得夕阳无限晴。古云京口兵可用[4]，古云京口酒可倾。仲谋寄奴无觅处[5]，惟闻铁瓮寒涛声[6]。眼前风景不解道，青山枉向吾曹青。

说明

此诗写金焦二山的秀丽多姿，手法新颖别致。

---

[1]　俗物：俗人。
[2]　妙高：金山之巅。陆游《入蜀记》："遂游金山，登玉鉴堂，妙高台，俱穷极壮丽。"
[3]　目成：男女以眉目传情。《楚辞·九歌》："满堂兮美人，忽独与余兮目成。"
[4]　京口：即镇江，从古为兵家必争之地。
[5]　仲谋：三国吴孙权的字。寄奴：南朝宋开国皇帝刘裕小字。
[6]　铁瓮：镇江子城名，相传吴大帝孙权以瓮甃成内外，坚固如金城，故名铁瓮城。

康有为

康有为（1858—1927），字广厦，号长素，又号更生，广东南海人。光绪二十一年（1895）进士，官工部主事，未到职。康为近代资产阶级改良主义运动领袖。光绪十四年（1888），发起"公车上书"，后建立强学会，参加百日维新。戊戌变法失败，逃亡海外，思想渐趋保守。诗多反映重大事变，饱含爱国精神，风格雄健，近似杜甫。有《康南海先生诗集》。

秋登越王台 [1]

秋风立马越王台，混混龙蛇最可哀 [2]。十七史从何说起 [3]，三千劫几历轮回 [4]。腐儒心事呼天问 [5]，大地山河跨海来。临睨飞云横八表 [6]，岂无倚剑叹雄才。

说明

诗作于光绪五年（1879），其时清国势江河日下，风雨飘摇，有识之士无不忧心忡忡。广州为最早门户开放的城市之一，受到西方资本主义

---

[1]　越王台：在广州市北越秀山上，相传为西汉南越王赵佗所建。
[2]　混混：混浊纷乱貌。龙蛇：《左传·襄公二十一年》："深山大泽，实隐龙蛇。"
[3]　"十七史从何说起"句：文天祥《纪年录》中有"一部十七史，从何处说起"之语。
[4]　劫：佛家语，指天地末日来临时灾难。轮回：佛家语，指世事变迁。
[5]　腐儒：迂腐的儒生，作者自谦。天问：《楚辞》有《天问》篇。
[6]　睨：斜视。八表：八荒之外。陶潜《停云》："八表同昏。"

文明熏陶的青年康有为开始探寻治国救国的方略。全诗悲壮昂扬，情思浩荡，表现出为国献身的大无畏气概。

集评

　　钱基博曰：有为不以诗名，然辞意非常，有诗家所不敢吟、不能吟者。盖诗如其文，糅杂经语、诸子语、史语，旁及外国佛语、耶教语，而出之以狂荡豪逸之气，写之以倔强奥衍之笔。如黄河千里九曲，浑灏流转，挟泥沙俱下，崖激波飞，跳踉啸怒，不达海而不止。

——《现代中国文学史》

过昌平城望居庸关 [1]

城堞逶迤万柳红 [2]，西山岧嵽霁明虹 [3]。云垂大野鹰盘势 [4]，地展平原骏展风。永夜驼铃传塞上 [5]，极天树影递关东 [6]。时平堡堠生青草 [7]，欲出军都吊鬼雄 [8]。

说明

作于光绪十四年（1888），作者应顺天乡试至北京，游明陵，登长城，出八达岭。此诗重在"望"字，写居庸关形势及关外草原风光，气象宏大。末二句隐含讽喻，暗示国家前途堪忧。

集评

梁启超曰：南海有《登万里长城》一诗，于我民族伟大之纪念，三致意

---

[1]　昌平：县名，今属北京市。居庸关：在昌平西北，长城关隘之一。
[2]　逶迤（wēi yí）：连绵不断。
[3]　岧嵽（tiáo dì）：同迢递，遥远。
[4]　"云垂"句：杜甫《旅夜书怀》："星垂平野阔。"
[5]　永夜：长夜。
[6]　极天：天边。
[7]　堡堠（hòu）：瞭望敌情的土堡。
[8]　军都：居庸关古名。鬼雄：为国牺牲的将士。屈原《楚辞·九歌》："子魂魄兮为鬼雄。"

焉。诗云："秦时楼堞汉家营……"又《过昌平城望居庸关》一首，又《由明陵出居庸关》一首，读之尚武精神油然生焉。甚矣地理之感人深也！

——《饮冰室诗话》

出都留别诸公（五首选一）[1]

天龙作骑万灵从，独立飞来缥缈峰[2]。怀抱芳馨兰一握[3]，纵横宇合雾千重[4]。眼中战国成争鹿[5]，海内人才孰卧龙[6]？抚剑长号归去也，千山风雨啸青锋。

说明

光绪十四年（1888），康有为入京应顺天乡试，第一次向皇帝上书。此举被视为惊世骇俗，作者也备受顽固派嘲笑攻击。次年九月出都时赋此留别，对国家前途表示深重的忧虑。

集评

梁启超曰：平子、孝高复访余于箱根，月夜相与登塔峰绝顶，高歌南海先生旧作"天龙作骑万灵从"一诗，觉胸次浩然，大有舞雩三三两两之意。

——《饮冰室诗话》

---

[1] 题下自注："吾以诸生上书请变法，开国未有。群疑交集，乃行。"
[2] 飞来缥缈峰：杭州灵隐寺前有飞来峰，相传自中天竺飞来。
[3] "怀抱"句：怀香握兰，比喻志向高洁。
[4] 宇合：指天下。
[5] "眼中"句：战国时七国争雄。争鹿：即逐鹿。《史记·淮阴侯列传》："秦失其鹿，天下共逐之。"
[6] 卧龙：诸葛亮号卧龙。

梁鼎芬

梁鼎芬（1859—1919），字心海，号节庵，广东番禺人。光绪六年（1880）进士，官湖北按察使。清亡后，为遗老。有《梁节庵先生遗诗》。

焦山四忆之一·象山炮台 [1]

此台亦何有，有我千回泪。我泪今已干，或者变江水。

说明

自鸦片战争以来，帝国主义的坚船利炮曾多次打开中国的大门。作者作为一个爱国进步的士大夫，补天无力。一度还曾因言事被降职，居焦山海西庵避地读书。短短二十字中，表达了极为深重的痛苦。

---

[1] 焦山：又名浮玉山，在江苏镇江市东北长江中，因东汉时隐士焦光而得名。象山：在焦山左边长江岸边，为江防要地，始设于鸦片战争中。

俞明震

俞明震（1860—1918），字恪士，号觚斋，晚号觚庵，浙江山阴（今绍兴）人。光绪十六年（1890）进士，任刑部主事。《马关条约》签订后，曾参与台湾人民抗击日本侵略军的斗争。辛亥革命后寓居杭州。诗风淡远幽深，清神独往。中年后得江山之助，更盘郁苍凉。有《觚庵诗存》。

宿凉州 [1]

云与雪山连，不知山向背。残日在寒沙，婉娈得月态 [2]。群羊去如水，远色倏明昧 [3]。此景夙未历，垂老临绝塞。地远古愁多，草枯残垒在。天山一线脉，盘旋走关内。流泉满驰道 [4]，千里有灌溉。巍然古重镇，四郊如拥戴。风吹大月来，南山忽沉晦 [5]。莽莽天无根，静与长城对。

说明

诗为作者任甘肃提学使时作，所写塞外风光奇甚，开唐人未有之境。

---

[1]　凉州：今甘肃武威县。
[2]　婉娈：年少美好貌。
[3]　倏明昧：忽明忽暗。
[4]　驰道：驰马所行之道。《汉书·贾山传·至言》：" (秦) 为驰道于天下。东穷燕齐，南极吴楚。"
[5]　沉晦：隐没。

刘光第

　　刘光第（1858—1898），字裴村，四川富顺人。光绪九年（1883）进士，初任刑部主事，后入保国会。光绪二十四年（1898）与谭嗣同等同授四品军机章京，参与变法。变法失败，被害，为"戊戌六君子"之一。工诗文，笔力雅健。峨眉纪游诸诗尤美。有《介白堂诗集》、《衷圣斋文集》。

白雪吟

　　大城冻色连虚空[1]，雪花初结人气融，须臾宫殿皓天上，九陌十六城门同[2]。王侯蝼蚁岂得别，一皆蛰入于其宫[3]。而我高歌破屋底，雪压欲倒心清雄。清凉宝山思一见[4]，秀发五朵寒芙蓉[5]。峨眉石骨冰作肉[6]，烂云衣裳不可缝[7]。蓬莱左股愁冻折[8]，梅花尚倚寻仙筇[9]。不然千树万树松，黄山之三十六峰[10]。兴酣赤脚踏冰上[11]，或骑白鹤哦云中[12]。

- ［1］　大城：指北京。虚空：天空。
- ［2］　九陌：都城中的大路。十六城门：北京城内外共十六座门。
- ［3］　蛰（zhé）：隐伏、躲藏。
- ［4］　清凉宝山：五台山的别名。
- ［5］　"秀发"句：五台山由五峰环抱而成，为我国佛教四大名山之一。
- ［6］　峨眉：在四川峨眉县，为我国佛教四大名山之一。
- ［7］　烂云：灿烂夺目的云海，此指大雪覆盖。不可缝：《灵怪录》："徐视其（织女）衣并无缝。翰问之，曰：'天衣本非针线为也。'"成语"天衣无缝"出此。
- ［8］　"蓬莱"句：苏轼《白水山佛迹岩》："何人守蓬莱？夜半失左股。"蓬莱：传说为神仙所居，浮于水上。
- ［9］　筇：竹之一种，可作杖。
- ［10］　黄山：又名黟山，在安徽省，风景佳绝。
- ［11］　"兴酣"句：杜甫《早秋苦热堆案相仍》："南望青松架短壑，安得赤脚踏层冰。"
- ［12］　哦：吟哦，吟咏。

匡庐皬然五老翁¹，背负几叠银屏风²。九关神童掩日角³，一笑玉女开天容⁴。大行雄起天下脊⁵，掉尾忽落沧溟东⁶。巨鳌戴山怪如暝⁷，烛龙衔火阴不红⁸。可怜王母眉如霜⁹，云情海思嗟方浓。石晶珠髓嚼虎齿¹⁰，卷霹雳舌惊东公¹¹。君不见缟素风沙二万里¹²，粉本可画无人踪¹³。黑子变作白弹丸¹⁴，海东一点光濛濛¹⁵。竦身若木望南北¹⁶，万古之事撞心胸。块磊所畏玻璃钟¹⁷，麴生遇我偏无功¹⁸。热怀直欲煖宙合¹⁹，自笑拨火身

---

[1]　匡庐：即庐山。相传古代有匡俗兄弟结庐于此，故名匡庐。皬（hé）然：洁白貌。五老翁：庐山有五老峰。

[2]　"背负"句：屏风，庐山峰名。李白《庐山谣》："屏风九叠云锦张。"

[3]　九关：九天。日角：额骨中央隆起，旧时以为帝王之相。此处借喻日光。

[4]　"一笑"句：玉女，仙女。《艺文类聚》引《庄子》："玉女投壶，天为之笑则电。"此处借喻天色放晴。

[5]　大行：即太行山。

[6]　掉尾：摆动尾巴。沧溟：大海。二句以太行积雪比喻东海巨鲸。

[7]　"巨鳌"句：《列子》记渤海之东有大壑，中有五山为群仙所居，山无根，随波上下。"帝恐流于西极，失群圣之居，乃命禺疆使巨鳌十五举首戴之。"暝：黄昏。

[8]　烛龙：《山海经·大荒北经》："西北海之外……有神人面蛇身而赤，直目正乘，其瞑乃晦，其视乃明。"

[9]　"可怜"句：李白《飞龙引》："下视瑶池见王母，蛾眉萧飒如秋霜。"王母，西王母，暗喻慈禧。

[10]　石晶珠髓：喻珍异难得之物。虎齿：指西王母。《山海经·大荒西经》："有人戴胜虎齿，有豹尾，穴处，名曰西王母。"二句暗喻慈禧荒淫之意。

[11]　霹雳舌：苏轼《寄钟山泉公》："电眸虎齿霹雳舌，为予吹散千峰云。"东公：东王公，暗喻光绪。

[12]　缟素：白色织物，引申为白色。

[13]　粉本：作画时稿本，先施粉打底。

[14]　黑子：《宋史·天文志》："日中生黑子，大如枣。"弹丸：《礼记·月令》正义："日似弹丸。"

[15]　"海东"句：喻日光昏矇。

[16]　若木：神话中树名。

[17]　块磊：心中郁结不平之气。《世说新语·任诞》："王忱曰：'阮籍胸中垒块，故须以酒浇之。'"玻璃钟：酒具。李贺《将进酒》："琉璃钟，琥珀浓，小槽酒滴真珠红。"

[18]　麴生：酒的别名。

[19]　宙合：《管子》篇名，意为包容古往今来宇宙万物。

方穷¹。夜深煮茗镇清绝，奇气郁盘多苦衷²。不如杜门且高卧³，待取南窗五丈之枣朝阳烘⁴。

说明

诗作于光绪十七年（1891），作者任刑部广西司主事。通过对大雪的描写，充分发挥想象，雄奇瑰丽，光怪陆离，充满神话传说，又与现实密切相连。表述了对慈禧太后专权擅政的不满，对国势日蹙的忧虑和职位低贱有才志而不能报国的苦闷。

集评

狄葆贤曰：富顺刘裴村比部……其诗多奇气，亦恒有锤幽凿险之作。然静穆之致，终流露于行间。　又曰：五古意境高绝。

——《平等阁诗话》

---

[1]　拨火：《李邺侯外传》记唐代李泌为书生时，于衡山见异僧懒残，时方天寒，懒残拨火灰示李泌曰："勿多言，领取十年宰相。"谓己身职位低微，报国无门。

[2]　郁盘：心志郁结。

[3]　杜门：闭门。东汉时，大雪积地丈余，袁安闭门僵卧不出。见《后汉书·袁安传》注引《汝南先贤传》。

[4]　五丈之枣：犹言日上三竿。

夏曾佑

夏曾佑（1861—1904），字穗卿，号别士，又号碎佛，浙江钱塘（今杭州）人。光绪十六年（1890）进士。历官礼部主事，祁门知县、泗州知府等。与康有为、梁启超交游。有《夏曾佑诗集》。

登烟雨楼[1]

片帆冲雨入苍茫，隔雨楼台露夕阳。万顷纹波围雉堞[2]，一声柔橹和吴娘。风流朱李遗文落[3]，谓竹垞、秋锦。依约云庭昔梦长，庚寅与伯唐、穰卿、子良、研孙游此[4]。只少四围山色好，为扶残梦到钱塘。

说明

此旧地重游怀古念友之作，江南烟波景色如画。

---

[1]　烟雨楼：在浙江嘉兴。
[2]　雉堞：城墙。
[3]　朱李：朱彝尊，浙江嘉兴人，清初文学家。李良年：嘉兴人，清初学者，与朱彝尊齐名。
[4]　庚寅：光绪十六年（1890）。

丘逢甲

丘逢甲（1864—1912），字仙根，号蛰仙，又号仲阏，别号南武山人。台湾彰化人。光绪十五年（1889）进士，官工部主事。中日甲午之战失败，割让台湾。逢甲联台湾各界爱国人士，起兵抵抗日本，抗战二十昼夜，兵败，内渡，居广东镇平（今蕉岭），创办学校，推行新学。曾任广东教育总会会长、广东谘议局议长。辛亥革命后，出任广东革命军政府教育部长。被选为中央参议院议员。因病南归，卒。其诗富于爱国激情，师法杜甫、陆游、元好问，为晚清诗界革命的重要诗人。有《岭云海日楼诗钞》。

去岁初抵鮀江，今仍客游至此，思之怃然[1]（选一）

沦落天涯气自豪，故山东望海云高。西风一掬哀时泪[2]，流向秋江作怒涛[3]。

说明

光绪二十一年（1895）作者由闽归粤，初抵汕头，有《鮀江秋意》诗，寄托离乡去国之悲。一年后重游故地，遥望台岛，作诗以抒哀痛之思。

---

[1] 鮀江：今广东汕头市。怃（wǔ）然：茫然自失貌。
[2] 一掬：一把。
[3] 秋江：指韩江。

山村即目

一角西峰夕照中，断云东岭雨濛濛。林枫欲老柿将熟，秋在万山深处红。

说明

诗人笔下的秋，常是萧瑟凄凉，满怀离愁别恨。而这一首却将秋景描绘得如此色泽鲜艳，生趣盎然，东岭的断云雾雨又为明丽的秋光抹上一层朦胧美。不但色彩丰富，而且层次分明。

杨了公

杨了公（1864—1929），名锡章，字子文，号几园。江苏松江（今属上海市）人。任宝山县教谕、奉贤县县长。为南社松江派前贤。有《杨了公先生墨宝》。

梅花（二首选一）

君是梅花吾是雪，寒光那得比春光。有时欲借春光暖，时与梅花略一商[1]。

说明

沈其光注：诗为汪明甫作。汪疏财仗义，了公时与通有无者，可谓趣绝韵绝。

集评

沈其光曰：了公初名锡章，字子文，清季以明经为宝山教谕。愤郡守贪墨，上于中丞某，某受赇左袒，坐是落职。中岁好参禅，始号了公。工为绝句，吐语皆蝉蜕尘埃。

——《瓶粟斋诗话》

---

[1]　商：商榷。

李希圣

李希圣（1864—1905），字亦元，湖南湘乡人。光绪十八年（1892）进士，官刑部主事。诗宗李商隐，内容多叙晚清国事。有《雁影斋集》。

湘君 [1]

青枫江上古今情 [2]，锦瑟微闻呜咽声 [3]。辽海鹤归应有恨 [4]，鼎湖龙去总无名 [5]。珠帘隔雨香犹在 [6]，铜辇经秋梦已成 [7]。天宝旧人零落尽 [8]，陇鹦辛苦说华清 [9]。

说明

陈衍《石遗室诗话》谓："《湘君》诗为珍妃死于井中作也。"诗全法

[1]　湘君：旧时以为湘水之神，即舜之二妃娥皇、女英。此指珍妃。
[2]　青枫江：《楚辞·招魂》："湛湛江水兮上有枫，目极千里兮伤春心。"
[3]　锦瑟：李商隐《锦瑟》："锦瑟无端五十弦，一弦一柱思华年。"
[4]　"辽海"句：《搜神后记》："丁令威，本辽东人，学道于灵虚山。后化鹤归辽。"后用以喻人事变迁。
[5]　"鼎湖"句：《史记·封禅书》："黄帝采首山铜，铸鼎于荆山下。鼎既成，有龙垂胡髯下迎黄帝。"后以鼎湖喻帝皇之死。总无名：疑指光绪死因不明。
[6]　"珠帘"句：李商隐《春雨》："红楼隔雨相望冷，珠箔飘灯独自归。"指光绪和珍妃被隔离，不得相聚。
[7]　"铜辇"句：李贺《还自会稽歌》："秋衾梦铜辇。"铜辇原为太子车饰，借指光绪。
[8]　"天宝旧人"句：《明皇杂录》载玄宗自蜀还，幸华清宫，旧人零落尽。此喻光绪时宫人。
[9]　陇鹦：《禽经注》："鹦鹉出陇西，能言。"华清：华清宫，在陕西临潼。唐玄宗与杨妃游幸于此。《明皇杂录》记杨妃养白鹦鹉名雪衣娘，聪慧能言。又《贤奕》记宋高宗时宫中养鹦鹉数百，后皆放还山。数年后有使臣过陇山，鹦鹉问曰："上皇安否？"使臣曰："上皇崩矣。"鹦鹉皆悲鸣不已。

李商隐，辞语凄艳，情事隐约，虽大量用典而熔铸浑成，富于朦胧之美。

集评

陈衍曰：亦元通籍后始学为诗，有作必七律，以玉溪生自许。尝写其得意之作若干首寄示余。余录《西苑》、《湘君》二律，谓可以肩随萨天锡云。

——《石遗室诗话》

谭嗣同

谭嗣同（1865—1898），字复生，号壮飞，湖南浏阳人，湖北巡抚谭继洵之子。少年时即胸怀大志。甲午战争后，发愤钻研新学，进行改良社会活动，助湖南巡抚陈宝箴推行新政，倡办"南学会"。光绪二十四年（1898）入京，授四品衔军机章京，参与康、梁变法。变法失败，与林旭、刘光第等同时被捕遇害，为戊戌六君子之一。其诗兼学韩愈、李贺各家，风格豪壮。有《莽苍苍斋集》。

潼关[1]

终古高云簇此城[2]，秋风吹散马蹄声。河流大野犹嫌束，山入潼关不解平。

说明

光绪八年（1882），作者往甘肃兰州探望父亲，路经潼关，写下此诗。末二句写黄河的水势汹涌及潼关附近的山势突兀高耸，既描绘了潼关的地形险峻壮丽，也表现了自己豪迈奔放的胸襟与志向。

---

[1]　潼关：在陕西省潼关县，雄踞半山，下临黄河，为陕西、山西、河南三省要冲，历代军事要地。
[2]　终古：永远。

狱中题壁

望门投止思张俭[1]，忍死须臾待杜根[2]。我自横刀向天笑，去留肝胆两昆仑[3]。

说明

戊戌事变发生时，朋友们劝他走避，谭嗣同坚执不肯，曰："各国变法无不从流血而成，今日中国未闻有因变法而流血者，此国所以不昌也。有之，请自嗣同始。"此诗表达了他对出亡途中的康、梁的惦念，以及为实现自己理想而献身的英风豪气。

集评

陈衍曰：湖外诗非汉魏六朝盛唐不道，复生年少异才，不为所囿，惜存稿不多耳。

——《石遗室诗话》

---

[1] 望门投止：见到人家就去投宿，形容逃亡途中惶急之状。张俭：东汉人，因弹劾宦官被迫出亡，人们重其声望，均不避艰险接纳。

[2] 杜根：东汉人，因上书倡议邓太后归政汉安帝，触怒太后，几乎被杀。他装死以逃避，隐身酒肆。

[3] 肝胆两昆仑：肝胆相照，如昆仑山巍然屹立。

蒋智由

蒋智由（1865—1929），字观云，号因明，浙江诸暨人。早岁主张君主立宪，居日本多年。辛亥后寓居上海，为遗老。蒋为诗界革命主将之一，梁启超曾将其与黄遵宪、夏曾佑合称"近世诗界三杰"。有《居东集》、《蒋观云先生遗诗》。

久思

久思词笔换兜鍪[1]，浩荡雄姿不可收。地覆天翻文字海，可能歌哭挽神州？

说明

诗作于戊戌变法时。作者当时为君主立宪制的热情鼓吹者，希望以大量文字来达到改良救国的目的。

集评

梁启超曰：昔尝推黄公度、夏穗卿、蒋观云为近世诗界三杰。……然两

---

[1] 兜鍪（dōu móu）：头盔，战士所戴。词笔换兜鍪：《后汉书·班超传》："家贫，常为官佣书以供养。久劳苦，尝辍业投笔叹大丈夫无他志略，犹当效傅介子、张骞立功异域以取封侯，安能久事笔砚间乎？"

年以来，得见观云诗最多。近观云以其四长篇见贶，读竟，如枯肠得酒，圆
满欣美。

——《饮冰室诗话》

姚永概

姚永概（1866—1923），字叔节，安徽桐城人。光绪十四年（1888）解元。姚莹之孙，有文名。诗宗北宋。有《慎宜轩集》。

偶题

西风吹雨似轻埃[1]，零落残芳尚乱开。秋蝶向花无意兴，绕丛三匝却飞回[2]。

说明

不说秋光萧瑟，却说残花乱开；不说人意悲秋，却说秋蝶无兴。笔风似平淡，悲感自在言外。

集评

吴闿生曰：凄绝不可卒读。

——《晚清四十家诗钞》

钱基博曰：（吴）汝纶尝称其诗才气俊逸，足使辞皆腾踔纸上。虽百钧万斛，而运之甚轻。故能出入于李杜苏黄诸家，而自成体貌也。

——《现代中国文学史》

---

[1] 埃：尘埃。
[2] 匝：周。

曾广钧

曾广钧（1866—1929），字重伯，号䤵庵，湖南湘乡人。光绪十五年（1889）进士，官至广西知府。为曾国藩之孙，幼即颖悟，诗学温李。有《环天室诗集》。

携眷登南岳观音岩作[1]

宝山珠殿插青天[2]，万朵红莲礼白莲[3]。一片空岚罩云海[4]，全家罗袜踏苍烟[5]。烧香愿了花侵马，礼佛人归月上弦。更忆海南千叶座[6]，天风引舰近真仙。

说明

此是纪游诗，写衡山观音岩风景奇丽，"红莲"、"白莲"想象奇特。

---

[1] 南岳：即衡山，在湖南省中部。观音岩：衡山名胜，在香炉峰后。
[2] 宝山：指衡山，为五岳之一。
[3] 红莲：衡山为南岳，属火，故以红莲形容其山峰。又衡山诸峰中有芙蓉峰、莲花峰。白莲：指观音岩，因观音有白衣大士之称。
[4] 岚：云气。
[5] "全家"句：李商隐《病中早访招国李十将军，遇挈家游曲江》："家近红蕖曲水滨，全家罗袜起秋尘。"
[6] 海南：指南海普陀山，佛教圣地之一。千叶座：观音足踏千叶莲花。

集评

狄葆贤曰：（广钧）自号旧民，生有异禀，博览群籍，于世界各宗教学派莫不精研贯彻，故有时托之吟咏，微言妙谛，迥出人表。又曰：旧民氏"万朵红莲礼白莲"句，盛传于世，殆如"庭草无人"、"满城风雨"之脍炙人口。

——《平等阁诗话》

梁启超曰：昔记曾重伯诗有"万朵红莲礼白莲"之语，余叹为妙想妙语，得未曾有。

——《饮冰室诗话》

黄遵宪曰：诗笔韩黄万丈光，湘乡相国故堂堂。谁知东鲁传家学，竟异南丰一瓣香。上接孟荀骋论纵，旁通骚赋楚歌狂。澧兰沅芷无穷竟，况复哀时重自伤。

——《人境庐诗草》

汪国垣曰：《环天室诗》多沈博绝丽之作，比拟之工，使事之博；虞山之后，此其嗣音。

——《光宣诗坛点将录》

王允晳

王允晳（？—1930），字又点，号碧栖，福建长乐人。光绪十一年（1885）举人。先后入奉天将军依克唐阿与北洋海军幕府，后官安徽婺源知县。王氏作诗以苦吟称，善锤炼字句。有《碧栖诗》。

梅花

茆屋苍苔岂有春[1]，翛然曾不步逡巡[2]。自家沦落犹难管，只管吹香与路人。

说明

这首诗歌颂梅花的高洁品质，自甘淡泊沦落，而乐于助人。实则借花言志，表明自己虽沉沦下位，不得施展才华，但仍然积极进取，奋发向上。与龚自珍《己亥杂诗·浩荡离愁白日斜》有同工之妙。

---

[1]　茆（máo）：同"茅"。茆屋苍苔，喻清贫寒素境界。王淇《梅》："竹篱茅舍自甘心。"
[2]　翛（xiāo）然：无拘无束。逡巡：徘徊。

李瑞清

李瑞清（1867—1920），字仲麟，号梅庵，晚号清道人。江西临川人。光绪二十一年（1895）进士，官至江宁提学使。有《清道人遗集》。

题自画梅溪便面 [1]

孤舟曳寒烟，荡入梅花里。香雪空濛濛，不辨云与水。

说明

是花是雪，是云是水，一片空濛，写景绝妙。

---

[1] 便面：扇子。

何振岱

何振岱（1867—1952），字梅生，一字心与，福建闽县（今福州）人。光绪二十三年（1897）举人。闽派著名诗人，有《姑留稿》。

孤山独坐雪意甚足 [1]

山孤有客与徘徊，悄向幽亭藉绿苔。钟定声依无际水，诗成意在欲开梅。暮寒潜自湖心起，雪点疑随雨脚来 [2]。一饮恣情宜早睡 [3]，两峰晓待玉成堆 [4]。

说明

西湖赏雪、孤山看梅，向来是文人墨客题咏的中心。作者此诗却选中了雪将落未落、梅欲开未开这一特殊环境气候加以叙写，一片清寒萧疏之气扑面而来。

---

[1] 孤山：在杭州市西湖里外二湖之间，一峰独立，为风景名胜处。
[2] 雪点：小雪珠。
[3] 恣情：纵情。
[4] 两峰：南高峰、北高峰。

集评

　　陈衍曰：梅生为余书扇，录西湖诗数首。乙庵诸人见之，极赏其"钟定声依无际水，诗成意在欲开梅"诸联。实则君诗语能自造，而出以自然，无艰涩之态。或病其隘而不广。余曰：以东野之复绝千古，遗山尚目以诗囚，于东野乎何伤！

——《石遗室诗话》

赵　熙

赵熙（1867—1948），字尧生，号香宋。四川荣县人。光绪十八年（1892）进士，授编修，转江西道监察御史，以抗直敢言著称。工诗，兼宗唐宋，诗风敏捷。有《香宋诗前集》。

初月

万古虚空在眼前，道人心上一灯燃。青天挂出如钩月，曾照洪荒第一年[1]。

说明

咏初月而不落前人窠臼，颇有哲理意味。

---

[1]　洪荒：混沌初辟。

黄　节

黄节（1873—1935），初名晦闻，字玉昆，号纯熙，广东顺德人，同盟会会员。南社成员。任教于北京大学。有《中国通史》、《中国文学史》、《汉魏乐府风笺》、《蒹葭楼诗》等。

岳坟

中原十载拜祠堂[1]，不及西湖山更苍。大汉天声垂断绝[2]，万方兵气此潜藏。双坟晚蟀鸣乌石[3]，一市秋茶说岳王[4]。独有匹夫凭吊去[5]，从来忠愤使人伤。

说明

诗作于1908年，诗人以凭吊民族英雄岳飞为题，抒发"国家兴亡，匹夫有责"，唤起民众，重振国威的革命豪情。

---

[1] "中原"句：原注：十年前余两过朱仙镇谒岳王庙，均有诗，今不存。
[2] 大汉天声：比喻国家声威。《后汉书·窦宪传》："下以安固后嗣，恢拓境宇，振大汉之天声。"
[3] 乌石：原注："坟倚乌石峰。"《西湖志》："栖霞岭巅有紫云洞，（峰）在紫云洞上，石色如墨。"
[4] "一市"句：原注"坟前茶肆数十家"。
[5] 匹夫：平民。

集评

陈衍曰：余与晦闻相知久而相见疏，其为诗，著意骨格，笔必拗折，语必凄婉。

——《石遗室诗话》

梁启超

梁启超（1873—1929），字卓如，号任公，别署饮冰室主人。广东新会人，光绪十五年（1889）举人，受业于康有为，接受变法维新思想，成为康之有力助手。光绪二十四年入京，奉旨赏六品衔。戊戌政变后流亡日本。辛亥革命后任北洋政府司法总长、财政总长。晚年讲学于清华大学研究院。诗风格豪迈，旗帜鲜明。有《饮冰室全集》。

自励（二首选一）

献身甘作万矢的，著论求为百世师。誓起民权移旧俗，更研哲理牖新知。十年以后当思我，举国犹狂欲语谁[1]？世界无穷愿无尽，海天寥廓立多时。

说明

诗作于辛亥革命前十年，时清廷国运已不可挽救，参与维新的人士所余无几，作者虽感孤独、彷徨，但献身热忱依然如火之炽，勇于探索、勇于求知的精神使人振奋。

---

[1]　"举国"句：《宋书·袁粲传》："（粲）尝谓周旋人曰：'昔有一国，国中一水号曰狂泉，国人饮此水无不狂。唯国君穿井而汲，独得无恙。'"

集评

　　沈其光曰：任公以海涵地负之才，为摇岳凌沧之笔。其学则经也，史也，天竺梵笑也，西儒哲理也，无所不包。故无所不备。其诗浸淫汉魏，出入杜、韩，皮、陆、江湖，等之自郐，近代当推大家。

——《瓶粟斋诗话》

太平洋遇雨

一雨纵横亘二洲[1]，浪淘天地入东流。却余人物淘难尽[2]，又挟风雷作远游。

说明

此诗作于光绪二十五年（1899），作者游玩美洲时。"却余"句用苏轼词语，隐喻己身是戊戌政变劫后余生之人，但决不会被浪花淘尽，未来犹有作为。壮志豪情，使人奋起。

---

[1] "一雨"句：太平洋接美洲、亚洲两大陆。作者于太平洋中遇雨，故云一雨横亘二洲。
[2] "却余"句：苏轼《念奴娇》："大江东去，浪淘尽，千古风流人物。"

金天羽

金天羽（1874—1947），初名懋基，改名天翮，字松岑，别号天放楼主人。江苏吴江人。光绪二十四年（1898）荐赴经济特科，不赴。在家乡创办学校。后至上海，与章炳麟、邹容等交往密切。民国时曾任江南水利局长。晚年在苏州创办国学会。任教光华大学。精史学、文学，工诗能词。有《天放楼诗集》、《红鹤词》、《皖志列传稿》等。

吊长兴伯荒祠 [1]

吴淞江畔冰澌澌 [2]，悲来独吊长兴祠。斜阳落木怪鸱叫 [3]，坏墙薜荔寒风吹 [4]。江山易姓苦无色 [5]，每有完人天挺之 [6]。长兴起兵在江介 [7]，奋呼直抗熊貔师 [8]。素巾抹额手操楫 [9]，烟波万顷行如飞。三千儿郎善水战，杳杳江国多旌旗 [10]。南风不竞鼓声死 [11]，独留大节奠四维 [12]。

---

[1] 长兴伯：吴易，字日生，江苏吴江人。崇祯进士。明末起兵抗击清兵，鲁王封长兴伯。后战败牺牲。

[2] 吴淞江：即苏州河，源出太湖，流经吴江、昆山、上海而入黄浦江。澌澌：形声词，冰水流动声。

[3] 鸱（chī）：鹞鹰。

[4] 薜荔（bì lì）：木本植物，茎蔓生，多植为树篱。

[5] 江山易姓：指明亡。

[6] 天挺：天资卓越。《后汉书·黄琼传》："光武以圣武天挺，继统兴业。"

[7] 江介：江边。

[8] 熊貔（pí）：比喻勇猛的军队，指清兵。

[9] 素巾抹额：白巾裹头。

[10] 杳杳：深广貌。

[11] 南风不竞：原意为南方乐曲不强劲，暗喻义师失利。《左传·襄公十八年》："师旷曰：'南风不竞，多死声，楚必无功。'"鼓声死：暗喻吴易殉难。常建《吊王将军墓》："军败鼓声死。"

[12] 四维：维，结物的大绳。象征能使事物固定下来的意识或力量。《管子·牧民》："四维张，则国令行。"旧以礼、义、廉、耻为四维。又四方国土亦称四维。

荒江俎豆复寂寞¹，断桥流水神<u>丛</u>低²。牧童吟啸踞殿角，草深三尺藏狐狸。呜呼光复大义久榛莽³，思之涕下如绠縻⁴。

说明

    诗作于光绪二十六年（1900），作者正从事反清革命的宣传活动，借悼念明末抗清英雄，以抒发自己的革命思想和情感。

---

[1]   俎（zǔ）豆：祭祀用的礼器。

[2]   神<u>丛</u>：神祠旁的丛树。

[3]   榛莽：杂乱的树丛，此喻荒废。

[4]   绠縻（gěng mí）：井绳。喻泪水。王粲《咏史》："涕下如绠縻。"

夏敬观

夏敬观（1875—1953），字剑丞，号映庵，江西新建人。光绪二十年（1894）举人，官浙江提学使。辛亥革命后任浙江教育厅长，后寓居上海。能画、工诗词。有《忍古楼诗集》、《忍古楼词》。

今子夜歌 [1]

侬欢各天涯 [2]，莫道别离苦。虽云不相见，朝朝帖耳语 [3]。

思欢隔欢面，情不绝如线。侬唇帖欢耳，闻声不相见。

寄欢一曲歌，历历珠走盘 [4]。随欢肠轮转 [5]，一转千百转。

欢球与侬球 [6]，如梭掷来往。何物着中心？分明结情网。

说明

作者以古乐府民歌形式咏电话、唱机、网球，古题新事，情趣盎然。

---

[1]　今子夜歌：古乐府吴声歌曲有《子夜歌》，相传晋代有女子名子夜，善歌此调。内容多为相思情爱。
[2]　侬：女子自称。欢：情人。此首及下一首咏电话。
[3]　帖耳：贴耳。
[4]　历历：分明貌。珠走盘：形容乐声柔美。白居易《阮咸》：“落盘珠历历。”盘，指唱机之盘。
[5]　肠轮转：古乐府《古歌》：“心思不能言，肠中车轮转。”
[6]　欢球：指情人的网球。

杨 圻

杨圻（1875—1941），字云史，号野王，江苏常熟人。光绪二十八年（1902）举人，官邮传部郎中，新加坡总领事。抗日战争中卒于香港。杨氏诗学唐人，尤擅梅村体。有《江山万里楼诗钞》。

题五洲地图

入门屋大乾坤窄，八荒四极在我室[1]。手扪五岳皆平地[2]，坐视沧海忽壁立。怳如上界一俯瞰[3]，三分尘土水居七。又如置身洪荒前[4]，当时不见一人迹。昆仑之外原无山[5]，余气磅礴散万脉[6]。东南诸国临大水，西北川原岂终极[7]。乃知大块非无垠[8]，直若盆水浮败叶。关塞古今称形胜，自我视之皆智力。图中斑驳五色分，人种国界辨明晰。世上沿革血染成，此图变更乍朝夕。人间无日无干戈，一万年后知何色？起来取图裂粉碎，无地存身计亦得。回顾新月照空墙，似闻吴质嫦娥微叹息[9]。

---

[1]　八荒四极：指四方极远处，此指全世界。
[2]　扪：抚摸。五岳：中岳嵩山、东岳泰山、西岳华山、北岳恒山、南岳衡山。
[3]　怳如：怳，通"恍"，如同。
[4]　洪荒：蒙昧混沌的状态。
[5]　昆仑：山名，在新疆西藏之间，西接帕米尔高原。
[6]　余气：指昆仑山余脉伸展成无数山脉。
[7]　终极：尽头。古代以为西北川原即地的边缘。
[8]　无垠：无限。
[9]　吴质：神话传说为西河人，学仙有过，受罚入月宫斫桂树。嫦娥：月中女神，传说为后羿之妻，窃灵药而上升月宫。

说明

诗以观看五洲地图为题，描写世界地形，纠正过去错误的地理观点。揭露帝国主义企图瓜分世界，改变地图颜色的阴谋。风格苍凉而沉郁。

集评

钱基博曰：顺鼎既逝，增祥亦老。而用薰香摘艳之词抒感时伤事之旨，由李商隐沿洄以溯白居易、杜甫，而诗史自命，誉满江左者，则有杨圻焉。

——《现代中国文学史》

檀青引 [1]（序略）

江都三月看琼花 [2]，宝马香轮十万家 [3]。一代兴亡天宝曲 [4]，几分春色玉钩斜 [5]。玉钩斜畔春色去，满川烟草飞花絮 [6]。都是寻常百姓家，欲问迷楼谁知处 [7]？高台置酒雨溟溟，贺老弹词不忍听 [8]。二十五弦无限恨 [9]，白头犹见蒋檀青。雕栏风暖凝丝竹，筵上惊闻朝元曲 [10]。其时雨脚带春潮，江南江北千山绿。朱弦断续怨沧桑，望帝春心暗断肠 [11]。欲说先皇先坠泪 [12]，千言万语总心伤。坐客相看共呜咽，金徽弹罢愁难绝 [13]。同时伤春事不同，飘零身世何堪说。家在京师海岱门 [14]，少年往事不堪论。

---

[1] 檀青：据杨圻所作《蒋檀青传》，蒋系京师名伶，善筝笛，工南北曲。后流落江南，贫不能返京师。光绪丁酉年（1897）冬，作者于广陵（扬州）平山堂宴客时，坐上遇檀青，悲其遇，为作长诗。

[2] 江都：指扬州。琼花：稀有珍异之花，旧惟扬州后土祠有一株。

[3] 宝马香轮：贵家乘坐之车。

[4] 天宝曲：唐玄宗天宝十五载爆发安史之乱，后多以天宝曲指兴亡。

[5] 玉钩斜：在扬州市西，隋葬宫女处。

[6] "满川"句：极言愁绪之多。贺铸《青玉案》："试问闲愁都几许？一川烟草，满城风絮，梅子黄时雨。"

[7] 迷楼：隋炀帝所造楼名，据云"建筑工巧，自古无有。人误入其中，虽终日不能出。"

[8] 贺老：唐代音乐家贺怀智。

[9] 二十五弦：《汉书·郊祀志》："泰帝使素女鼓五十弦瑟，悲，帝禁不止，故破其瑟为二十五弦。"

[10] 朝元曲：唐天宝（742—756）中，在骊山华清宫南建朝元阁。杜牧《华清宫》："行云不下朝元阁，一曲霖铃泪数行。"

[11] 望帝：相传蜀王杜宇去位后，魂化杜鹃鸟。

[12] 先皇：指清文宗奕詝，年号咸丰。

[13] 金徽：金饰的琴徽。

[14] 海岱门：即北京崇文门。

旗亭旧日多名士[1]，北海当年侍至尊[2]。太行北尽仙园起[3]，灵台缥缈五云里[4]。年年豹尾幸离宫[5]，百官扈从六宫徙[6]。万户千门鱼钥开[7]，柳烟深浅见蓬莱[8]。妆楼明镜云中落，别殿笙歌画里来。祖宗旰食勤朝政[9]，百年文物乾坤定。万方钟鼓与民同，九重乐事怡天听[10]。建康杀气下江东[11]，百二关河战火红[12]。猿鹤山中啼夜月，渔樵江上哭秋风。军书榜午入青琐[13]，从此先皇近醇酒[14]。花萼楼前春昼长[15]，芙蓉帐里清宵久[16]。三山清月照瑶台[17]，夹道珠灯拥夜来[18]。一曲吴歌调凤琯[19]，后庭玉树报花开[20]。临春结绮新承宠[21]，玉骨轻盈珍珠重[22]。避面宁教妒尹邢[23]，当筵未许怜

---

[1] 旗亭：薛用弱《集异记》载唐开元（713—741）中，诗人王之涣、高适、王昌龄至旗亭饮酒听歌故事。

[2] 北海：与中海、南海总名太液池，为宫廷御苑。

[3] 太行：山名，绵亘山西、河北、河南三省。仙园：指圆明园。

[4] 灵台：唐玄宗天宝元年（742）建长生殿以祀天，一名集灵台。五云：五色祥云。

[5] 豹尾：豹尾车。皇帝属车，最后一乘悬豹尾。此指皇帝车驾。离宫：别宫，指圆明园。

[6] "百官"句：据钵提《记圆明园》："每岁夏，（上）幸园中，冬初还宫。内廷大臣，赐第相望。文武侍从，并直园林。"

[7] 鱼钥：鱼形的钥匙。《芝田录》："钥必以鱼者，取其不瞑目守夜之义。"

[8] 蓬莱：传说中的东海神山，此指园内建筑。

[9] 旰（gàn）食：晚食，指不能按时进餐，后用指勤于政事。

[10] 九重：天子居处。天听：比喻天子的视听。

[11] 建康：即今江苏南京。杀气：咸丰三年（1853）太平军攻克南京。

[12] 百二关河：原指秦地山河险固，此处泛指。

[13] 榜午：交错、纷杂。青琐：汉宫门名。

[14] 醇酒：《史记·信陵君列传》："公子自知再以毁废……饮醇酒，多近妇女。日夜为乐饮者四岁，竟病酒而卒。"

[15] 花萼楼：唐玄宗时于兴庆宫中建花萼楼。

[16] "芙蓉帐"句：白居易《长恨歌》："芙蓉帐暖度春宵。"

[17] "三山"句：圆明园福海中有大小三岛。瑶台：福海中央有蓬岛瑶台。

[18] "夹道"句：《拾遗记》载魏文帝迎美人薛灵芸，数十里膏烛之光相续不灭。因改薛灵芸之名为夜来。

[19] 吴歌：江南歌曲。凤琯（guǎn）：饰有凤形的玉笛。

[20] "后庭"句：南朝陈后主作《玉树后庭花》曲，相传以为亡国之音。

[21] 临春结绮：均为陈后主宫中楼阁名。陈后主自居临春阁，张贵妃住结绮阁。

[22] "玉骨"句：谓美人身价之高。晋代石崇以珍珠一斛购美人绿珠。

[23] 避面：《史记·外戚世家》记汉武帝有宠妃尹夫人与邢夫人，有诏不得相见。

张孔¹。太液春寒召管弦²，官家小宴杏花天³。昭阳宫里春如海⁴，五鼓初传《燕子笺》⁵。鞓红照睡繁华重⁶，绝代佳人花扶拥。南府新声妒野狐⁷，昇平独赐龟年俸⁸。夜半青娥扫落花⁹，深宫月色照羊车¹⁰。庸知铜雀春深事¹¹，留与词人赋馆娃¹²。当时海内勤王事¹³，慷慨誓师有曾李¹⁴。未见江头捷骑来，忽闻海畔夷歌起¹⁵。避暑温泉夜气清，宫花露冷月华明。惊心一曲《长生殿》¹⁶，直是渔阳鼙鼓声¹⁷。延秋门外黄昏路¹⁸，城阙生尘妃嫔去¹⁹。穆王从此不重来²⁰，马上天颜频回顾。来朝胡骑绕宫墙，凝碧池头踞御床²¹。昨夜《采莲》新制曲²²，月明多处舞衣凉。太白晱晱欃枪吐²³，

---

[1] 张孔：陈后主宠妃张丽华、孔贵嫔。

[2] 太液：北海、中海、南海总称太液池。

[3] 官家：指皇帝。杏花天：圆明园中有杏花春馆，为四十景之一。

[4] 昭阳宫：汉宫名，成帝皇后赵飞燕居处。

[5] 五鼓：五更。《燕子笺》：明末阮大铖所著传奇。弘光帝即位，阮大铖将剧本献入宫中。

[6] 鞓（tīng）红：牡丹名品之一。苏轼《海棠》："只恐夜深花睡去，故烧高烛照红妆。"

[7] 南府：清宫习艺演剧之处。野狐：唐玄宗时梨园弟子张野狐善吹觱篥。

[8] 龟年：即李龟年，唐玄宗时宫廷乐师。

[9] 青娥：宫女。

[10] 羊车：古代帝皇在宫廷中所乘小车。

[11] 铜雀：三国时曹魏所筑高台。杜牧《赤壁》："东风不与周郎便，铜雀春深锁二乔。"

[12] 馆娃：吴王夫差所筑宫殿名，遗址在今江苏苏州灵岩山上。

[13] 勤王：朝廷有难，各地起兵救援。

[14] 曾李：曾国藩创湘军，李鸿章创淮军，镇压太平天国革命。

[15] "忽闻"句：咸丰六年（1856）英人攻黄埔炮台，次年攻陷广州。

[16] 《长生殿》：洪昇所作传奇，演唐玄宗与杨贵妃爱情故事。

[17] "直是"句：用白居易《长恨歌》："渔阳鼙鼓动地来，惊破霓裳羽衣曲。"指清文宗欢乐未了，就遭逢英法联军进攻北京事。

[18] 延秋门：唐都长安御苑宫门。杜甫《哀王孙》："长安城头头白乌，夜飞延秋门上呼。"

[19] "城阙"句：白居易《长恨歌》："九重城阙烟尘生，千乘万骑西南行。"指清文宗携妃嫔仓皇出逃。

[20] 穆王：相传周穆王曾巡游天下。李商隐《瑶池》："八骏日行三万里，穆王何事不重来。"意谓回归无日。

[21] 凝碧池：在唐都长安禁苑中。安禄山占领长安后，于凝碧池头大会，梨园弟子唏嘘泣下。

[22] 《采莲》：乐府歌曲名。

[23] 太白：金星，金属兵戈之象。晱晱（shǎn）：闪烁。欃（chán）枪：彗星的别名。《尔雅·释天》："彗星为欃枪。"彗星出现为兵乱之兆。

云房水殿多凄楚[1]。咸阳不见阿房宫，可怜一炬成焦土[2]。和戎留守有贤王[3]，八骏西行入大荒[4]。金粟堆空啼杜宇[5]，苍梧云冷泣英皇[6]。居庸日落离宫暮[7]，北望幽州空烟树[8]。初闻哀诏在沙邱[9]，已报新君归灵武[10]。鼎湖龙静使人愁[11]，福海悠悠春水流[12]。山蝶乱飞芳树外，野莺啼满殿西头。梨园寂寞闭烟雨[13]，百草千花愁无主。汉家仙掌下民间[14]，秦宫宝镜知何处[15]。玉泉山下少人行[16]，琼岛春阴水木清[17]。独有渔翁斜月里，隔墙吹笛到天明。繁华事散堪悲恸，玉辇清游忆陪从[18]。明年重过德功坊[19]，梨花落尽柳如梦。小臣掩面过宫门[20]，犬马难忘故主恩。檀板红牙今落魄[21]，

---

[1] 云房：僧道居处。
[2] "咸阳"二句：咸阳，秦都城。阿房宫：秦始皇建造著名宫殿，项羽入关，被焚。这里代指圆明园。杜牧《阿房宫赋》："楚人一炬，可怜焦土。"
[3] "和戎"句：《清鉴易知录》："咸丰十年八月初，（帝）北狩热河。恭亲王奕訢留守。"九月，奕訢主持达成和议。
[4] 八骏：周穆王巡行天下，驾车有八骏，日行千里。大荒：极边远之地。喻咸丰帝之死。
[5] 金粟堆：唐玄宗泰陵所在地，陕西蒲城县金粟山。杜宇：传说为蜀帝魂魄所化。
[6] "苍梧"句：传说舜帝南巡，死于苍梧之野。二妃娥皇、女英泪染湘竹。此指慈安、慈禧两太后。
[7] 居庸：关名，在北京昌平县军都山上，为著名险要关塞。离宫：指热河行宫。
[8] 幽州：指北京。"蓟门烟树"为燕京八景之一。
[9] 哀诏：宣告皇帝死亡的诏书。沙邱：秦始皇病故之处，此处代指热河行宫。
[10] "已报"句：新君即同治皇帝载淳，从热河行宫返回北京登位。灵武：今宁夏回族自治区灵武西南。安史之乱时，唐玄宗西逃入蜀，太子李亨于灵武即皇帝位，是为唐肃宗。
[11] 鼎湖：传说黄帝铸鼎于荆山下，鼎成，有龙垂胡髯迎黄帝登天。后代作为皇帝死亡的典故。
[12] 福海：圆明园中最大的水域。
[13] 梨园：唐玄宗教习歌舞于梨园，后作为戏班代称。
[14] 汉家仙掌：《三辅黄图》："建章宫承露盘高三十丈。"
[15] 秦宫宝镜：据《西京杂记》载，汉高祖刘邦入秦宫，见宝镜，能照人脏腑。二句谓宫中珍宝流落民间。
[16] 玉泉山：在北京西郊，山下有玉泉，流注昆明湖。
[17] 琼岛：在太液池（今北海）中，有"琼岛春阴"石碑。
[18] 玉辇：帝王车驾。
[19] 德功坊：京师坊巷名。
[20] 小臣：蒋檀青自称。
[21] 檀板红牙：乐器，以红檀木制成的拍板。

寻常风月最销魂。十年血战动天地[1]，金陵再见真王气[2]。南部烟花北地人[3]，天涯难免伤心泪。武帝旌旗满九州[4]，湘淮诸将尽封侯[5]。两宫日月扶双辇[6]，万国车书拜五洲[7]。独有开元伶人老[8]，飘泊秦淮鬓霜早。夜梦帘间唱谢恩，玉阶叩首依宫草。糊口江淮四十年，清明寒食飞花天。春江酒店青山路，一曲《霓裳》卖一钱[9]。君问飘零感君意，含情弹出宫中事。乱后相逢话太平，咸丰旧恨今犹记。怜尔依稀事两朝，千秋万岁恨迢迢。至今烟月千门锁[10]，天上人间两寂寥。

说明

这篇长诗通过宫廷艺人蒋檀青的一生，概括包含咸丰一朝史事，讽刺了咸丰于国家内忧外患交作时，纵情声色，荒淫误国。并寄托了自己希望政治清明，国运再兴的心愿。全诗形式华美，形象鲜明，音调柔婉，韵律和谐。

---

[1] "十年"句：太平天国金田起义到失败，历经十四年。"十"举其常数。

[2] "金陵"句：金陵，南京别称，此处指北京。 真王气：指"同治中兴"。

[3] "南部"句：意谓蒋檀青流落南方，与烟花为伍。

[4] "武帝"句：杜甫《秋兴八首》："昆明池水汉时功，武帝旌旗在眼中。"

[5] 湘淮：曾国藩、李鸿章所率淮军、湘军。

[6] "两宫"句：指慈安、慈禧两位太后先后扶立同治、光绪二帝。

[7] "万国"句：谓清廷与各国互派公使。王维《和贾至舍人大明宫之作》："九天阊阖开宫殿，万国衣冠拜冕旒。"又杜甫《黄河二首》："愿驱众庶戴君王，混一车书弃金玉。"

[8] 开元：唐玄宗年号。伶人：指蒋檀青。

[9] 《霓裳》：霓裳羽衣曲，唐宫廷乐曲，杨贵妃曾作霓裳羽衣舞。

[10] 千门：杜甫《哀江头》："江头宫殿锁千门，细蒲新柳为谁绿。"

集评

  钱基伟曰：（杨圻）二十一岁以秀才为詹事府主簿，道扬州，遇老伶工蒋檀青，尝侍文宗于圆明园。追话恩幸，不觉泣数行下。为赋《檀青引》而弁以传，自负绝艳惊才，不在王闿运《圆明园词》之下，遂以诗有盛名。其辞曰……情辞哀乱，音节苍凉，令人低徊欲绝。

——《现代中国文学史》

泰山玉皇顶[1]

鸡鸣日出接天关[2]，绝顶疏钟云汉间[3]。气合大荒心似海[4]，身临上界目无山[5]。九州寂寂孤僧睡[6]，片石峨峨万古闲[7]。便欲抠衣通帝座[8]，手扶碧落看人寰[9]。

说明

此是登泰山绝顶纪游之作，以雄阔之语，写壮丽之景，胸襟豁朗，飘飘有凌云气。

---

[1] 玉皇顶：为泰山最高峰，建有玉皇殿。

[2] 天关：星名。《晋书·天文志》："天关一星，在五车南，亦曰天门。"此处双关。

[3] 云汉：银河。

[4] 大荒：极边远之地。

[5] "身临"句：用杜甫《望岳》"会当凌绝顶，一览众山小"句意。

[6] 九州：古以中国分为九州。 孤僧睡：即睡狮未醒意。

[7] 片石：玉皇顶有石刻"极顶"二字。峨峨：高耸貌。

[8] 抠衣：提衣而行。《礼记·曲礼》："抠衣趋隅，必慎唯诺。"帝座：星名。冯贽《云仙杂记》："李白登华山落雁峰，曰：'此山最高，呼吸之气，想通天帝座矣。'"

[9] 碧落：天空。白居易《长恨歌》："上穷碧落下黄泉。"人寰：人间。

林　旭

林旭（1875—1898），字暾谷，福建侯官人，光绪二十一年（1895）入京应试，后结识康有为，参与维新。为闽学会重要领袖人物。与谭嗣同等同授四品卿衔，在军机章京行走。变法失败，与谭嗣同等一同被捕遇害，为戊戌六君子之一。诗宗陈师道，为晚清闽派诗人之一。有《晚翠轩诗集》。

马房沟[1]

昨日老子山[2]，雨打又风吹。今日高邮湖，过湖日未迟。雨气化为烟，何处露筋祠[3]。金葩扬翠盖[4]，空中见参差[5]。径行忘混漾[6]，难进渐逶迤[7]。新蝉第一声，欣然得闻之。浅浅绿铺褥，高高青垂帷[8]。霞光由外铄，倒蘸水之湄[9]。蓝滑如泼油，红艳如凝脂。扪之不著手[10]，脚踏跌爬龟[11]。千载苎萝溪[12]，人言浴西施。扬州夸佳丽，此理信可推。如何杀风景[13]，火轮衷而

---

[1]　马房沟：地名，在江苏高邮湖附近。
[2]　老子山：地名，在江苏高邮县北。
[3]　露筋祠：在高邮县南。相传古代有姑嫂二人夜行止道旁，嫂投宿农舍。姑不肯行，竟为蚊群叮咬露筋而死。后人为之建祠庙。
[4]　葩：同"花"。翠盖：翠羽所制车盖。金花翠盖：形容神女庙貌。王士禛《过露筋祠》："翠羽明珰尚俨然。"
[5]　参差：不齐貌。
[6]　径行：直行。混漾：水流动荡漾貌。
[7]　逶迤：蜿蜒曲折貌。
[8]　"浅浅"二句：形容湖波似褥，天青似帷。
[9]　蘸：倒映。湄：水边。
[10]　扪：抚摸。
[11]　跌爬龟：形容水波缓缓移动如龟爬行。
[12]　苎萝溪：在今浙江诸暨县，相传为美女西施出生之地。
[13]　杀风景：谓败人雅兴。

驰¹？何殊铁如意，打碎赤琉璃²？刀劙织女锦³，车裂文君肌⁴。挏泥断萍根⁵，吹灰粘柳须⁶。惭极急遁去，犬吠非关谁。湖光挟堤树，苦苦远相随。清丽与幽淡，万状难具辞⁷。仍为诗人贶⁸，不同湖寇追。柁楼得饭晚⁹，新月正如规¹⁰。焚楮舟谢神¹¹，鸣锣官税厘¹²。荷香不见花，暗里勾我诗。风浪一回首，既往亦勿思。

说明

这篇诗写于乘火轮过高邮湖时，湖光山色，历历如绘。尤着力于表述乘火轮与乘风帆不同的感受，"吹灰粘柳须"一句更注意到对生态环境的影响。全诗精力弥满，气势雄浑。

[1]　衷：同"中"。衷而驰：火轮在湖心疾驰。
[2]　"何殊"二句：如意为器物名，状如手指，用以搔背。后演化为吉祥物。《世说新语·汰侈》载石崇与王恺斗富，用铁如意击碎王之珍贵珊瑚。赤琉璃：指霞光映照的湖面。
[3]　劙（lí）：割裂。织女：传说中仙女，即织女星。能织云锦。
[4]　车裂：分尸的酷刑。文君：汉代美人卓文君。
[5]　挏（hú）：掘。
[6]　柳须：杨柳细枝。"挏泥""吹灰"二句形容火轮急驶，扬起岸边湖泥，烟灰玷污柳枝。
[7]　难具辞：难以言辞表达。
[8]　贶（kuàng）：赠送。
[9]　柁楼：柁同"舵"，指火轮船。
[10]　规：圆规。
[11]　楮（chǔ）：纸钱。
[12]　税厘：过关卡纳的税。

集评

狄葆贤曰：林诗多见道语。其诗或有病其涩者。余谓正如橄榄回甘，于此间弥见风味。

又曰：作诗喜为苦语，深造有得，意味隽永，真解个中之三昧，殊不似少年人作也。

——《平等阁诗话》

梁启超曰：林暾谷烈士旭，少好为诗，诗孤涩似杨诚斋，却能戛戛独造，无崇拜古人意，盖肖其为人也。都中有以《晚翠轩集》写本见寄者，盖皆其二十以前之作，晚岁所臻，尚不止此，顾亦可想见其人格矣。

——《饮冰室诗话》

胡朝梁

胡朝梁（？—1921），字子方，江西铅山人，肄业于震旦、复旦大学，精英文。从陈三立学诗，能出侪辈。诗风瘦硬。有《诗庐诗存》。

岁暮杂诗（选一）

丈夫爱少子，无乃甚妇人[1]。人间更何物，夺此天伦亲[2]。阿华我娇儿，堕地才三年。顽硕十倍兄[3]，慧利亦过焉[4]。腾腾气食牛，汹汹力追狻[5]。生与北人习，吐语逼清屑。学得卖浆翁，高呼欺四邻。终朝啼声稀，有时闻怒嗔。背人偷书诵，往往绝其编[6]。又好翻墨池，拭之以衣巾。一岁犯此数，戒律徒虚申。母复巧为辞，谓可传青毡[7]。吾家无长物，相守惟一贫。守贫在守拙，早慧宁儿贤。

说明

写三岁孩童聪明淘气之状，跃然纸上。胡适曾批评"近来学古无好诗"，胡先骕便引《岁暮杂诗》数首以驳之，云："家常琐事，写来历历如绘。"

---

[1] "丈夫"二句：《战国策》："太后曰：'丈夫亦爱怜其少子乎？'对曰：'甚于妇人。'"
[2] 天伦：父子、兄弟。
[3] 顽硕：顽皮健壮。
[4] 慧利：聪明伶俐。
[5] 狻（jùn）：狡兔。
[6] 编：古代穿连竹简的绳子。
[7] 青毡：《晋书·王献之传》载小偷夜入王献之室，偷盗一空，王献之徐曰："偷儿，青毡我家旧物，可待置之。"后以"青毡"为故家旧物代称。

陈衡恪

陈衡恪（1876—1923），字师曾，号槐堂，又号朽道人。江西义宁（今修水）人。陈三立长子，范当世之婿。早年留学日本，归国后从事美术教育。画法得吴昌硕指授，自谓乃徐文长后身。工诗，诗风似陈与义。有《陈师曾遗诗》。

春绮卒后百日往哭殡所感成（三首选一）¹

我居西城闉²，君殡东郭门³。迢迢白杨道，萋萋荒草原⁴。来此尽一哭，泪洗两眼昏。既不簠簋设⁵，又无酒一尊。焚香启素幄⁶，四壁惨不温。念我棺中人，欲呼声已吞。形影永乖隔⁷，目渺平生魂⁸。我何不在梦，时时闻笑言？倏忽已三月⁹，卒哭礼所敦¹⁰。我哭有已时¹¹，我悲郁难宣。藕断丝不绝，况此绸缪恩¹²。苦挽已残月，留照心上痕。

---

[1]　春绮：作者之妻。殡所：墓地。

[2]　城闉（yīn）：城墙弯曲处的重门。

[3]　郭：外城。

[4]　"迢迢"二句：陶潜《拟挽歌辞》："荒草何茫茫，白杨亦萧萧。"

[5]　簠簋（fǔ guǐ）：古代祭器。

[6]　素幄（wò）：白色帐幔。

[7]　乖隔：离别。蔡琰《悲愤诗》："存亡永乖隔，不忍与之辞。"

[8]　平生魂：杜甫《梦李白》："恐非平生魂。"

[9]　倏忽：迅快，忽然。

[10]　卒哭：古代丧礼，百日祭后，止无时之哭为朝夕一哭，是为卒哭。敦：督促。

[11]　已：终止。

[12]　绸缪恩：情意深厚。《三国志·蜀先主传》："先主至京见（孙）权，绸缪恩纪。"

说明

这是一篇悼亡词。作者悲念亡故的爱妻，特出东门去哭她。一路写来，娓娓而谈，如话家常，而又情真意切，字字血，声声泪。是悼亡词作中的上乘。

集评

沈其光曰：义宁陈师曾画为近代第一，诗学亦深造。曩读乃翁《散原精舍诗》，苦其奥涩，而师曾诗则简斋而不为后山，工者虽其妇翁范肯堂亦不能过。然往往为画名所掩。

——《瓶粟斋诗话三编》

月下写怀

丛竹绿到地，月明影斑斑。不照死者心，空照生人颜。

说明

诗作于光绪二十六年（1900），作者妻范孝嫦卒，以此悼亡。寥寥二十字，写出月下竹林清冷、萧飒的环境，衬托悼念爱妻的哀痛情怀。

集评

钱基博曰：词意凄厉，盖亦悼亡之作。陈衍谓其真挚处突过乃父。

——《现代中国文学史》

秋　瑾

秋瑾（1875—1907），字璿卿，又字竞雄，自号鉴湖女侠。浙江山阴（今绍兴市）人。幼随父住福建、台湾、湖南。年十八嫁湘人王廷钧，后离婚。光绪三十年（1904）赴日留学，加入同盟会，为浙江主盟人。光绪三十三年在绍兴组织起义，失败，被捕就义。其诗激情奔放，笔力雄健。有《秋瑾集》。

宝刀歌

汉家宫阙斜阳里[1]，五千余年古国死。一睡沉沉数百年[2]，大家不识做奴耻。忆昔我祖名轩辕，发祥根据在昆仑[3]。辟地黄河及长江，大刀霍霍定中原[4]。痛哭梅山可奈何？帝城荆棘埋铜驼[5]。几番回首望京华，亡国悲歌涕泪多。北上联军八国众，把我江山又赠送[6]。白鬼西来做警钟[7]，汉人惊破奴才梦。主人赠我金错刀[8]，我今得此心雄豪。赤铁主义当今日[9]，百万头颅等一毛[10]。沐日浴月百宝光，轻生七尺何昂藏。誓将死里求生路，世界和平赖武装。不观荆轲作秦客，图穷匕首见

---

[1]　"汉家"句：李白《忆秦娥》："西风残照，汉家陵阙。"
[2]　"一睡"句：自清人入主中原，已历二百六十余年。
[3]　"忆昔"二句：轩辕黄帝历来被认为汉族祖先，传说昆仑山上有其宫殿。
[4]　"辟地"二句：传说黄帝与蚩尤战于涿鹿之野，定天下。
[5]　"痛哭"二句：梅山，疑为"煤山"之误，明崇祯帝缢死处。铜驼：《晋书·索靖传》记索靖见天下乱象已萌，指宫门铜驼叹息曰："早晚见汝在荆棘中。"后以为亡国典故。此指明亡。
[6]　"北上"二句：指清政府与八国联军签《辛丑条约》。
[7]　白鬼：对欧洲人蔑称。
[8]　金错刀：指宝刀。张衡《四愁》："美人赠我金错刀。"
[9]　赤铁主义：指用赤血和钢铁解决问题的主义。
[10]　"百万"句：一毛，比喻极轻。李白《结袜子》："感君恩重许君命，泰山一掷轻鸿毛。"

盈尺[1]。殿前一击虽不中，已夺专制魔王魄。我欲只手援祖国，奴种流传遍禹域[2]。心死人人奈尔何？援笔作此宝刀歌。宝刀之歌壮肝胆，死国灵魂唤起多。宝刀侠骨孰与俦，平生了了旧恩仇。莫嫌尺铁非英物，救国奇功赖尔收。原从兹以天地为炉，阴阳为炭兮[3]，铁聚六洲[4]。铸造出千柄万柄宝刀兮，澄清神州。上继我祖黄帝赫赫之威名兮，一洗数千数百年国史之奇羞！

说明

据秋瑾好友吴芝瑛记，秋瑾在京师时，摄有舞剑小影，又作《宝刀歌》、《剑歌》等。秋瑾以宝刀自喻，热情歌颂武装革命斗争，表达了热烈的爱国情操和为革命而献身的英雄主义精神。

集评

邵元冲曰：朗丽高亢，亦有渐离击筑之风。而一往三叹，音节浏亮，又若公孙大娘舞剑，光芒灿然，不可迫视。

——《秋瑾女侠遗集序》

印水心曰：笔力雄浑，几有昂首天外，不可一世之概。

——《鸣剑楼诗话》

---

[1] "不观"二句：荆轲，战国时人，奉燕太子丹命，入秦行刺秦王。进见时献地图，图尽匕首现，一击不中，遂遇害。
[2] 禹域：中国。
[3] "原从兹"二句：从贾谊《鹏鸟赋》："且夫天地为炉兮，造化为工；阴阳为炭兮，万物为铜"化出。
[4] 六洲：当时全球分为亚洲、非洲、澳洲、欧洲、美洲及拉丁美洲六大洲。

高　旭

　　高旭（1877—1925），字天梅，初号江南快剑，继号钝剑，江苏金山（今属上海市）人。同盟会会员，南社发起人之一。诗多发抒壮志，鼓吹资产阶级民主革命。后期趋于消沉。有《天梅遗集》。

　　自题《未济庐诗集》

　　岂真词笔挽颓波？侠骨行看渐消磨。海内诗人谁第一？江南国士本无多[1]。问天呵壁浑难解[2]，击剑高歌竟若何？写与人间都不识，那堪桃棘涕滂沱[3]。

说明

　　诗作于1908年。作者以诗歌鼓吹宣传资产阶级民主革命思想，但得不到多少响应，故尔感到悲观失望。此诗能于悲观中力求振起，风格豪壮，颇能表现作者的诗歌特色。

---

[1] 国士：旧称一国之中杰出有才能的人。
[2] 问天呵壁：相传屈原被放逐，彷徨山泽，见楚先王庙及公卿祠堂，壁间有天地山川古圣贤画，遂作《天问》，书于壁，呵而问之。
[3] 桃棘：桃弧棘矢的简称。桃枝为弓，棘枝为箭，古代用以辟邪。《左传·昭公四年》："桃弧棘矢，以除其灾。"

汪荣宝

汪荣宝（1877—1931），字衮父，号太玄，江苏吴县人。光绪二十三年（1897）拔贡，官民政部右参议，京师大学堂教习，驻日公使。诗宗李商隐。有《思玄堂集》。

浩浩太平洋

浩浩太平洋，波涛接莽苍。几家权力论，来日战争场。海市春云曙[1]，楼船晓日凉[2]。齐烟渺天末[3]，西望一回肠。

说明

诗作于赴日本途中，对帝国主义瓜分势力范围的野心和祖国的前途，表示了深深的忧虑。此诗与清末其他爱国忧时诗歌的不同点在于：能立足于未来的争夺点——海上，从列强瓜分世界的观点来看问题，因而更具现实意义。

---

[1] 海市：海上因光线折射而形成的幻影。旧以为蜃吐气所化。
[2] 楼船：轮船。
[3] 齐烟：指中国。李贺《梦天》："遥望齐州九点烟。"天末：天边。

集评

　　钱基博曰：其少壮之作，隐约缛丽，神肖玉溪。及后乃参取异派之长，致力于荆公、山谷、苑陵、后山诸集。其清超道上，诗境益进，郑孝胥亦称其工。

——《现代中国文学史》

陈曾寿

陈曾寿（1878—1949），字仁先，湖北蕲水人。光绪二十九年（1903）进士，官至都察院广东道监察御史。入民国，自居遗老，筑室居杭州小南湖。曾参与张勋复辟及伪满组织等。诗学宋人黄庭坚、陈师道，工写景，为近代宋诗派后起名家。有《苍虬阁诗》十卷。

八月乘车夜过黄河，桥甫筑成，明灯绵亘无际，洵奇观也[1]

飞车度险出重扃[2]，箭激洪河挟怒霆[3]。万点华灯照秋水，一行灵鹊化明星[4]。横身与世为津渡[5]，孤派随天入杳冥[6]。地缩山河空险阻[7]，朝来应见太行青[8]。

说明

诗作于宣统元年（1909），作者乘火车过黄河铁桥时。作者很好地利用律诗这一形式写火车铁路的新事物，描写生动，形象鲜明，同时也表达了自己的志向抱负。

---

[1]　绵亘：连续不断。洵（xún）：诚然。
[2]　重扃（jiōng）：喻崇山峻岭。扃，门户。
[3]　"箭激"句：谓火车如飞箭，挟雷霆而穿越洪波。
[4]　灵鹊：《风俗记》："七夕织女当渡河，使鹊为桥。"此指铁路桥上灯火。
[5]　津渡：渡口。
[6]　孤派：指黄河东流。派，水流。杳冥：渺茫无际。
[7]　"地缩"句：指交通发达，各地来往便利，犹如缩短大地。
[8]　太行：太行山。

湖斋坐雨

隐几青山时有无，卷帘终日对跳珠[1]。瀑声穿竹到深枕，雨气逼花香半湖。剥啄惟应书远至[2]，宫商不断鸟相呼[3]。欲传归客沉冥意，写寄南堂水墨图。

说明

诗写湖上雨景，跳珠溅玉，花气鸟音，而首联"隐几"、"卷帘"二语，却于清幽静美之中，透出一丝不甘寂寞的苦闷心情。

---

[1] "隐几"二句：杜甫《闷》："卷帘唯白水，隐几亦青山。"跳珠：雨珠。苏轼《六月二十七日望湖楼醉书》："白雨跳珠乱入船。"
[2] 剥啄：叩门声。
[3] 宫商：五音中的二音，泛指音乐。

柳诒征

柳诒征（1880—1956），字翼谋，号劬堂，江苏丹徒人。历任南京师范学堂、东南大学、中央大学教授，国史馆纂修，江苏省立图书馆馆长。有《劬堂全集》。

绝句

水活风柔自在春，一帘花影转曦晨[1]。闲中领取游蜂乐，但饮心香不螫人。

说明

闲适安详，人与自然交融为一体。"水活风柔"新颖。

---

[1]　曦：天明。

马君武

马君武（1881—1940），字厚山，广西桂林人。曾赴日、德留学，同盟会会员，南社社员。任南京临时政府实业次长、广西省省长、广西大学校长。有《马君武诗稿》等。

去国辞（五首选一）

黑龙王气黯然销[1]，莽莽神州革命潮。甘以清流蒙党祸[2]，耻于亡国作文豪。鸟鱼惊恐闻钧乐[3]，恩怨模糊问佩刀。行矣高丘更无女[4]，频年吴市倦吹箫[5]。

说明

诗作于清光绪三十三年（1907），共五首。时作者为同盟会上海分会会长，清廷搜捕甚急，遂出国留学。诗中表达了自己对革命胜利的坚定信念，颔联为传颂一时的名句。

---

[1] "黑龙"句：黑龙，指黑龙江。满族祖先来自白山黑水间，清政府腐朽已达末日，故云。
[2] 清流：有时誉的清高士人。党祸：因党争而蒙受灾难。
[3] "鸟鱼"句：鸟鱼惊恐，谓自己躲避搜捕时心情。钧乐：钧天之乐，即天上之乐，指最高统治者的声音。
[4] "行矣"句：《楚辞·离骚》："哀高丘之无女。"王逸注："楚有高丘之山。女以喻臣，言已离去，意不能已。"
[5] "频年"句：《史记·范雎传》："伍子胥……鼓腹吹篪，乞食于吴市。"篪即箫。作者以伍子胥自喻，谓连年流浪，已经厌倦。

集评

　　梁启超曰：新民社校对房一敝簏，忽有题七律五章于其上者，涂抹狼藉，不能全认识，更不知谁氏作也。中殊有佳语。第一章末联云："行矣临流复一叹，泠然哀瑟奏雍门。"第二章末二联云："休矣著书俟赤鸟，悄然挥扇避青蝇。众生何事干霄哭？隐隐朝廷有笑声。"第三章首二联云："富春江上夕阳微，那有闲情理钓丝。神女何归洛水绿，圣人不作海波飞。"第四章首二联云："黑龙王气黯然销，莽莽神州革命潮。甘以清流蒙党祸，耻于亡国作文豪。"

——《饮冰室诗话》

苏元瑛

苏元瑛（1884—1918），名戬，字子毅，广东香山县（今中山）人。生于日本横滨，父为旅日侨商，母是日本人。后随父归国。二十岁时出家为僧，世称曼殊上人。曾参加南社，任上海《国民日报》等报刊编辑，从事诗歌、小说创作及翻译。诗风清隽婉丽。有《苏曼殊全集》。

以诗并画留别汤国顿[1]（二首选一）

海天龙战血玄黄[2]，披发长歌览大荒[3]。易水萧萧人去也[4]，一天明月白如霜。

说明

诗发表于光绪二十九年（1903）十月《国民日报》上。作者时年二十岁，旅居日本就读。因受民主革命影响，加入拒俄义勇队及军国民教育会。家人断绝接济，遂辍学归国。诗中表达了作者反抗清朝，义无反顾的决心。

---

[1] 汤国顿：或谓即汤觉顿，广东人，康有为弟子，辛亥革命后曾任中国银行总裁。
[2] "海天"句：《易·坤卦上六爻辞》："龙战于野，其血玄黄。"玄黄，指斑驳的颜色。
[3] 大荒：极边远之地。苏轼《潮州修韩文公庙记》："公不少留我涕滂，翩然披发下大荒。"
[4] 易水：荆轲《易水歌》："风萧萧兮易水寒，壮士一去兮不复还。"

集评

柳亚子曰：君好为小诗，多绮语，有如昔人所谓"却扇一顾，倾城无色"者。

——《燕子龛遗诗序》

郁达夫曰：他的诗是出于定庵的《己亥杂诗》，而又加上一脉清新的近代味的。所以用词很纤巧，择韵很清谐，使人读下去就能感到一种快味。

——《杂评曼殊的作品》

王德钟曰：曼殊天才绝人，早岁悟禅悦，并邃欧罗巴文字，于书无不窥，襟怀洒落，不为物役，洵古所云遗世独立之佳人者。所为诗蒨丽绵眇，其神则蹇裳湘渚，幽幽兰馨；其韵则天外云璈，如往而复；极其神化之境，盖如羚羊挂角而弗可迹也。

——《燕子龛遗诗序》

郑桐荪曰：曼殊多绝诗，风韵极佳，有神无物，而味极隽永，愈读愈见其佳。

——《与柳无忌论曼殊生活函》

本事诗（十首选一）[1]

春雨楼头尺八箫[2]，何时归看浙江潮[3]？芒鞋破钵无人识[4]，踏过樱花第几桥[5]。

说明

《本事诗》十首是作者为日本艺妓百助眉史而作，虽钟情非浅，而不能结合。这首诗写作者将欲离去，心念故乡，踏遍天涯的孤寂怅惘之情，为曼殊诗中绝唱。

集评

杨德邻曰：见曼殊诗数章，孤怀潇洒，如逢故人。《本事诗》云："春雨楼头尺八箫……"不著迹相，御风泠然，恍惚前日辞湘校游衡山时也。

——《锦笈珠囊笔记》

---

[1]　《本事诗》十首，据柳无忌《苏曼殊及其友人》说："全为百助而作。"
[2]　尺八箫：曼殊《燕子龛随笔》："日本'尺八'，状类中土洞箫，闻传自金人。其曲有名《春雨》，阴深凄惘。"
[3]　浙江潮：指钱塘江潮，杭州湾口大里小，潮水来时潮端壁立，壮观异常。
[4]　芒鞋：草鞋。钵：食器。僧人沿门募化，手中托钵，故"芒鞋破钵"为僧人形象。
[5]　樱花：日本名花，花淡红色。花开时举国出游观赏。

林　文

林文（1885—1911），字广尘，一字时塽。福建闽县人。光绪三十一年（1905）赴日留学，参加同盟会，曾任民报社经理。1911年春回广州参加起义，不幸牺牲，为黄花岗七十二烈士之一。

春望

残雪犹留树，春声已满楼。睡醒乡梦小[1]，起视大江流[2]。别后愁多少，群山簇古丘[3]。独来数归雁，到处总悠悠。

说明

诗作于辛亥革命前夜。作者以"残雪"喻即将灭亡的清王朝，以日夜奔腾不息的江流比喻革命运动的蓬勃发展。表达自己迫切希望投入战斗的革命情怀。

---

[1]　乡梦：思乡的梦境。
[2]　"起视"句：谢朓《暂使下都夜发新林至京邑赠西府同僚》："大江流日夜。"
[3]　簇：拥。

柳弃疾

柳弃疾（1887—1958），原名慰高，字安如；后名人权，字亚庐；又更名弃疾，字亚子。江苏吴江人。早年受维新变法思想影响，1906年加入同盟会和光复会。1909年与陈去病、高旭组织南社，以文字鼓吹革命。数次当选社长，是南社代表诗人。辛亥革命后，曾担任孙中山总统府秘书。中华人民共和国成立后，曾任中央人民政府委员、人大常务委员会委员等。诗受龚自珍、黄遵宪影响很深，风格平易晓畅，清新自然。有《磨剑室诗集、词集、文集》。

吊鉴湖秋女士 [1]（漫说飞天六月霜）

饮刃匆匆别鉴湖 [2]，秋风秋雨血模糊 [3]。填平沧海怜精卫 [4]，啼断空山泣鹧鸪 [5]。马革裹尸原不负 [6]，蛾眉短命竟何如 [7]。凭君莫把沉冤说，十日扬州抵得无 [8]？

---

[1]　鉴湖秋女士：即秋瑾，号鉴湖女侠。鉴湖，一名镜湖，在绍兴。
[2]　饮刃：被杀。匆匆：绍兴知县贵福杀害秋瑾时极为匆忙。
[3]　"秋风"句：秋瑾临刑时绝笔词："秋风秋雨愁杀人。"
[4]　精卫：神话中的鸟名。《山海经·北山经》记炎帝之女名女娃，溺死东海，魂魄化为精卫，常衔木石以填海。
[5]　鹧鸪：《异物志》云："鹧鸪白黑成文，其鸣自呼，像小雉。其志怀南，不北徂也。"其啼鸣悲苦，李白《山鹧鸪词》："南禽多被北禽欺，紫塞严霜如剑戟。……我今誓死不能去，哀鸣惊叫泪沾衣。"
[6]　"马革"句：喻战死。《后汉书·马援传》："大丈夫当死于疆场，以马革裹尸还葬耳。"
[7]　蛾眉：代指女子。
[8]　"十日"句：明末清兵攻占扬州，屠城十日。王秀楚有《扬州十日记》叙其事。

漫说飞天六月霜[1]，珠沉玉碎不须伤[2]。已拼侠骨成孤注[3]，赢得英名震万方。碧血摧残酬祖国[4]，怒潮呜咽怨钱塘[5]。于祠岳庙中间路，留取荒坟葬女郎[6]。

说明

这两篇诗对秋瑾的不幸遇害表达了巨大的悲愤和沉痛，同时高度赞扬了她杀身成仁的英雄壮举。

集评

陈声聪曰：以诗人而为革命，以革命而为诗，堪称为革命诗人者，莫柳亚子先生若也。

——《兼于阁诗话》

---

[1] 六月霜：《初学记》引《淮南子》："邹衍事燕惠王尽忠，左右潜之，王系之。仰天而哭，夏五月天为之下霜。"后以"六月霜"喻冤狱。

[2] 珠沉玉碎：喻美好的事物被毁灭。"玉碎"也比喻坚贞不移，宁死不屈。《南史·王僧达传》："僧达慨然曰：'大丈夫宁当玉碎，安可以没没求活！'"

[3] 孤注：《宋史·寇准传》："（王）钦若曰：'陛下闻博乎？博者输钱欲尽，乃罄所有出之，谓之孤注。'"

[4] 碧血：《庄子·外物》："苌弘死于蜀，藏其血，三年化而为碧。"后以指忠臣义士所流之血。

[5] "怒潮"句：吴国大臣伍子胥忠而被杀，弃尸钱塘江。后世传说其怨气化为江潮。

[6] "于祠"二句：于谦祠庙。于谦为明兵部尚书，"土木之变"时，扶立景泰帝，抵抗瓦剌入侵。明英宗复辟，于谦被害。葬西湖之南。秋瑾就义后，其盟姊徐自华由陈去病协助，在杭州西湖岳坟之侧为其建墓。

词　选

邓廷桢

邓廷桢（1775—1846），字维周，号嶰筠，江苏江宁（今南京）人。嘉庆六年（1801）进士。道光十五年（1835）任两广总督。助林则徐禁鸦片。调闽浙总督，道光二十一年与林则徐同被谪戍伊犁。后召还，擢陕西巡抚，卒于任。廷桢长于吏治，清廉自守，所至皆有政绩。工诗词，精音韵之学。著有《青嶰堂文集》、《双砚斋诗钞》、《妙吉祥室词》等。

月华清

中秋月夜，偕少穆、滋圃登沙角炮台绝顶晾楼。西风泠然，玉轮涌上，海天一色，极其大观，辄成此解[1]。

岛列千螺[2]，舟横海鷁[3]，碧天朗照无际。不到珠瀛[4]，那识玉盘如此[5]。划秋涛、长剑催寒；倚峭壁、短箫吹醉。前事，似元规啸咏[6]，那时情思。　　却料通明殿里[7]，怕下界云迷，蜃楼成市[8]。诉与瑶阍[9]，今夕月华

---

[1]　少穆：林则徐字。滋圃：关天培号。关天培，江苏山阳（今淮安）人，广东水师提督。鸦片战争中坚守虎门炮台，与入侵英军激战，壮烈牺牲。沙角炮台：在广东虎门海口东侧沙角山。晾楼：望楼。

[2]　千螺：螺，硬壳有旋线的软体动物之名，古人常用以形容岛屿或远山。唐刘禹锡《望洞庭》："遥望洞庭山水翠，白银盘里一青螺。"

[3]　鷁（yì）：水鸟，古人常画其形于船头，故又作船的代称。

[4]　珠瀛：即珠海，因海中产珠，故称。

[5]　玉盘：月。李白《古朗月行》："小时不识月，呼作白玉盘。"

[6]　元规啸咏：晋庾亮字元规，曾于武昌南楼据胡床赏月啸咏，见《晋书·本传》。

[7]　通明殿：玉皇居处。王钦若《翊圣保德真君传》："朝礼玉皇大殿，观其额曰通明殿。"

[8]　蜃楼成市：蜃，海中大蛤蜊。古人以为蜃吐气而成楼台幻景。《史记·天官书》："海旁蜃气象楼台。"

[9]　瑶阍：天门。

烟细。泛深杯，待喝蟾停[1]，鸣画角，忍惊蛟睡。秋霁，记三人对影[2]，不曾千里[3]。

说明

此词作于道光十九年（1839）八月十五日中秋之夜。其时入侵英舰已被击退，禁烟抗敌取得初步胜利。作者满怀爱国激情，于巡视海防前线后，登炮台望楼观赏月色，畅叙友情，谱下这一气象恢宏，景色壮丽的正气歌。

集评

杨仲羲云：先是邓嶰筠尚书与林文忠以筹海驻虎门，中秋之夕偕滋圃登沙角炮台望月，遂极山巅。滋圃战殁。尚书亦戍伊犁。其《壬申伊江中秋》诗："今年绝域看冰轮，往事追思一怆神。天半悲风波万里，杯中明月影三人。英雄竟污游魂血，枯朽空余后死身。独念高阳旧徒侣，单车正逐玉关尘。"时文忠亦将出关也。

——《雪桥诗话》

---

[1]　待喝蟾停：蟾，蟾蜍，古代传说月中有蟾蜍，故以蟾代月。唐李贺《秦王饮酒》："酒酣喝月使倒行。"
[2]　三人对影：邓廷桢与林则徐、关天培。李白《月下独酌》："举杯邀明月，对影成三人。"
[3]　不曾千里：宋谢庄《月赋》："美人迈兮音尘阙，隔千里兮共明月。"此反用其意。

龚自珍

龚自珍，见前《诗选》《能令公少年行》。

湘月

壬申夏泛舟西湖述怀有感，时予别杭州，盖十年矣[1]。

天风吹我，堕湖山一角，果然清丽。曾是东华生小客[2]，回首苍茫无际。屠狗功名[3]，雕龙文卷[4]，岂是平生意？乡亲苏小[5]，定应笑我非计。　　才见一抹斜阳，半堤香草，顿惹清愁起。罗袜音尘何处觅[6]，渺渺予怀孤寄[7]。怨去吹箫[8]，狂来说剑[9]，两样消魂味。两般春梦，橹声荡入云水。

说明

[1] 壬申：为嘉庆十七年（1812），作者时年二十一岁，由副榜贡生考取武英殿校录。四月随母到苏州探望外祖，并与表妹成婚。婚后携妻子返杭州。夏，泛舟西湖，作此词。

[2] 东华：代指北京，北京有东华门。生小：幼年。《古诗为焦仲卿妻作》："昔作女儿时，生小出野里。"作者于嘉庆二年六岁时即随母居住北京。

[3] 屠狗功名：《史记·樊哙列传》："舞阳侯樊哙者，沛人也，以屠狗为事。"屠狗功名，指功名不为重视。

[4] 雕龙文卷：《史记·孟子荀卿列传》："雕龙奭"，裴骃《集解》引刘向《别录》："驺奭修衍之文饰，若雕镂龙文，故曰雕龙。"

[5] 乡亲苏小：苏小，南齐时钱塘歌妓。唐韩翃诗："钱塘苏小是乡亲。"

[6] 罗袜音尘：指女子步履。李白《感兴》："香尘动罗袜，渌水不沾衣。"

[7] 渺渺予怀：苏轼《赤壁赋》："渺渺兮予怀，望美人兮天一方。"

[8] 吹箫：伍子胥吹箫乞食于吴市。

[9] 说剑：庄子有《说剑篇》。

此为抒怀之作。作者自负博学多才，然而功名尚无期望，所考取的武英殿校录，又只不过是"雕龙文卷"，一腔抑郁，发之于词。其中"怨去吹箫，狂来说剑"一联，历来为人称颂。

集评

谭献云："阅定庵诗词新刻本，诗跌宕旷邈，而豪不就律，终非当家。词绵丽飞扬，意欲合周辛而一为之，奇作也。"

又云：定公能为飞仙剑客之语，填词家长爪梵志也。昔人评山谷诗："如食蝤蛑，恐发风动气。"予于定公词亦云。

——《箧中词》

项廷纪

项廷纪（1798—1835），原名继章，一名鸿祚，字莲生，浙江钱塘（今杭州）人。道光十二年（1832）乡试中式，两应进士试，不第，郁郁而终。项廷纪词婉而情伤，词论家将其与纳兰性德、蒋春霖并举，称为"三百年中，分鼎三足"。著有《忆云词甲乙丙丁稿》。

减字木兰花
春夜闻隔墙歌吹声

阑珊心绪[1]，醉倚绿琴相伴住[2]。一枕新愁，残夜花香月满楼。　　繁笙脆管[3]，吹得锦屏春梦远[4]。只有垂杨，不放秋千影过墙[5]。

说明

一墙之隔，喧闹与孤寂形成强烈对照。作者满怀愁绪，彻夜无眠，只有琴相伴，却不见心爱女子到来，甚至连秋千的影子，也不得过墙而来。写恋情手法委婉，构思独特。

---

[1]　阑珊：衰落，将尽。
[2]　绿琴：汉司马相如有琴名绿绮。
[3]　脆管：清越的音响。唐白居易诗："清脆秋丝管。"
[4]　锦屏：锦制的屏风。
[5]　秋千影：从宋张先《青门引》"隔墙送过秋千影"句化出。

集评

　　谭献云：莲生古之伤心人也，荡气回肠。一波三折，有白石之幽涩，而去其俗；有玉田之秀折，而无其率；有梦窗之深细，而化其滞殆欲前无古人。

——《箧中词》

　　又曰：项莲生《忆云词》篇旨清峻，托体甚高，一扫浙中喘腻破碎之习。莲生仰窥北宋，而天赋殊近南唐。

——《复堂日记》

近代诗文

清平乐

池上纳凉

水天清话，院静人消夏。蜡炬风摇帘不下[1]，竹影半墙如画。　　醉来扶上桃笙[2]，熟罗扇子凉轻[3]。一霎荷塘过雨，明朝便是秋声。

说明

写夏夜纳凉，夜景幽静，而以烛光闪、竹影摇的动态来形容。卧竹席，摇小扇是暑景，却预示了秋风来临，构思别致。

---

[1]　蜡炬：蜡烛。

[2]　桃笙：桃枝竹编的席子。

[3]　熟罗：丝织品的一种，轻软质疏。

顾 春

顾春（1799—1876年以后），字子春，号太清，满洲西林氏，嫁为乾隆帝玄孙奕绘贝勒侧室。丰才美貌，工词。奕绘死后遭家难，携子女移居府外，抚子成立，至光绪初犹在。其词宗北宋周邦彦，旁参南宋姜夔，后人以与纳兰容若相提并论。著有《天游阁集》、《东海渔歌》。

早春怨
春夜

杨柳风斜，黄昏人静，睡稳栖鸦。短烛烧残，长更坐尽，小篆添些[1]。　红楼不用窗纱，被一缕春痕暗遮。澹澹轻烟，溶溶院落，月在梨花[2]。

说明

春夜独步院中，烛短更长，满怀离愁别绪，却不明白写出，只借晏殊诗句隐约流露。

---

[1] 小篆：盘香，因其盘曲如篆文，故名。又炉烟袅袅，亦称小篆。宋秦观《减字木兰花》："断尽金炉小篆香。"
[2] "月在"句：从宋晏殊《无题》"梨花院落溶溶月，柳絮池塘淡淡风"化出。

姚 燧

姚燧，见前《诗选》《谁家七岁儿》篇。

柳梢青
登大观台[1]

无限愁怀，平岚雁薄[2]，斜日樯回。万壑西蟠，一江东折[3]，中有危台。　今宵尊酒重开，听落叶西风满崖。地远云横，天高星动，月上潮来。

说明

秋日登高，赋愁说恨，这几乎已经成为一个惯例。姚燧此词起首就写愁怀，似乎也没有摆脱老套。接下来写山景，写江景，看看要落到"愁"的实体，却突然宕开新境，描绘壮丽的河山，登觉心胸为之一畅，极柳暗花明之能事。

---

[1]　大观台：在杭州城郊紫阳山顶。
[2]　平岚：山林雾气。
[3]　一江：钱塘江。

黄燮清

黄燮清（1805—1864），字韵甫，浙江海盐人。一生不得志。工诗文词曲。有《倚晴楼诗集》、《倚晴楼诗续集》。

浪淘沙

秋意入芭蕉，不雨潇潇[1]，闲庭如此好良宵。月自缠绵花自媚，人自无聊。　别恨几时销，认取红绡[2]。凤筝音苦雁书遥[3]。醒着欲眠眠着醒，灯也心焦。

说明

写离情别恨，手法新颖，别出一格。"醒着欲眠眠着醒，灯也心焦"，眼前常见事物，却未经他人道过。

---

[1]　"不雨"句：用宋吴文英《唐多令》意："何处合成愁？离人心上秋。纵芭蕉不雨也飕飕。"
[2]　红绡：红巾，女子定情信物。
[3]　雁书：古代传说雁可寄书。

蒋敦复

蒋敦复（1808—1867），原名尔锷，又名金和，字纯甫，号剑人，别号江东老剑、麓衣山人，江苏宝山人，诸生。道光二十年（1840）因避祸，削发为僧，名妙尘。后还俗，更名敦复。同治中入苏松太道幕中。有《芬陀利室词集》、《啸古堂诗集》。

满江红
北固山题多景楼[1]

第一江山[2]，吊千古、英雄陈迹[3]。凭阑处、秣陵秋远[4]，广陵涛碧[5]。杯酒尚关天下事[6]，笑谈早定风云策。想当年、高会此孙刘[7]，都人杰。　　瓜步垒[8]，京口驿[9]。天堑险[10]，分南北。倚危楼一角[11]，下临绝壁。木叶横飞风雨至，剑花起舞鱼龙出。听大江东去唱坡仙[12]，铜琶裂[13]。

---

[1]　北固山：在江苏丹徒县北，三面临江，风景奇丽。与金、焦并称京口三山。多景楼：一名北固亭，在北固山后峰甘露寺后。

[2]　第一江山：相传梁武帝萧衍登北固山，题"天下第一江山"。

[3]　英雄陈迹：相传三国时孙、刘结好，于此会晤。宋辛弃疾《永遇乐·京口北固亭怀古》中的"千古江山，英雄无觅孙仲谋处"即指此。

[4]　秣陵：南京古名。

[5]　广陵：扬州旧称。

[6]　"杯酒"句：曹操与刘备青梅煮酒论天下英雄事。

[7]　孙刘：孙权、刘备。

[8]　瓜步：在江北岸江宁六合县东南二十里处，为来往要津。

[9]　京口：镇江古称。

[10]　天堑：长江。

[11]　危楼：高楼。

[12]　坡仙：苏轼。

[13]　铜琶：宋俞文豹《吹剑续录》："苏轼尝问歌者曰：吾词比柳词何如？对曰：柳郎中词，只好十七八女孩儿执红牙拍板，唱'杨柳岸晓风残月'。学士词须关西大汉抱铜琶琶，执铁绰板，唱'大江东去'。"

说明

　　此词上片怀古，下片伤今。登京口北固，缅怀千年以前英雄事迹。而今江山依旧，英雄安在？下片"木叶横飞"一联，是全词中心，突出鸦片战争前夕形势的险恶和诗人报国的一片激烈壮怀。

陈　澧

陈澧（1810—1882），字兰浦，号东塾，广东番禺人，原籍江苏上元。道光十二年（1832）举人。六应会试不第。官河源县训导，先后主讲学海堂与菊坡精舍。博学多才，工古文及词，天文地理、乐律算术，无不精通，尤长经术。著《汉儒通义》、《东塾读书记》、《忆江南馆词》。

百字令

夏日过七里泷，飞雨忽来，凉沁肌骨。推篷看山，新黛如沐，岚影入水，扁舟如行绿颇黎中。临流洗笔，赋成此阕。倘与樊榭老仙倚笛歌之，当令众山皆响也[1]。

江流千里，是山痕寸寸，染成浓碧。两岸画眉声不断[2]，催送蒲帆风急[3]。叠石皴烟[4]，明波蘸树，小李将军笔[5]。飞来山雨，满船凉翠吹入。　　便欲舣棹芦花[6]，渔翁借我，一领闲蓑笠。不为鲈香兼酒美[7]，只

---

[1]　七里泷：又名七里濑、七里滩，在浙江桐庐县严陵山西，两山夹峙，景色明丽，是著名风景区。颇黎：同"玻璃"。樊榭老仙：厉鹗，清词人，有月夜过七里泷《百字令》一阕，序云："歌此调，几令众山皆响。"
[2]　画眉：鸟名，善歌。
[3]　蒲帆：蒲草编织的船帆。
[4]　皴（cūn）：国画技法之一，用以画出山石纹理。
[5]　明波蘸树：江水清澈，树影如蘸于水中。小李将军：唐李昭道善画金碧山水，人称其父李思训为大李将军，李昭道为小李将军。
[6]　舣（yǐ）棹：停船。
[7]　鲈香：晋张翰仕宦洛阳，见秋风起，思吴中莼羹、鲈鱼脍，便弃官而归。见《世说新语·识鉴》。酒美：亦为张翰故事，他曾说："使我有身后名，不如即时一杯酒。"见《世说新语·任诞》。

爱岚光呼吸¹。野水投竿²，高台啸月，何代无狂客³？晚来新霁，一星云外犹湿。

说明

清前期词人厉鹗过七里泷，作《百字令》，极负盛名。厉词写月景，一派空灵清冷。而陈词则着重写山水凉翠，满纸清光，胸襟高旷，神韵悠远。与厉词可称双璧。

---

[1]　岚光：山气呈现的绿色光辉。

[2]　投竿：竿，钓竿。桐江富春山下相传为东汉高士严子陵垂钓处。山有二台，东西耸立，东台为严子陵钓鱼台。

[3]　狂客：狂放不羁的人。杜甫诗："昔年有狂客，号尔谪仙人。"

蒋春霖

蒋春霖（1818—1868），字鹿潭，江苏江阴人。父尊典，官荆门州。春霖随父之任，登黄鹤楼赋诗，一时有"乳虎"之目。后因家道中落，弃举业，任两淮盐官。不久去职，移居扬州东台。同治七年（1868）冬访友途中，自沉于吴江垂虹桥。著有《水云楼词》。

木兰花慢
江行晚过北固山 [1]

泊秦淮雨霁 [2]，又灯火，送归船。正树拥云昏 [3]，星垂野阔 [4]，暝色浮天。芦边夜潮骤起，晕波心、月影荡江圆。梦醒谁歌楚些 [5]？泠泠霜激哀弦 [6]。　婵娟 [7]，不语对愁眠 [8]，往事恨难捐 [9]。看莽莽南徐 [10]，苍苍北固，如此山川 [11]。钩连，更无铁锁 [12]，任排空樯橹自回旋。寂寞鱼龙睡稳 [13]，伤心付与秋烟。

---

[1] 北固山：在江苏丹徒县北，下临大江，与金、焦并称京口三山。

[2] 秦淮：河名，源出江苏溧水县北，经南京而入长江。

[3] 树拥云昏：杜甫《返照》："归云拥树失山村。"

[4] 星垂野阔：杜甫《旅夜书怀》："星垂平野阔。"

[5] 楚些：些，语助词，楚辞句尾多"些"字，此代指楚辞。

[6] 泠泠：形容词。哀弦：哀楚的乐声。宋周邦彦《兰陵王》："酒趁哀弦，灯照离席。"

[7] 婵娟：美人，代指月。

[8] 愁眠：唐张继《枫桥夜泊》"江枫渔火对愁眠"。

[9] 捐：捐弃。

[10] 南徐：今江苏镇江。

[11] 如此山川：梁武帝登北固，题"天下第一江山"。

[12] 铁锁：晋王濬伐吴，吴人以铁锁链横江，王濬作大木筏沿江而下，烧断铁链。唐刘禹锡《西塞山怀古》："千寻铁锁沉江底。"

[13] 寂寞鱼龙：杜甫《秋兴》："鱼龙寂寞秋江冷。"

说明

京口北固，历来是文人墨客怀古凭吊之地。风景壮丽，有第一江山的美誉。铁锁沉江，又记录了亡国的惨痛。鸦片战争中，英舰沿江而上攻南京，先陷镇江。诗人感事伤时，吊古抚今，发出"伤心付与秋烟"的哀叹，词情悲壮动人。

集评

谭献曰：子山（庚信）、子美（杜甫）把臂入林。

——《箧中词》

又曰：阅蒋鹿潭《水云楼词》婉约深至，时造虚浑，要为第一流矣。

——《复堂日记》

陈廷焯曰：精警雄秀，造句之妙，不减乐笑翁（张炎）。

——《白雨斋词话》

又曰："圆"字警绝，不减"平沙落日圆"也。"看莽莽南除"以下，淋漓大笔。

——《词则》

　　　　　　　　　　　　　　　　　　　　　　近代诗文

柳梢青

芳草闲门，清明过了，酒滞香尘。白楝花开[1]，海棠花落，容易黄昏。　　东风阵阵斜曛，任倚遍，红阑未温[2]。一片春愁，渐吹渐起，恰似春云。

说明

这首词写暮春愁思，用笔雅淡，怨而不怒，结尾三句以春云比春愁，巧妙新颖，昔人以为置于南唐、北宋名篇中，亦不逊色。

集评

谭献曰：自然。

——《箧中词续》

狄葆贤曰：鹿潭倚声，清迈冠时，若有天授。《柳梢青》句云："一片春愁，渐吹渐起，却似春云。"明远《芜城》之赋，子山《江南》之哀，千祀而下，此堪接席已。

——《平等阁诗话》

---

[1]　白楝：楝树暮春开花，多为淡紫，间有白色。楝花风是谷雨节最后的花信风。

[2]　红阑：阑干。

潘曾绶

潘曾绶，生卒不详，字绂庭，江苏吴县人。道光二十年（1840）举人，官内阁中书。早年即以诗文名天下，未五十即致仕，著述自娱。有《陔南书屋词集》。

罗敷媚

水旁杨柳拖愁起，怕折长条[1]，偏折长条，侬住西泠第二桥[2]。　　灯残酒醒人何处，来也魂销，去也魂销，自裹单衾坐一宵。

说明

写一个痴情女子的心声，一气呵成，盘旋直下，尽吐心事。

---

［1］　怕折长条：柳谐音"留"，古代有折柳送别的风俗。
［2］　侬：女子自称。西泠：在杭州西湖边。

顾 翃

顾翃，生卒不详，字骏孙，号兰崖，江苏无锡人。嘉庆间贡生，官昭文县训导。有《金粟庵词》。

高阳台
同蒹塘兄、竹畦弟芙蓉湖秋泛[1]

柳老丝烟，蓬凋粉水[2]，短篷暇日寻幽。月小于眉，斜天挂一分秋。鸳鸯生在秋风里，便双飞，也自工愁。怕催将，雪样芦花，点上人头。　　悲秋不在因风雨，在晓寒孤枕，暝色高楼[3]。远梦无凭，坠欢空逐浮沤[4]。故乡犹自嗟摇落[5]，念天涯，多少淹留。太无聊，心事难圆，只似帘钩[6]。

说明

通首咏秋景，抒悲秋之思，却构想新颖，不落俗套。"鸳鸯生在秋风里"三句，尤为别出机杼。

---

[1]　芙蓉湖：在无锡市西北，江阴县南。
[2]　蓬：蓬蒿，秋枯草干，随风飞卷。
[3]　"暝色"句：李白《菩萨蛮》："暝色入高楼，有人楼上愁。"
[4]　坠欢：过去的欢乐。浮沤：水面浮沫。
[5]　摇落：秋季草木凋落。宋玉《九辩》："悲哉秋之为气也，草木摇落而变衰。"
[6]　帘钩：指月。杜甫《咏月》："尘匣初开镜，风帘自上钩。"

史璞莹

史璞莹，生卒不详，清嘉庆时江苏江都（今扬州市）人。史致俨女，汪汇枢妻。有《冰清阁词存》。

采桑子
赠美心女史

明知此日留难住，雪锁遥峰，别路无穷，有梦还愁梦不通。　　从今只想天涯隔，他日闺中，握手重逢，人与桃花依旧红[1]。

说明

翻用"人面桃花"典故，变追忆往事之惆怅为对他日朋友重逢的祝福，爽朗乐观，送别诗词中殊不多见。

---

[1]　"人与"句：用唐崔护《游城南诗》："人面不知何处去，桃花依旧笑春风。"

张邦枢

张邦枢，生卒不详，号子鹤，道光间浙江嘉兴人。有《鹤斋存稿》。

谒金门
山家

环水曲，旁有数椽茅屋。百道鸣泉争挂木，乱峰齐送绿。　　落尽涧花红馥，响答几声樵谷。吹满松风棋一局，鹧鸪啼上竹。

说明

写山家景色，风声、水声、鸟声、樵斧声、棋子落局声，纷然交作，一片天籁之中，透出一个"静"来。"蝉噪林逾静，鸟鸣山更幽"，此词深得其中三昧。

吴　震

吴震，生卒不详，字寿芝，江苏常熟人，道光间诸生，有《拜云阁乐府》。

甘州

崇祯三年梅在招真治道士房，枝无尺直，体俯首仰，落花深可半尺。垣外更植官梅，倚屏踞石，皆珊瑚枝也[1]。

是花光、还是月精神？一白不能分。正天空如水，云都扫尽，花外无人。冷荡山川清气，香与古为新。屈指花开落，二百年春。　逾老枝逾蟠屈，看千旋百转，自挺乾坤。纵寒威力战，摧不动孤根。试回头、东风残局，算绿阴成后最酸心[2]。南飞鹤，一声声唳，招尔冰魂。

说明

"是花光"以下，一气盘旋，赞梅花之色，赞梅花之香，兼梅之高龄。过片以后，赞梅花之气节，字字铿锵，几可媲美屈原《橘颂》。

---

[1]　崇祯三年：1630年。招真治：在常熟城内山麓，后名致道观。官梅：官府种植的梅花。珊瑚枝：比喻梅枝的蟠屈。

[2]　"算绿阴"句：杜牧《怅诗》："自是寻春去校迟，不须惆怅怨芳时。狂风落尽深红色，绿叶成阴子满枝。"梅子味酸，此处双关。

章永康

章永康，生卒不详，字子和，号瑟庐。贵州大定（今大方县）人。咸丰三年（1853）进士，官内阁侍读。有《海粟楼词》。

百字令
七盘关[1]

七盘高处，看芙蓉千仞[2]，凌空如削。耿耿谁将双剑倚[3]？疑是巨灵曾擘[4]。片石危撑，悬崖中断，一线天疑裂。濛濛溪雾，哀猿啼出林隙。　　只愁窟底蛟龙，波涛咫尺，雷雨鸣金铁。隔树呼伥风正怒[5]，吹冷一鞭秋色。秦蜀遥分[6]，河山终古[7]，斜日茫茫白。今宵月冷，又听何处羌笛？

说明

写七盘关山势之雄险危峭，绘声绘色，凛凛逼人。

---

[1]　七盘关：在四川与陕西省交界处，宁强以西，广元东北。
[2]　芙蓉：高耸的山峰。李白《望庐山五老峰》："庐山东南五老峰，青天削出金芙蓉。"
[3]　"耿耿"句：宋玉《大言赋》："长剑耿兮，倚天光亮。"
[4]　巨灵：河神，传说擘开华山。
[5]　伥：传说被老虎咬死的人变为伥鬼。
[6]　"秦蜀"句：七盘关在陕西与四川交界。
[7]　终古：永久。

孙廷璋

孙廷璋（1825—1893），字仲嘉，一字仲佳，号莲士，浙江会稽（今绍兴市）人。道光二十九年（1849）举人，官国子监学正，有《玉井词》。

卜算子

又是夕阳边，目断烟中树。树外寒山山外云，云外鸿飞处。　　回首几长亭[1]，数了还重数。今日星辰昨夜霜，切莫明朝雨。

说明

写旅途情状，末二句出人意料。

---

[1]　长亭：秦汉每十里置一亭，为休憩及饯别之处。

周星誉

周星誉（1826—1884），字叔畇，一字叔云，号鸥公，又号芝芎，河南祥符（今开封）人，寓居浙江山阴。道光三十年（1850）进士，授编修，累迁至两广盐运使，兼署广东按察使。工诗词，尤善画。与李慈铭等结益社，诗酒唱和。有《东鸥草堂词》。

永遇乐
登丹凤楼怀陈忠愍公[1]

放眼东南，苍茫万感，奔赴栏底。斗大孤城，当年曾此、箛鼓屯千骑[2]。劫灰飞尽[3]，怒潮如雪，犹卷三军痛泪。满江头，阵云团黑[4]，蛟龙敢啮残垒。　　登临狂客，高歌散发[5]，唤得英雄都起。天意倘教，欲平此虏，肯令将军死？只今回首，笙歌依旧，一片残山剩水[6]。伤心处，青天无语，夕阳千里。

---

[1]　丹凤楼：原在上海县城东北角城墙上，下临黄浦江。陈忠愍公：陈化成，字莲峰，福建同安人。鸦片战争时任江南提督。1842年英舰进犯吴淞，陈化成率部力战，击伤英舰八艘，壮烈殉国，死后谥"忠愍"。
[2]　箛鼓：军中所用乐器。
[3]　劫灰：佛家语，劫灰飞尽，喻已发生过的灾难。唐李贺《秦王饮酒》："劫灰飞尽古今平。"
[4]　阵云：战云。
[5]　散发：披散头发。
[6]　残山剩水：喻山河破碎。唐杜甫《陪郑广文游何将军山林》："剩水沧江破，残山碣石开。"

说明

　　鸦片战争丧师失地被迫签订不平等条约的耻辱和英勇奋战以身殉国的关天培、葛云飞、陈化成等人的事迹，是这一时期诗文中常常题咏的内容。这首词悼念陈化成，"天意"三句，尤为悲愤激烈，与南宋词人张元幹《贺新郎》中的名句"天意从来高难问"有异曲同工之妙。

刘履芬

刘履芬（1827—1879），字彦清，号泖生，浙江江山人，官江苏嘉定知县。县民有为台宪扑杀者，履芬知冤而不能救，自刎死。履芬工诗词，为文渊雅，有《古红梅阁遗集》、《鸥梦词》。

疏影

西风起矣，问征鸿此去[1]，书到曾未？算不分明，轻暖轻寒，又是者般天气[2]。梧桐瘦损琅玕碧[3]，便写了相思谁寄？想曲阑一半愁凝，倚了又还重倚。　　孤负青山入画，倦床无气力，眉影销翠。任尔天涯，愿作扁舟，莫作无情江水。芙蓉也有三生恨[4]，怎怪得玉容憔悴。剩一秋怅望银河，几点冷萤斜坠。

说明

写女子思念远方的情人，百折千回，写情细腻入神。

---

[1]　征鸿：边塞的鸿雁。
[2]　者般：这般。
[3]　琅玕（láng gān）：竹。
[4]　三生：佛教用语，指前生、今生、来生。

张景祁

张景祁（1827—?），原名左钺，字孝威，一字蘩甫，号韵梅，又号静梅，别号新蘅主人。浙江钱塘（今杭州）人。同治十三年（1874）进士，任庶吉士，改福安、连江等地知县。晚岁游宦台湾。张景祁为薛时雨门下士。精于词律，负一时重名。游台时纪事词为甲申中法战争之词史。有《蘩雅堂诗文集》、《新蘅词》。

望海潮

基隆为全台锁钥。春初，海警猝至，上游拔重兵堵守，突有法兰兵轮一艘，入口游弋，传是越南奔北之师，意存窥伺。越三日始扬帆去，我军亦不之诘也 [1]。

插天翠壁，排山雪浪，雄关险扼东溟 [2]。沙屿布棋 [3]，飙轮测线 [4]，龙骧万斛难经 [5]。笳鼓正连营 [6]，听回潮夜半，添助军声。尚有楼船 [7]，

---

[1]　基隆：旧名鸡笼，在台湾北端，倚山面海，建有炮台，为重要军港。春初：光绪十年（1884）。法兰：法兰西。

[2]　东溟：东海。

[3]　沙屿：有暗沙的岛屿。布棋：星罗棋布，言岛屿之多。

[4]　飙轮：传说中有飞轮的车，此指轮船。《真诰》："昔东海青童君，曾乘独轮飞飙之车，通按行有洞天之山。"测线：测量水道。

[5]　龙骧：大船的代称。晋龙骧将军王濬受命征吴，造大船，后以"龙骧"代指大船。斛（hú）：量词，十斗为一斛。

[6]　笳鼓：胡笳、鼓均为军中所用。

[7]　楼船：有叠层的大船，指法舰。

鲎帆影里矗危旌[1]。　　追思燕颔勋名[2]，问谁投健笔[3]，更请长缨[4]？警鹤唳空[5]，狂鱼舞月，边愁暗入春城[6]。玉帐坐谈兵[7]，有僮花压酒[8]，引剑风生。甚日炎洲洗甲[9]，沧海浊波倾？

说明

词写于光绪十年春。上片描绘基隆的地势险峻及重兵扼守情势，下片写台湾将帅大员沉湎酒色，海防松弛，文恬武嬉，对敌舰的窥伺不以为意。末以满怀迷惘之情，发出"甚日炎洲洗甲"的慨叹。

集评

谭献曰：蕴梅早饮香名，填词刻意姜张，研声刌律，吾党六七人奉为导师。故山兵劫，同好晨星。乱定重见，君已摧锋落机，谢去斧藻。中年哀乐，登科已迟。又复屈承明之著作，走海国之靴板，不无黄钟瓦缶之伤。倚声日富，规制益高，骎骎乎北宋之坛宇。江东独秀，其在斯人乎？

　　　　　　　　　　　　　　　　　——徐珂《清代词学概论》

---

[1]　鲎（hòu）：海生介类，腹部甲壳可上下翘举。上举时称鲎帆。矗：挺立。

[2]　燕颔：东汉班超少年时，相者称其燕颔虎颈，有封侯之相。见《后汉书·班超传》。

[3]　投健笔：班超少年家贫，为人抄书谋生。后投笔从戎。

[4]　请长缨：缨，带子。汉终军请求朝廷发与长缨，好将南越王绑赴阙下。见《汉书·终军传》。后以"请缨"作请战的代称。

[5]　警鹤：《晋书·谢玄传》："闻风声鹤唳，皆以为王师已至。"

[6]　春城：指基隆。

[7]　玉帐：主帅居帐。李白《司马将军歌》："身居玉帐临河魁。"

[8]　僮花：少年奴仆。压酒：米酒将熟时，压榨以取酒。李白《金陵酒肆留别》："胡姬压酒劝客尝。"

[9]　炎洲：传说为南海中的洲名。后用以指岭表以南地。洗甲：休止干戈。杜甫《洗兵马》："安得壮士挽天河，净洗甲兵长不用。"

庄棫

庄棫（1829—1876），一名忠棫，字希祖，号中白，又号蒿庵，江苏丹徒人。以输饷得部主事，后家道中落，游历京师，不遇。曾国藩聘至淮南书局校书。其词与谭献齐名，为常州词派后劲。陈廷焯《白雨斋词话》推扬不遗余力。有《蒿庵遗稿》。

相见欢

春愁直上遥山，绣帘间。赢得蛾眉宫样月儿弯。
云和雨，烟和雾，一般般。可恨红尘遮得断人间。

深林几处啼鹃，梦如烟。直到梦难寻处倍缠绵。
蝶自舞，莺自语，总凄然。明月空庭如水似华年。

说明

从表面上看，这两首词都写闺中孤寂的滋味。其妙在意境的渲染，即是情意的表达，没有一句多余的描写，但又不流于纤巧。

集评

陈廷焯曰：二词用意、用笔，超越古今，能将《骚》《雅》真消息吸入笔端，更不可以时代限也。

——《白雨斋词话》

　　　　　　　　　　　　　　近代诗文

李慈铭

李慈铭,见前《诗选》,《庚午书事二首》篇。

贺新郎

为伯寅侍郎题罗两峰《当场出丑图》,图中为毛延寿,丑脚十人,皆元人院本中事也。[1]

展卷呼之起,便迎人低眉柔骨,百般神似。不分丹青神妙笔,变相都成非是。算鬼趣、直穷到此[2]。袍笏当场宜活现[3],奈破衫多半妆穷子。真与假,有谁记。　　笔头粉墨谈何易?要包罗、太行三峡,眼中心底。莫道当前真出丑,占尽人间头地。且漫问、王侯饿隶。衮衮相逢此辈[4],祗笑啼,暂戴猴冠耳[5]。谁竟识,真羞耻。

说明

这是作者为罗两峰《当场出丑图》所题的一首词。落笔所咏虽是图中丑角形象,词人着眼却是朝中那些沐猴而冠的王公权贵。末句"谁竟识,真羞耻",骂得痛快淋漓。

---

[1]　伯寅:潘祖荫的字。潘为咸丰进士,官至工部尚书。罗两峰:名聘,字遯夫,清歙县人,善画,有《鬼趣图》,名重一时。毛延寿:汉宫画师,因向昭君索贿,不遂,将昭君图像画丑,后被汉元帝诛杀。元人院本:元人杂剧演出本。

[2]　"算鬼趣"二句:罗两峰喜画鬼。

[3]　袍笏:做官的装束。

[4]　衮衮:相继而来。

[5]　猴冠:成语"沐猴而冠"。

谭　献

谭献（1832—1901），初名廷献，字仲修，号复堂，浙江仁和（今杭州）人。同治六年（1867）举人。官安徽，历任歙县、全椒、合肥等县知县，后归隐。工骈体文，评点《骈体文钞》。于词学着力尤深，选清人词为《箧中词》，影响深远。有《复堂词》。

蝶恋花

庭院深深人悄悄[1]，埋怨鹦哥，错报韦郎到[2]。压鬓钗梁金凤小[3]，低头只是闲烦恼。　　花发江南年正少。红袖高楼，争抵还乡好[4]？遮断行人西去道，轻躯愿化车前草[5]。

玉颊妆台人道瘦，一日风尘，一日同禁受。独掩疏栊如病酒[6]，卷帘又是黄昏后。　　六曲屏前携素手。戏说分襟[7]，真遣分襟骤。书札平安君信否？梦中颜色浑非旧。

---

[1] “庭院”句：欧阳修《蝶恋花》：“庭院深深深几许。”
[2] 韦郎：指女子所爱的情郎。唐淮海节度使高骈信奉后土夫人，于神帐中塑绿衣少年，名为韦郎。
[3] 钗梁金凤：首饰。
[4] 红袖高楼：指妓女。唐韦庄《菩萨蛮》：“骑马倚斜桥，满楼红袖招。”
[5] 车前草：草名，多年生，叶自根生，长柄，卵形。多生于路边或田野。
[6] 疏栊：窗上櫺木，窗户。
[7] 分襟：离别。

说明

这是谭献代表作之一，描写一位品格高尚，志向坚贞，执著于爱情的女子。根据中国诗歌"美人香草"的传统，也可以看作是对理想的执着追求而甘愿舍身的精神的歌颂。

集评

陈廷焯曰："庭院深深"阕，上半传神绝妙，下半沉痛已极，所谓情到海枯石烂时也。"玉颊妆台"阕，上半沈至语，殊觉哀而不怒；下半相思刻骨，痼痹潜通，顿挫沉郁，可以泣鬼神矣。

——《白雨斋词话》

叶恭绰曰：正中、六一之遗。

——《广箧中词》

狄葆贤曰：仁和谭仲修先生有《复堂词》一卷，余爱其和雅朗拔，刚柔赴节。

——《平等阁诗话》

贾敦艮

贾敦艮，原名溥，字博如，号芝房。浙江平湖人，咸丰间诸生。有《东武絮音》。

临江仙

留溪舟次

四望云山仍不碍，竹西何处名楼[1]？雨余小堰客停舟。海腥鱼入市，溪暖鸭争流。　　一带垂杨新画稿，绿阴浓罩船头。蘋蒿芦荻满汀洲[2]。夕阳红似酒，春水碧于油。

说明

写海市渔村风景，寥寥数笔勾勒，如在眼前。"海腥"二句，于静中寓动，生趣盎然。

---

[1]　竹西：原为亭名，杜牧《扬州禅智寺》："谁知竹西路，歌吹是扬州。"后遂为扬州代称。
[2]　蘋蒿：水草名。

　　　　　　　　　　　　　　　　　　　近代诗文

关 锁

关锁,字秋芙,咸丰间浙江钱塘(今杭州市)人。蒋坦妻,有《梦影楼词》。

高阳台
夕阳

断雁飘愁,盘鸦聚暝,一鞭残梦归鞍。酒醒邮程[1],岭云陇树漫漫[2]。渡江几点归帆影,近荒林一带枫殷。最难堪,第一峰前,立马斜看[3]。 而今休说乡关路,剩蒙蒙野水,瘦柳渔湾。短帽西风,古今无此荒寒。芦笳声里旌旗起,问当年谁姓江山?有悠悠,几处牛羊,短笛吹还。

说明

玩其词意,似作于太平天国时期,欲归不得,伤心人别有怀抱。"问当年谁姓江山",笔力苍凉雄浑。

---

[1] 邮程:路途。
[2] 岭云:五岭山脉的云雾。指广东广西。陇树:陇山,在甘肃。
[3] "最难堪"三句:《词苑丛谈》:"(金主亮)密隐画工,于奉使中写临安山水,复写己像,题立马吴山第一峰之句。"

集评

　　谭献曰：忽闻变徵。

——《箧中词续》

宝　廷

宝廷（1840—1890），爱新觉罗氏，初名宝贤，字少溪，号竹坡，晚年自号偶斋。同治七年中进士。官至礼部右侍郎、正黄旗蒙古副都统。宝廷为满族著名诗人，"诸体兼备，各体皆工。"有《偶斋诗卓》内外集及《偶斋词》传世。

喝火令

衰草连荒垒，寒林绕故关。角声呜咽晚风酸[1]。遥见征人无数，曝背古城边[2]。　　朔气侵金甲，严霜冷玉鞍。停鞭一望更凄然。几点旌旗，几点夕阳山。几点颓垣断壁，掩映暮云间。

说明

这首小令描写了边塞一片凄清冷寂景象，正是鸦片战争以来清廷边备不修，屡受入侵的国家大势的缩影。"停鞭一望"以下四句，无限悲凉。

---

[1]　风酸：冷风刺激眼球发酸。唐李贺《金铜仙人辞汉歌》："东关酸风射眸子。"
[2]　曝背：背晒太阳取暖。唐李颀《野老曝背》："百岁老翁不种田，唯知曝背乐残年。"古城：古长城。

冯　煦

作者小传见《诗选·八月二十一日之夜，仆卧已久，苹湘忽出寄拂青三绝句相质，效拂青体也，既复强仆效之。时窗外雨声淙淙，苦不得寐，亦成三首。来朝放晴，仆又将强漱泉也》条下。

南乡子

一叶碧云轻。建业城西雨又晴 [1]。换了罗衣无气力，盈盈。独倚阑干听晚莺。　　何处是归程。脉脉斜阳满旧汀 [2]。双桨不来闲梦远 [3]，谁迎？自恋苹花住一生。

说明

语调轻柔，词句雅丽，有唐五代小令风味。

集评

谭献曰：顾影矜宠。

——《箧中词续》

---

[1]　建业：今江苏南京。

[2]　汀：水边平地。

[3]　双桨：用姜夔《琵琶仙》："双桨来时，有人似桃根桃叶"意。

又曰：阅丹徒冯煦梦华《蒙香室词》，趋向在清真、梦窗。门径甚正，心思甚邃，得涩意。惟由涩笔，时有累句，能入而不能出，病当救以虚浑。单调小令，上不侵诗，下不堕曲，高情远韵，少许胜多，残唐北宋后成罕格。梦华有意于此，深入容若、竹垞之室，此不易到。

——《复堂日记》

陈衍曰：（梦华）词佳者最多，风格在白石、玉田之间。

——《石遗室诗话》

张鸿绩

张鸿绩，字药农，贵州仁怀人。同治间官四川候补道。有《枯桐阁词稿》。

蝶恋花
登潼关城楼 [1]

浊酒难浇心上事。才说登临，又触新愁起。漠漠寒云千万里，长河落日天垂地。　　醉后阑干慵更倚。冷月楼头，谁会悲来意？莫听乌乌桥下水，几多未老英雄泪！

说明

此潼关怀古、感时伤事之词。以小令短幅，而包容甚大。妙在不直叙有关史实，只写潼关形胜，感慨、悲凉皆在其中。

---

[1]　潼关：关名，扼陕西、山西、河南三省要冲，为历代军事要地。

秦 云

秦云，生卒不详，字肤雨，别号西脊山人，又号胥母山人。江苏长洲（今吴县）人。同治诸生。有《裁云阁词钞》。

齐天乐
小竹里馆[1]

三间临水低低屋，柴扉正当溪口。聚影捎窗，团云亘石[2]，百尺清泉飞溜。烟凝雾皱。把六扇文纱[3]，青蓝染透。画帜疏棂，此中知道有人否？　　三竿两竿风折，乱云寒不扫，苔点浓绣。做不成烟，散还作雨，凉得夕阳都瘦。牵萝未就。谁忆到天寒，有人罗袖[4]？斜立西风，打帘黄叶厚。

说明

野趣盎然。"凉得夕阳都瘦"句妙绝。

---

[1]　竹里馆：王维辋川别墅中景点之一，有诗云："独坐幽篁里，弹琴复长啸。深林人不知，明月来相照。"
[2]　亘：横。
[3]　文纱：窗纱。
[4]　"牵萝"三句：杜甫《佳人》："牵萝补茅屋。摘花不插发，采柏动盈掬。天寒翠袖薄，日暮倚修竹。"

濮文湘

濮文湘，生卒不详，字芷绡，江苏宝应人。同治中朱策勋妻，有《怀湘阁词钞》。

南歌子
感事

说梦原无据，烧香又太痴。起来嫌早睡嫌迟，却似初笼鹦鹉学新词。　　送别人何处？催归鸟未知。魂儿刚剩一丝丝，险被东风吹上断肠枝。

说明

纯是家常口语，闺人口吻宛然。结句韵绝。

王鹏运

王鹏运（1849—1904），字幼遐，号半塘，晚号鹜翁，广西临桂（今桂林）人。同治九年（1870）举人。历官内阁侍读，监察御史，礼科给事中。在谏垣十年，疏数十上，皆关系政要。一时权贵，自亲王以下，每被弹劾。光绪二十六年（1900），八国联军陷北京，与朱祖谋等人作《庚子秋词》，感时愤事。后南归，主讲扬州仪董学堂。王鹏运致力于词，被列为"清季四大词人"。尝汇刻唐、宋、元诸家词集。著有《半塘定稿》。

念奴娇
登旸台山绝顶望明陵 [1]

登临纵目，对川原绣错 [2]，如接襟袖。指点十三陵树影，天寿低迷如阜 [3]。一霎沧桑 [4]，四山风雨，王气销沉久 [5]。涛生金粟 [6]，老松疑作龙吼。　　惟有沙草微茫，白狼终古 [7]，滚滚边墙走 [8]。野老也知人世换 [9]，

---

[1]　旸台山：在北京西北郊，为春游胜地。明陵：明十三陵。

[2]　川原绣错：锦绣交错。黄濬《花随人圣庵摭忆》："国中花时讨春最胜之地，以余所知所见，以旧都旸台山之杏花为最。连塍漫谷，三四十万株。"

[3]　天寿：山名，在昌平县北，为明代十三陵所在地。阜：土丘。

[4]　沧桑：即沧海桑田的缩称。《神仙传》："麻姑自说云：接侍以来，已见东海三为桑田。"

[5]　王气：天子之气，亦指王朝的气运。庾信《哀江南赋序》："将非江表王气，终于三百年乎？"

[6]　金粟：山名，在陕西省蒲城县，唐玄宗葬地。

[7]　白狼：十三陵附近有白河、狼山等地名，又白狼古以为祥瑞。《瑞应图》："白狼，王者仁德明哲则见。"

[8]　边墙：长城。

[9]　野老：乡野老人。

尚说山灵呵守[1]。平楚苍凉[2]，乱云合沓[3]，欲酹无多酒[4]。出山回望，夕阳犹恋高岫[5]。

说明

光绪间，清政府腐朽没落，风雨飘摇，亡国预兆已现。作者登高远眺，感叹明代的王气消沉，吊古而慨今，他所怀的深沉感慨是不言可喻的。

集评

钱基博曰：其词幻眇而沉郁，义隐而指远，盖导源碧山，复历稼轩、梦窗以上追东坡之清雄，还清真之浑化，与周济之说，固契若针芥也。

——《现代中国文学史》

[1]　山灵：山神。
[2]　平楚：远眺见树梢齐平。楚，丛木。
[3]　合沓：重叠。
[4]　酹：奠酒及地。
[5]　高岫：山峰。

满江红

送安晓峰侍御谪戍军台[1]

荷到长戈[2]，已御尽，九关魑魅[3]。尚记得，悲歌请剑[4]，更阑相视[5]。惨淡烽烟边塞月，蹉跎冰雪孤臣泪。算名成，终竟负初心，如何是[6]？　天难问[7]，忧无已。真御史，奇男子。只我怀抑塞[8]，愧君欲死[9]。宠辱自关天下计，荣枯休论人间世。愿无忘、珍惜百年身[10]，君行矣。

说明

王鹏运与安维峻既是同事，又是志同道合的朋友，都有着"补天"的愿望。安之被谪戍，王鹏运感同身受，一篇送行词，尽吐块垒。慷慨磊落，悲愤激烈，确是清代词作的佳篇。

---

[1]　安晓峰：名维峻，甘肃秦安人，光绪六年（1880）进士，任御史未一年，上六十余疏。斥李鸿章误国，要求慈禧停止干预朝政。疏上，被革职谪发张家口军台。王鹏运与安维峻是同事、好友，曾联名上疏弹劾李鸿章。
[2]　荷：扛起。戈：长矛。荷戈指军士。
[3]　九关：天门九重。《楚辞·招魂》："虎豹九关，啄害下人些。"魑魅（chī mèi）：山林精怪。
[4]　请剑：用汉朱云上书请借上方宝剑斩张禹事，见《汉书·朱云传》。
[5]　相视：谓王、安二人夜半共商弹劾李鸿章，志同道合。《庄子·大宗师》："四人相视而笑，莫逆于心。"
[6]　"算名成"三句：谓安维峻虽得名声，但为国除奸的本愿未酬。
[7]　天难问：屈原有《天问》篇。
[8]　抑塞：心情抑郁。
[9]　"愧君"句：安维峻被戍，无力相救而自愧。
[10]　百年身：一身。鲍照《行药至城东桥》："争先万里途，各事百年身。"

沁园春

岛佛祭诗，艳传千古。八百年来，未有为词修祀事者。今年辛峰来京度岁，倡酬之乐，雅擅一时。因于除夕，陈词以祭，谱此迎神，而以送神之曲属吾弟焉[1]。

词汝来前！酹汝一杯[2]，汝敬听之。念百年歌哭[3]，谁知我者？千秋沆瀣[4]，若有人兮[5]。芒角撑肠[6]，清寒入骨，底事穷人独坐诗[7]？空中语[8]，问绮情忏否[9]，几度然疑[10]。　　玉梅冷缀莓枝[11]，似笑我吟魂荡不支。叹春江花月[12]，竞传宫体[13]；楚山云雨[14]，枉托微词[15]。

[1]　岛佛：岛，唐诗人贾岛。李洞爱其诗，"遂铜写岛像，戴之巾中，常持数珠念贾岛佛。"见《唐才子传》。祭诗：贾岛曾于岁末，取一年中所得诗，以酒酹之，曰："劳吾精神，以是补之。"辛峰：作者之弟。
[2]　酹：奠酒及地。
[3]　百年：一生。杜甫《南征》："百年歌自苦，未见有知音。"
[4]　沆瀣（hàng xiè）：夜间的水气。唐代崔沆主考，取中崔瀣，被称为"座主门生，沆瀣一气。"后喻为臭味相投。
[5]　若有人兮：《楚辞·九歌·山鬼》："若有人兮山之阿。"
[6]　芒角：锋芒。苏轼《郭祥正家，醉画竹石壁上，郭作诗为谢，且遗二古铜剑》："空肠得酒芒角出。"
[7]　底事：何事。坐：由……而得罪。
[8]　空中语：惠洪《冷斋夜话》："法云师尝谓鲁直（黄庭坚）曰：诗多作无害，艳歌小词可罢之。鲁直曰：空中语耳，非杀非偷，终不坐此堕恶道。"
[9]　绮情：美妙的思想感情。《瑜珈师地论》："云何绮语？谓起绮语欲乐，起染污心。"忏否：忏悔没有。
[10]　然疑：将信将疑。
[11]　"玉梅"句：姜夔《疏影》："苔枝缀玉。"
[12]　春江花月：《春江花月夜》，属乐府吴声歌曲，陈后主、隋炀帝均曾作词。
[13]　宫体：萧梁时盛行的艳体诗，由梁简文帝萧绎提倡。
[14]　楚山云雨：宋玉作《高唐赋》，言巫山神女云雨会襄王事。
[15]　"枉托"句：指宋玉《高唐赋》虽涉绮情，实含微词，另有寄托。

画虎文章[1]，屠龙事业[2]，凄绝商歌入破时[3]。长安陌[4]，听喧阗箫鼓[5]，良夜何其[6]？

说明

这首词将"词"拟人化，进行哀祭。以俳偕之笔，发愤懑郁塞之情。境况坎坷不得志，非关于作词，而是自己"芒角撑肠，清寒入骨"，举止行为不合时宜。尽管以绮语寄托微词，还是不被理解，只有良夜独自悲歌，嬉笑怒骂，百感交集！

集评

叶恭绰曰：奇情壮采。

——《广箧中词》

---

[1]　画虎：《后汉书·马援传》："效（杜）季良不得，陷为天下轻薄子。所谓画虎不成反类狗者也。"

[2]　屠龙：《庄子·列御寇》："朱泙漫学屠龙于支离益，千金之家，三年技成而无所用其巧。"比喻学不能致用。

[3]　商歌：悲歌。入破：唐以大曲第三段为"破"，入破即第三段第一遍。

[4]　陌：街道。

[5]　喧阗：喧闹。

[6]　良夜何其：良夜到了什么时候。《诗经·庭燎》："夜如何其，夜未央。"

张祥龄

张祥龄（1853—1903），字子苾，一字子芾，号芝馥，四川汉州（今广汉县）人。光绪二十年（1894）进士。官陕西大荔知县，有《篋秋词》。

生查子

次小山，寄仲由海上，示仲蓝[1]

抛却自家心，占了他人住。江岸寂无人，灯火摇烟浦。　　枕泪湿云鬟，酝造丝丝雨。耳畔尚娇啼，乍换殊方语[2]。

说明

以平常语，写平常习见情事，温雅秀润，绵丽多情。词次晏小山韵，亦有晏小山风味。

---

［1］　次小山：用北宋词人晏几道（号小山）《生查子》韵。小山词：长恨涉江遥，移近溪头住。闲荡木兰舟，误入双鸳浦。　　无端轻薄云，暗作帘纤雨。翠袖不胜寒，欲向荷花语。

［2］　殊方：异域、他乡。

文廷式

作者小传见《诗选·夜坐向晓》条下。

蝶恋花

九十韶光如梦里[1]，寸寸关河，寸寸销魂地。落日野田黄蝶起，古槐丛获摇深翠。　　惆怅玉箫催别意，蕙些兰骚[2]，未是伤心事。重叠泪痕缄锦字[3]，人生只有情难死。

说明

据文廷式《日记》，词作于光绪十二年（1886），离北京时。作者应试未中，怀才不遇，虽有些失意，但还不足以成为伤心事。国事日非，才是他心中拂之不去的忧伤。"重叠"二句，写情名句。

集评

叶恭绰曰：沉痛。

——《广箧中词》

---

[1] 九十韶光：春季共九十日。
[2] 蕙些兰骚：屈原《楚辞·离骚》以兰蕙芳草喻君子。《楚辞》句尾，多用"兮"、"些"作语气词，《招魂》："光风转蕙，汜祟兰些。"故谓"蕙些兰骚"。
[3] 锦字：前秦苻坚时，秦州刺史窦滔因罪被戍，妻苏蕙织锦为《回文璇玑图》，八百余言，纵横反复皆成文章。

水龙吟

落花飞絮茫茫，古来多少愁人意。游丝窗隙，惊飙树底[1]，暗移人世[2]。一梦醒来，起看明镜，二毛生矣[3]！有葡萄美酒[4]，芙蓉宝剑[5]，都未称、平生志。　　我是长安倦客[6]，二十年、软红尘里[7]。无言独对，青灯一点，神游天际。海水浮空，空中楼阁[8]，万重苍翠。待骖鸾归去[9]，层霄回首，又西风起。

说明

词作于光绪十九年（1893）。作者于光绪十六年考取进士后，深感平生雄心壮志不能实现，满怀寂寞悲哀，但还是构筑出一个理想境界，希望如苏轼的"我欲乘风归去"。奇情壮采，不同凡响。

---

[1] 惊飙：暴风。

[2] "暗移"句：用苏轼《洞仙歌》"但屈指西风几时来，又不道流年暗中偷换"意。

[3] 二毛：花白头发。《左传·僖公二十二年》："君子不重伤，不禽二毛。"

[4] 葡萄美酒：王翰《凉州曲》："葡萄美酒夜光杯。"

[5] 芙蓉宝剑：《越绝书》："客有能相剑者，名薛烛。王取纯钧示之，薛烛手振拂扬，其华淬如芙蓉始出。"

[6] 倦客：指倦于游宦。

[7] 软红尘：都市繁华。苏轼《次韵蒋颖叔钱穆父从驾景灵公》："软红犹恋属车尘。"

[8] "海水"二句：指海市蜃楼。苏轼《登州海市》："东方云海空复空，群仙出没空明中。荡摇浮世生万象，岂有贝阙藏珠宫。"

[9] 骖鸾：驾鸾凤以登天，借指返回朝廷。江淹《别赋》："驾鹤上汉，骖鸾腾天。"

集评

叶恭绰曰：胸襟兴象，超越凡庸。

——《广箧中词》

王瀣曰：思涩笔超，后片字字奇幻，使人神寒。

——《手批云起轩词钞》

郑文焯

郑文焯（1856—1918），字俊臣，一字叔问，号小坡，又号大鹤山人，冷红词客，奉天铁岭（今属辽宁）人，隶汉军正黄旗。光绪元年（1875）举人，官内阁中书。父瑛棨为陕西巡抚，兄弟十人皆为贵公子，惟文焯读书好儒雅。后旅食苏州，为巡抚幕客。晚筑樵风别墅于苏州。文焯多才艺，好诙谐，兼善书画金石，尤通音律。著词学著作多种，有《大鹤山房全集》。

玉楼春

梅花过了仍风雨，著意伤春天不许。西园词酒去年同[1]，别是一番惆怅处。　　一枝照水浑无语，日见花飞随水去[2]。断红还逐晚潮回[3]，相映枝头红更苦。

说明

此词以咏残花而托物寄情，写出一番惜春伤春之感。用拟人化手法写花，实则写人，人花合一，环境的衬托比照简洁而生动。

---

[1]　西园：郑氏北京宅第中有西园。
[2]　"日见"句：萧悫《春庭晚望》："不愁花不飞，到畏花飞尽。"
[3]　"断红"句：周邦彦《六丑》："漂流处，莫趁潮汐，恐断红尚有相思字，何由见得。"

集评

俞樾曰：论其身世，微类玉田。其人与词，则雅近清真、白石。

又曰：君词体洁旨远，句妍韵美。

——《瘦碧词序》

庆春宫

同羁夜集，秋晚叙意 [1]

霜月流阶，芜烟衔苑，戍笳愁度严城 [2]。残雁关山，寒蛩庭户 [3]，断肠今夜同听。绕阑危步，万叶战风涛自惊。悲秋身世，翻羡垂杨，犹解先零。　　行歌去国心情 [4]，宝剑凄凉，泪烛纵横。临老中原，惊尘满目，朔风都作边声。梦沉云海，奈寂寞鱼龙未醒。伤心词客，如此江南，哀断无名 [5]。

说明

词约作于辛亥（1911）以后。作者原为八旗贵胄，任职于朝廷，清亡后以遗老自居，放眼宇内，戍笳残雁，寒蛩落叶，一片凄惨哀愁，环境与心情交融为一。篇末以庾信自比，再次突出"哀"的主题。

---

[1] 同羁：同在羁旅的寄居客。
[2] 戍笳：军中号角。严城：寒冷的城市。
[3] 寒蛩（qióng）：深秋的蟋蟀。
[4] 行歌：漫步歌吟。屈原被放逐，行吟泽畔。
[5] "伤心词客"三句：北周文学家庾信，原为南朝梁国人，梁亡，任职于北，有《哀江南赋》。

浣溪沙

从石楼、石壁，往来邓尉山中[1]

一半梅黄杂雨晴[2]，虚岚浮翠带湖明[3]，闲云高鸟共身轻。　　山果打头休论价，野花盈手不知名，烟峦直是画中行。

说明

此词作于光绪二十五年（1899）。上片写观景，下片写游山，风光秀美，物我合一，意象高远，风格颇似东坡。

---

[1]　石楼、石壁：均在吴县光福镇西南西碛山附近山上。邓尉：山名，在光福镇南，相传东汉邓禹隐居此地，故名。山多梅花，有"香雪海"之称。

[2]　梅黄杂雨：梅子黄时在春夏之交，时江南多雨。贺铸《青玉案》："梅子黄时雨。"

[3]　虚岚：山中雾气。

朱祖谋

朱祖谋（1857—1931），一名孝臧，字古微，号沤尹，又号彊邨，浙江归安人。光绪九年（1883）进士。光绪三十年（1904）出为广东学政，因与两广总督龃龉，引疾去，归寓苏州，遍游江海之间，寻幽览胜，结交名流。早年以诗名，后官京师，交王鹏运，专业词。于词学贡献独多，校刻唐、宋、金、元人词百六十家为《彊邨丛书》。其自为词，有《彊邨语业》二卷，他人补刻一卷。

浣溪沙

独鸟冲波去意闲，坏霞如赭水如笺[1]。为谁无尽写江天。　　并舫风弦弹月上[2]，当窗山髻挽云还[3]。独经行处未荒寒。

翠阜红厓夹岸迎[4]，阻风滋味暂时生。水窗官烛泪纵横。　　禅悦新耽如有会[5]，酒悲突起总无名，长川孤月向谁明。

说明

写舟行所见之景，寥廓高旷，设色明丽，胸襟气度可以想见。次阕

---

[1]　坏霞：断霞。赭（zhě）：红褐色。
[2]　风弦：弦乐器发出的乐声。
[3]　山髻：青山形如发髻。
[4]　翠阜：绿色山冈。
[5]　禅悦：参禅学佛。会：领会。

结句峭拔。

集评

王国维曰：疆邨词，余最赏其《浣溪沙》，"独鸟冲波去意闲"二阕，笔力峭拔，非他词可能过也。

——《人间词话》附录

狄葆贤曰：《鹧鸪天》句云"沙尾风痕约晚凉，雨余山语响匡床"。《浣溪沙》句云"禅悦新耽如有会，酒悲突起总无名"，皆绝妙好词也。

——《平等阁诗话》

金缕曲

书感寄王病山秦晦鸣 [1]

斗柄危楼揭 [2]，望中原、盘雕没处，青山一发 [3]。连海西风掀尘黯，卷入关榆悴叶 [4]。尚遮定、浮云明灭 [5]。烽火十三屏前路 [6]，照巫闾知是谁家月 [7]。辽鹤语 [8]，正呜咽。　微闻殿角春雷发 [9]，总难醒，十洲浓梦 [10]，桑田坐阅 [11]。衔石冤禽寒不起 [12]，满眼秋鲸鳞甲 [13]。莫道是、昆池初劫 [14]。

---

[1]　王病山：名乃徵，光绪进士，官贵州布政使。秦晦鸣：名树声，光绪进士，官广东提学使。

[2]　斗柄：北斗七星。四星像杓，三星如柄。《鹖冠子·环流》："斗柄北指，天下皆冬。"揭：高扬。

[3]　青山一发：远处青山一线青色。苏轼《澄迈驿通潮阁》："杳杳天低鹘没处，青山一发是中原。"

[4]　关榆：李益《听晓角》："边霜昨夜堕关榆。"又山海关一名榆关，此处双关。

[5]　"浮云"句：用李白《登金陵凤凰台》"总为浮云能蔽日，长安不见使人愁"意，暗喻光绪帝。

[6]　十三屏：即十三陵，在北京昌平县。昌平县境有居庸关，为北方重要屏障。

[7]　巫闾：全名为医巫闾山，在辽宁北镇县城西北，为幽州镇山。

[8]　辽鹤：神仙故事，辽东人丁令威学道成仙，后化鹤归来，栖城门华表柱上。有少年欲射之，鹤飞鸣作人语："有鸟有鸟丁令威，去家千年今始归。城郭如故人民非，何不学仙冢累累。"后常用以喻人世变迁。

[9]　"微闻"句：指甲午中日之战，光绪帝下诏对日宣战。

[10]　十洲：《十洲记》载海中有祖洲、瀛洲等十洲，均是神仙住地。此以十洲喻中国九州。浓梦：犹言睡狮未醒。

[11]　桑田：用沧海桑田典故。《神仙传》："麻姑自说云：'接侍以来，已见东海三为桑田。'"

[12]　衔石冤禽：《述异记》："昔炎帝女溺死东海中……化为精卫……一名冤禽。"传说精卫含恨，衔石以填海。此指甲午海战中殉难英烈。

[13]　"满眼"句：汉武帝凿昆明池以练水军，池畔有石刻鲸鱼。杜甫《秋兴》："昆明池水汉时功，武帝旌旗在眼中。织女机丝虚夜月，石鲸鳞甲动秋风。"

[14]　昆池初劫：汉武帝凿昆明池，悉是灰墨，不知何物。后有西域胡人，曰：此天地大劫，烧余之灰。见《初学记》。

近代诗文

负壑藏舟寻常事¹，怕苍黄，柱触共工折²。天外倚，剑花裂³。

说明

　　词作于光绪二十九年（1903）十二月底。十二月二十三日，日军突袭旅顺的帝俄舰队，战争在中国领土上进行，清统治者无力干涉，甚至宣布"中立"。作者抚今思昔，深致感叹，并由此而追怀十年前中日甲午战争，悼念殉国英烈，寄望唤醒睡狮的一天早日来到。

---

[1]　"负壑"句：《庄子·大宗师》："夫藏舟于壑，藏山于泽，谓之固矣。然而夜半有力者负之而走，昧者不知也。"

[2]　苍黄：急遽貌。柱触：《淮南子·天文训》："昔者共工与颛顼争为帝，怒而触不周之山，天柱折，地维绝。"

[3]　"天外"二句：宋玉《大言赋》："长剑耿耿兮，倚天之外。"

夜飞鹊

香港秋眺，怀公度 [1]

沧波放愁地，游棹轻回 [2]。风叶乱点行杯 [3]。惊秋客枕，酒醒后、登临倦眼重开。蛮烟荡无霁 [4]，飐天香花木 [5]，海气楼台 [6]。冰夷漫舞 [7]，唤痴龙 [8]，直视蓬莱 [9]。　　多少红桑如拱 [10]，筹笔问何年 [11]，真割珠崖 [12]？不信秋江睡稳 [13]，掣鲸身手 [14]，终古徘徊 [15]。大旗落日，照千山、劫墨成灰 [16]。又西风鹤唳 [17]，惊筇夜引，百折涛来。

---

[1]　公度：即黄遵宪。戊戌变法失败后，隐居在家。
[2]　游棹：时作者因事舟行过香港。
[3]　行杯：传递杯觞饮酒。
[4]　蛮烟：旧指少数民族地区山林烟雨，此指英占领下的香港。
[5]　天香花木：宋之问《灵隐寺》："桂子月中落，天香云外飘。"
[6]　"海气"句：指海市蜃楼。
[7]　冰夷：传说中的河神。郭璞《江赋》："冰夷倚浪以傲睨。"冰夷漫舞：指帝国主义列强海上来犯。
[8]　痴龙：传说有人误坠洛中某洞穴，见一大羊。出洞后以此问张华，华曰："此痴龙也。"痴龙犹言睡狮。
[9]　蓬莱：海中神山，仙人所居。此借指沿海岛屿，大多被侵占。
[10]　红桑：《拾遗记》载西海有孤桑之树，叶红椹紫。拱：两手围抱。
[11]　筹笔：策划军事。
[12]　珠崖：古郡名，治所在今海南省海口市。《汉书·贾捐之传》："臣愚以为非冠带之国，禹贡所及，春秋所治，皆可且无以为，愿遂弃珠崖，专用恤关东为忧。从之，珠崖由是遂罢。"
[13]　秋江睡稳：杜甫《秋兴》："一卧沧江惊岁晚。"
[14]　掣鲸：杜甫《戏为六绝句》："未掣鲸鱼碧海中。"掣鲸身手，指黄遵宪有外交才干。
[15]　终古：永久。徘徊：踌躇不前。
[16]　劫墨：据《初学记》引曹毗《志怪》，汉武帝开凿昆明池，见灰墨。后有西域胡人，云此是天地大劫时烧余之灰。
[17]　鹤唳：鹤鸣。

说明

　　词作于光绪三十年（1904）秋，朱祖谋因事乘舟行经香港，时香港割让已六十三年，帝国主义列强正进一步瓜分中国。作者眺望港岛景色，同时怀念具有外交才能的好友黄遵宪，为他的被放归家中深致惋惜，也祁望当此国家多难关头，黄遵宪不会永久闲置在家，总有一天会发挥他的才能。

张 僖

张僖，生卒不详，字韵舫，别号迟国居士。山东潍县人。光绪八年（1882）举人，官福建兴化知府，有《眠琴阁词》六卷，外集一卷。

南歌子

新酿和愁醉，轻帆带梦低。夕阳衰柳问隋堤[1]，怕听露筋祠外乱鸦啼[2]。　　浪迹留鸿爪[3]，乡心付马蹄。萧萧黄叶扑征衣，无数好山相送过淮西。

说明

此词写旅途风光，笔致轻清流利。古人云："好诗圆转流美如弹丸"，此作近似。

---

[1]　隋堤：隋炀帝开凿大运河，河堤种杨柳，后称隋堤。
[2]　露筋祠：在江苏省高邮县南，传说有女子过此，因不愿寄宿农家，野宿于外，被蚊啮露筋而死。
[3]　鸿爪：人生踪迹。苏轼《和子由渑池怀旧》："人生到处知何似，应似飞鸿踏雪泥。泥上偶然留指爪，鸿飞那复计东西。"

秦宝鉴

秦宝鉴，生卒不详，字栎年，号懋昭，江苏金匮（今无锡）人。光绪时人。有《剑霜龛吟稿附诗余》、《鸿影楼诗纪附词》。

金缕曲
楚寄珮侬，以词代书

泉下平安否？别些时、寒烟冷月，定难消受。斯恨绵绵何日补[1]，千尺丝萦断藕。扶不起、玉棺翠袖[2]。宿昔欢娱疑是梦，算南柯[3]，聚散从来骤。真与幻，未参透。　　草堂双榻还依旧。想芳魂、深宵独坐，佩环轻叩[4]。牢记钗钿秋夜誓[5]，忉利重圆原有[6]。只此刻、冰姿莫觏[7]。眉黛而今应蹙损，忆妆成、倩我描新柳[8]。对残烛，欷歔久。

我忆卿知否？送华年、步兵清泪[9]，信陵醇酒[10]。壮采豪情都减了，俓著带围削瘦。算乐事、今生难又。百日柔情悽欲断，算无多、日仅萦回

<hr />

[1]　"斯恨"句：白居易《长恨歌》："此恨绵绵无绝期。"

[2]　玉棺：指葬具。《后汉书·王乔传》："天下玉棺于堂前，（乔）乃沐浴服饰寝其中。"翠袖：指美人。杜甫《佳人》："天寒翠袖薄。"

[3]　南柯：唐李公佐《南柯记》，述淳于棼梦入槐安国为南柯太守，梦中历尽悲欢。比喻人事无常。

[4]　"想芳魂"三句：杜甫《咏怀古迹》："环佩空归月夜魂。"

[5]　"牢记"句：用白居易《长恨歌》："七月七日长生殿，夜半无人私语时。"及"唯将旧物表深情，钿合金钗寄将去"。

[6]　忉利：佛教语。佛经称欲界六天中之第二天为忉利天，又名三十三天。

[7]　觏（gòu）：相逢。

[8]　新柳：女子眉。白居易《长恨歌》："芙蓉如面柳如眉。"

[9]　步兵：即晋代阮籍，任步兵校尉。因不满现实，长日纵酒，出行每遇穷途，辄恸哭。

[10]　信陵：战国时四公子之一，好结宾客。后因受猜忌，遂以醇酒妇人自遣，郁郁而终。

九。但自悼，尚谁咎。　　空名犹厌传身后。更何心、鸾弦再续[1]，凤箫重奏[2]。纵使仙葩容易觅[3]，旧梦那堪回首。春去也，徒呼负负[4]。络纬啼残萤火灭[5]，悄填词、正是销魂候。卿珍重，鉴拜手。

说明

顾贞观作《金缕曲·寄吴汉槎宁古塔，以词代书》，体制新创，情挚感人。此则为写给亡妻的词体书信，思念、悲伤、慰安、盟誓，交融为一，语语发自肺腑，在悼亡词中自成一格。

---

[1]　鸾弦：《十洲记》载海上有凤麟洲，以凤喙麟角熬作胶，可续弓弩断弦，名鸾胶。后以鸾胶续弦代指丧妻再娶。

[2]　凤箫：传说秦穆公有女名弄玉，嫁萧史，夫妻吹箫引凤，升天仙去。

[3]　葩：同"花"。

[4]　负负：谓惭愧之甚。《后汉书·张步传》："(苏)茂让步曰：'以南阳兵精，延岑善战，而耿弇走之。大王奈何就攻其营，既呼茂，不能待邪？'步曰：'负负，无可言者。'"

[5]　络纬：秋虫，即纺织娘。

况周颐

况周颐（1859—1926），原名周仪，字夔笙，号蕙风，广西临桂（今桂林）人，原籍湖南宝庆。光绪五年（1879）乡试，官内阁中书。南归后，入两江总督张之洞、端方幕。晚居上海，以遗老自居，鬻文为生。致力于词五十年，与王鹏运、朱祖谋相切磋，著《蕙风词话》，为时所重。有《蕙风词》一卷。

苏武慢
寒夜闻角[1]

愁入云遥，寒禁霜重，红烛泪深人倦[2]。情高转抑，思往难回，凄咽不成清变[3]。风际断时，迢递天涯[4]，但闻更点。枉教人回首，少年丝竹，玉容歌管[5]。　　凭作出、百绪凄凉，凄凉惟有，花冷月闲庭院。珠帘绣幕，可有人听？听也可曾肠断？除却塞鸿[6]，遮莫城乌[7]，替人惊惯。料南枝明日[8]，应减红香一半。

---

[1]　角：号角。

[2]　烛泪：杜牧《赠别》："蜡烛有心还惜别，替人垂泪到天明。"

[3]　清变：变，指变声。夏侯湛《夜听笳赋》："散《白雪》之清变。"

[4]　迢递：遥远貌。

[5]　玉容：美人。歌管：唱歌奏乐。

[6]　塞鸿：边塞的鸿雁。李盖《听晓角》："无限塞鸿飞不度，秋风卷入《小单于》。"

[7]　遮莫：尽教。温庭筠《更漏子》："惊塞雁，起城乌。"

[8]　南枝：《白帖》："大庾岭上梅，南枝落，北枝开。"

说明

　　这是况周颐最为得意的力作，哀婉缠绵，荡气回肠，充分表现了况氏"长调亦在清真、梅溪间，而沉痛过之"（王国维《人间词话》）的写作特点。

集评

　　王国维曰：境似清真，集中他作，不能过之。

——《人间词话》

　　叶恭绰曰："珠帘绣幕"三句，乃夔翁所最得意之笔。

——《广箧中词》

　　钱基博曰：逊国而后家国之感，身世之情，所触日深，而词格亦日造上。顿挫排奡，柔厚沈郁，千辟万灌，略无锤炉之迹。

——《现代中国文学史》

减字木兰花

听歌有感

惜起残红泪满衣，它生莫作有情痴[1]，人天无地著相思。　　花若再开非故树，云能暂驻亦哀丝，不成消遣只成悲。

说明

此词为追忆昔年欢情而作，"花若再开"二句沉痛。

---

[1]　"它生"句：欧阳修《玉楼春》："人生自是有情痴，此恨不关风与月。"

黄　人

黄人（1866—1913），原名振元，字慕庵，号摩西，江苏常熟人。光绪二十六年（1900），东吴大学聘为总教习。南社社员。曾主编《小说林》。才华横溢，后发狂疾死。有《石陶梨烟室遗稿》、《摩西词》、《中国文学史》。

金缕曲

双鬓萧萧矣[1]，问千年、古人满眼，疏狂谁似？火色鸢肩空自负[2]，一个布衣而已[3]。算造物生才多事[4]。云气压头风雨恶，拥琴书、歌哭空山里。泪化作、一江水。　　少年旧梦无心理，再休提、龙标画壁[5]、羊车过市[6]。李志曹蜍生气绝[7]，若辈安能相士[8]？只当作、挥金荡子。哀乐伤人真不值，剩此身、要为苍生死。愁万斛、且收起。

---

[1]　萧萧：发稀疏貌。
[2]　火色：面有红光。鸢肩：两肩上耸。
[3]　布衣：平民。
[4]　造物：天地。
[5]　龙标：唐诗人王昌龄。相传与王之涣、高适在旗亭听歌，画壁作记。
[6]　羊车：小车。晋卫玠貌美，乘羊车行市上，人争观赏。
[7]　李志、曹蜍：人名。《世说新语·品藻》："廉颇、蔺相如虽千载上死人，懔懔恒如有生气。曹蜍、李志虽见在，厌厌如九泉下人。"
[8]　若辈：这一帮人。

说明

上阕抒写胸臆，蹉跎半生，有才负而不能施展。下阕否定自己少年时对名利的追求，希望许身与苍生。慷慨激昂，豪情万丈。

陈　锐

陈锐，字伯韬，一字伯涛，湖南武陵（今常德县）人。光绪十九年（1893）举人，江苏试用知县。锐为王闿运门人，与郑文焯、朱祖谋交好。有《抱碧斋词》。

望江南

春不见，辜负可怜春。淡柳锁愁烟漠漠[1]，小阑扶恨水粼粼[2]，往事已成尘。　　人不见，辜负可怜人。花下又逢三月雨[3]，梦中犹隔一条云，风露夜纷纷。

说明

淡淡轻愁，温雅绵丽，有晏、欧小令风味，而更为洗练冲淡。

---

[1]　漠漠：李白《菩萨蛮》：“平林漠漠烟如织。”
[2]　粼粼：水清澈貌。
[3]　“花下”句：晏殊《木兰花》：“花底离愁三月雨。”

陈 洵

陈洵（1871—1942），字述叔，广东新会人。少有才思，但鲜为人知。晚年任广州中山大学教授。有《海绡词》。

南乡子

己巳三月，自郡城归乡，过区蓳吾西园话旧[1]。

不用问田园，十载归来故旧欢。一笑从知春有意，篱边，三两余花向我妍。　　哀乐信无端，但觉吾心此处安[2]。谁分去来乡国事？凄然，曾是承平两少年。

说明

十载归乡，旧友重逢，喜乐之中忽然插入世事沧桑，年华老去之感，作者之善用逆笔，于此可见。

---

[1]　己巳：1929年。郡城：广州。
[2]　"但觉"句：苏轼《定风波》："试问岭南应不好？却道，此心安处是吾乡。"

梁启超

梁启超，见"诗选"《自励》篇。

贺新郎

昨夜东风里，忍回首、月明故国[1]，凄凉到此。鹑首赐秦寻常梦[2]，莫是钧天沉醉[3]。也不管、人间憔悴。落日长烟关塞黑[4]，望阴山、铁骑纵横地[5]。汉帜拔[6]，鼓声死。　　物华依旧山河异。是谁家、庄严卧榻，尽伊鼾睡[7]。不信千年神明胄，一个更无男子[8]。问春水、干卿何事[9]？我自伤心人不见，访明夷[10]、别有英雄泪。鸡声乱，剑光起[11]。

说明

19世纪末，帝国主义列强企图瓜分中国的阴谋已到了最危险时刻，作者感慨悲愤，长歌当哭，要唤起民众，解救国家民族危难，词情字字令人振奋。

[1] "昨夜"三句：李煜《虞美人》："小楼昨夜又东风，故国不堪回首月明中。"

[2] 鹑首：星名，古代以指秦地。传说天帝会见秦穆公，奏钧天乐，醉后赐鹑首之地。见张衡《西京赋》。

[3] 钧天：天乐。

[4] 关塞黑：杜甫《梦李白》："魂返关塞黑。"

[5] 阴山：阴山为汉时匈奴所据，常南侵汉朝。

[6] 汉帜拔：《史记·淮阴侯列传》："拔赵帜，立汉赤帜。"此反用其意。

[7] "是谁家"三句：宋太祖灭南唐，曰："江南亦何罪，但天下一家，卧榻之侧，岂容他人鼾睡耶。"见岳珂《桯史》。

[8] "一个"句：花蕊夫人诗："十四万人齐解甲，更无一个是男儿。"

[9] "问春水"句：《南唐书·冯延巳传》："元宗尝戏冯延巳曰：'吹皱一池春水，干卿何事？'"

[10] 明夷：《周易》卦名，《易·明夷》："利艰贞，晦其明也，内难而能正其志，箕子以之。"

[11] "鸡声"二句：用祖逖闻鸡起舞故事。

潘 博

潘博，字若海，一字弱海，广东南海人。有《弱庵词》。

贺新郎

赠子刚

悲愤应难已，问此时绝裾温峤[1]，投身何地？莫道英雄无用武[2]，尚有中原万里。胡郁郁今犹居此[3]？驹隙光阴容易过[4]，恐河清不为愁人俟[5]。闻吾语，当奋起。　青衫搔首人间世[6]，怅年来兴亡吊遍，残山剩水[7]。如此乾坤须整顿，应有异人间起。君与我安知非是？漫说大言成事少，彼当年刘季犹斯耳[8]。旁观论，一笑置。

说明

此为赠友之作，安慰，劝勉，激发鼓励兼而有之，以整顿乾坤为己任。豪情壮采，使人振奋。

[1] 绝裾温峤：温峤，字太真，西晋末中原大乱，温峤奉刘琨命，往江东劝晋元帝即位。温母固止，峤绝裾（扯断衣襟）而去。元帝即位，峤屡立奇功，仕至骠骑将军，始安郡公。
[2] "莫道"句：英雄无用武之地。
[3] 胡：疑问词。
[4] 驹隙：喻时光易逝。陆游《适闽》："未恨光阴疾驹隙。"
[5] "恐河清"句：古以黄河水清为祥瑞，此喻天下太平。李萧远《运命论》："夫黄河清而圣人生。"
[6] 青衫：白居易《琵琶行》："江州司马青衫湿。"搔首：杜甫《春望》："白头搔更短。"
[7] 残山剩水：杜甫《何将军山林》："剩水沧江破，残山碣石开。"
[8] 刘季：即汉高祖刘邦。犹斯耳：犹言不过如此。

张尔田

张尔田（1874—1945），一名采田，字孟劬，浙江钱塘（今杭州市）人。历任北京、燕京大学教授。于史学研究着力最多，有《史微》、《遁庵文集》、《遁庵乐府》等。

金缕曲
闻军中觱栗声感赋 [1]

何处霜笳彻 [2]？望高秋、毡庐四野 [3]，绣旗明灭。摇动星河三峡影 [4]，坏垒乌头如雪。听一阵、呜呜咽咽。马上谁携葡萄酒，伴将军醉卧沙场月 [5]。冰堕指 [6]，泪流血。　　男儿到此肝肠裂。拥残灯、吴钩笑看 [7]，梦魂飞越。日暮金微移营去 [8]，白羽千军催发 [9]。更几点，遥天鸿没。驻马蓬莱传烽小 [10]，正咸阳桥上人初别 [11]。清夜起，唾壶缺 [12]。

---

[1]　觱（bì）栗：古乐器，状似胡笳。
[2]　笳（gū）：吹器，即笳。
[3]　毡庐：毡帐，指军队营帐。
[4]　"摇动"句：杜甫《阁夜》："三峡星河影动摇。"
[5]　"马上"二句：王之涣《凉州曲》："葡萄美酒夜光杯，欲饮琵琶马上催。醉卧沙场君莫笑，古来征战几人回。"
[6]　冰堕指：杜甫《前出塞》："径危抱寒石，指落层冰间。"
[7]　吴钩：宝剑。
[8]　金微：山名，即今阿尔泰山，唐代边镇要地。张仲素《秋闺思》："梦里分明见关塞，不知何路向金微。"
[9]　白羽：军中令箭。
[10]　蓬莱：蓬莱宫，即唐代长安大明宫。传烽：烽火传信。
[11]　咸阳桥：咸阳，西安古名。杜甫《兵车行》："耶娘妻子走相送，尘埃不见咸阳桥。"
[12]　唾壶：《北堂书钞》引《语林》："王大将军每酒后辄咏'老骥伏枥，志在千里；烈士暮年，壮心不已。'便以如意击珊瑚唾壶，壶尽缺。"

说明

词作于光绪二十七年（1901）秋，时《辛丑条约》签订后，慈禧太后与光绪帝由西安启程回北京。作者对帝后西逃深为不满，"驻马蓬莱传烽小"予以尖锐讽刺，全篇慷慨悲壮，振聋发聩。

王国维

王国维（1877—1927），字静安，号观堂，浙江海宁人。清末诸生，光绪三十四年（1908）随罗振玉入京，任学部总务司行走。历任京师大学堂农科教习，研究词曲。辛亥革命后东渡日本，依罗振玉居，专研古文字学。1925年任清华研究院教授。1927年5月3日自沉于颐和园昆明湖。王在学术研究上有很大贡献，著作达六十余种。有《海宁王静安先生遗书》。

蝶恋花

百尺朱楼临大道，楼外轻雷[1]，不问昏和晓。独倚阑干人窈窕，闲中数尽行人小。　　一霎车尘生树杪[2]，陌上楼头，都向尘中老。薄晚西风吹雨到，明朝又是伤流潦[3]。

说明

前片写女子望大道以念行人，后片写行人之道路愁思。家居、行路同一愁苦，作者借此表达人生即痛苦的哲理。

---

[1] 轻雷：车声。司马相如《长门赋》："雷殷殷而响起兮，声象君之车音。"
[2] 树杪：树梢。
[3] 潦：积水。周邦彦《大酺》："行人归意速，最先念、流潦妨车毂。"

点绛唇

屏却相思[1]，近来知道都无益。不成抛掷[2]，梦里终相觅。　　醒后楼台[3]，与梦俱明灭。西窗白，纷纷凉月[4]，一院丁香雪。

说明

情到深处，无可排遣，故欲屏去，屏去不成，故于梦中寻觅。醒后所见，又是一片凄凉。层层转折，情景交融。

---

[1]　屏却：弃去。
[2]　不成：难道。
[3]　"醒后"句：晏几道《临江仙》："梦后楼台高锁。"
[4]　"纷纷"句：杜甫《陪郑广文游何将军山林》："凉月白纷纷。"

秋　瑾

秋瑾，见"诗选"《宝刀歌》篇。

满江红

小住京华[1]，早又是、中秋佳节。为篱下、黄花开遍，秋容如拭。四面歌残终破楚[2]，八年风味徒思浙[3]。苦将侬、强派作蛾眉，殊未屑。　身不得，男儿列。心却比，男儿烈。算平生肝胆，常因人热。俗子胸襟谁识我？英雄末路当磨折。莽红尘、何处觅知音？青衫湿[4]。

说明

作于光绪二十九年（1903）。表现了作者对国家民族的深切忧虑，以及虽为女子，不让须眉的英风豪气。她满怀壮志，一腔热血，希图有所作为，却又因无人知音而彷徨苦闷，泪湿青衫。作此词的第二年，她毅然离家，东渡日本留学，献身革命。

---

[1]　"小住"句：光绪二十九年（1903），秋瑾随夫入京。
[2]　"四面"句：《史记·项羽本纪》载项羽在垓下被围，夜闻四面皆楚歌声，大惊，以为汉王已得楚地。
[3]　"八年"句：秋瑾与王廷钧婚后八年，情感不睦，故思念婚前在浙江时的生活。
[4]　"青衫"句：白居易《琵琶行》："坐中泣下谁最多，江州司马青衫湿。"

陈曾寿

陈曾寿，见"诗选"《八月乘车夜过黄河……》篇。

踏莎行
白堂看梅

石叠蛮云[1]，廊栖素雪，锁愁庭院苔綦涩[2]。无人只有暮钟来，定中微叩春消息[3]。　　冷雾封香，绀霞迷色[4]，慵妆悄泪谁能惜？一生长伴月昏黄[5]，不知门外泠泠碧[6]。

说明

清绝、孤绝、高绝、秀绝，虚处传神，真能写出梅花神韵。

集评

叶恭绰曰：仁先四十为词，门庑甚大，写情寓感，骨采骞腾，并世殆罕俦正，所谓文外独绝也。

——《广箧中词》

---

[1]　蛮云：蛮，旧指南方少数民族。太湖石出吴地，亦可称蛮。
[2]　綦（qí）：履迹。涩：阻塞不通。
[3]　定：佛教语，指静坐敛心，不起杂念的境界。
[4]　绀（gàn）：天青色。
[5]　月昏黄：林逋《梅花》："暗香浮动月黄昏。"
[6]　泠泠：清冷貌。

李叔同

李叔同（1880—1942），原名成溪，继名岸，字息霜，号苦李。法名演音。浙江平湖人。光绪三十一年（1905）赴日留学，创春柳社，入同盟会。后加入南社。执教于北洋高等工业专门学校、浙江省第一师范学校。后在虎跑寺出家，精研律宗。有《弘一大师文钞》。

满江红
一九一三年

皎皎昆仑，山顶月，有人长啸。看囊底，宝刀如雪，恩仇多少。双手裂开鼷鼠胆[1]，寸金铸出民权脑。算此生不负是男儿，头颅好。　　荆轲墓，咸阳道[2]。聂政死，尸骸暴[3]。尽大江东去，余情还绕。魂魄化成精卫鸟[4]，血花溅作红心草。看从今一担好山河，英雄造[5]。

说明

此词作于辛亥革命胜利之后，豪情壮志，激励风发，改天换地重塑山河的壮志，使读者读之亦为奋起。

---

[1]　鼷鼠：小鼠。
[2]　"荆轲"二句：荆轲，战国时人，为燕太子丹刺秦王不成，被杀。咸阳，秦国都城，故址在今陕西省长安县之东。
[3]　"聂政"二句：春秋时人，为严遂刺杀韩相侠累后自毁面容而死。暴尸于市。
[4]　精卫：炎帝女游东海溺死，魂化精卫鸟，常衔木石以填海。
[5]　"看从今"二句：清李玉《千锺禄·惨觑》："收拾起大地山河一担装，四大皆空相。"此反用其意。

吕碧城

吕碧城（1883—1943），字圣因，又字兰因，安徽旌德人。姊妹三人并工文翰，碧城与长姊惠如兼擅倚声，为樊增祥所激赏。中年去国，居瑞士雪山中，宣扬佛法。第二次世界大战时始经美洲回亚，居香港，病逝。有《晓珠词》四卷。

玲珑玉

> 阿尔伯士雪山，游者多乘雪橇，飞越高山，其疾如风，雅戏也[1]。

谁斗寒姿，正青素乍试轻盈[2]。飞云溜屧[3]，朔风回舞流霙[4]。羞拟凌波步弱[5]，任长空奔电，恣汝纵横[6]。峥嵘，诧遥峰时自送迎。　　望极山河幂缟[7]，警梅魂初返，鹤梦频惊。悄碾银沙，只飞琼惯履坚冰[8]。休愁人间途险，有仙掌为调玉髓[9]，迤逦填平[10]。怅归晚，又谯楼红灿冻檠[11]。

---

[1] 阿尔伯士：通译阿尔卑斯，欧洲重要山脉之一。
[2] "谁斗"二句：李商隐《霜月》："青女素娥俱耐冷，月中霜里斗婵娟。"青，青霄玉女，霜神；素娥，月宫仙女。
[3] 屧（xiè）：鞋。
[4] 霙（yīng）：雪花。曹植《洛神赋》："飘飘兮若流风之回雪。"
[5] 凌波步弱：曹植《洛神赋》："凌波微步。"
[6] 恣：任意。
[7] 幂（mì）：覆盖。缟（gǎo）：白绢。
[8] 飞琼：女仙。
[9] 玉髓：玉液。
[10] 迤逦（yǐ lǐ）：曲折连绵。
[11] 谯楼：城门上的望楼。檠（qíng）：灯台。

说明

题材新颖，手法亦新，读之飘飘有凌云气。

吴　梅

吴梅（1884—1939），字瞿安，号霜崖，江苏长洲（今苏州）人。南社社员，曲学专家，专研南北曲，在东吴大学、北京大学、中山大学等地任教多年，主讲词曲。抗日战争中转徙西南，卒于云南。著有《霜崖诗录》、《霜崖词录》、《词学通论》、《南北词简谱》。

翠楼吟

秦淮遇京华故人 [1]

月杵声沉 [2]，霜钟响寂，今宵故人无寐。湖山沦小劫 [3]，正风鹤 [4]、长淮兵气 [5]。南云凝睇 [6]，又水国阴晴，千花弹泪 [7]。情难寄，庾郎凭处 [8]，自伤憔悴。　可记，残粉宫城 [9]，指暮虹亭阁 [10]，冶春车骑 [11]。玉京芳信阻 [12]，怕丝管 [13]、经年懒理。人间何世？待冷击珊瑚 [14]，西台如意 [15]。

---

[1]　秦淮：河名，源出江苏句容，经南京入长江。京华：北京。

[2]　月杵：月夜捣杵声。

[3]　小劫：劫难。

[4]　风鹤：风声鹤唳的省称。《晋书·谢玄传》："弃甲宵遁，闻风声鹤唳，皆以为王师已至。"

[5]　"长淮"句：民国二至三年，"二次革命"战争爆发，南京、安徽有战事。

[6]　凝睇：凝视。

[7]　"千花"句：杜甫《春望》："感时花溅泪。"

[8]　庾郎：指南朝诗人庾信，著有《哀江南赋》。

[9]　残粉：残雪。

[10]　暮虹亭阁：杜牧《阿房宫赋》："复道行空，不霁何虹。"

[11]　冶春：春日游冶。

[12]　玉京：指北京。

[13]　丝管：乐器。

[14]　冷击珊瑚：《世说新语·汰侈》记石崇与王恺争富，王恺出珊瑚树一枝，石崇以铁如意击之。

[15]　西台：在桐庐富春江边，严子陵钓台之侧。宋末，文天祥殉难后，谢翱登西台恸哭招魂，以竹如意击石尽碎。

秋心碎，板桥衰柳 [1]，莫愁愁未 [2]？

说明

此词记民国初袁世凯窃国，引发"二次革命"及此后一系列战事。着力抒写南京衰败残破景象，雄奇幽咽，兼而有之。

---

[1] 板桥：在秦淮河上。明末余怀作《板桥杂记》记秦淮青楼往事。王士禛《秦淮杂诗》："十里清淮水蔚蓝，板桥斜日柳毵毵。"
[2] 莫愁：相传六朝时有洛阳女子名莫愁，嫁卢氏，住莫愁湖边。

杨 铨

杨铨（1893—1933），字杏佛，江西清江人。留学美国哈佛大学，任教南京高等师范学校，东南大学工学院院长、国民党政府中央研究院总干事。1932年与宋庆龄、鲁迅组织中国民权保障同盟。次年6月被国民党特务暗杀。

金缕曲
吊季彭自溺[1]

九地黄流注[2]。叩苍穹、沉沉万象，当关豺虎[3]。呕尽心肝无人解，惟有湘累堪语[4]。忍独醒、呻吟终古[5]。眼见英雄成白骨，好头颅、未易苍生苦。心化血，血成雨。　一泓浊井埋身处。赋招魂[6]，胥潮呜咽[7]，蜀鹃凄楚[8]。河汉精灵归华岳[9]，谁向清流吊取？但冉冉斜阳西去。试向中原男子问，有几人不欲臣强虏？生愧死，死无所。

---

[1]　季彭：不详。
[2]　九地：九州之地。张元幹《贺新郎》："底事昆仑倾砥柱，九地黄流乱注。"
[3]　当关豺虎：比喻猛兽当道。《楚辞·招魂》："虎豹九关，啄害下人些。"
[4]　湘累：累，同"纍"，指屈原。
[5]　"忍独醒"句：《楚辞·渔父》："屈原曰：举世皆浊我独清，众人皆醉我独醒。"终古：永久。
[6]　招魂：《楚辞》有《招魂》篇。
[7]　胥潮：胥，指伍子胥，忠而被杀。相传死后为神，涛声是其呼号。
[8]　蜀鹃：相传蜀王杜宇魂化为鸟，鸣声凄楚。
[9]　河汉：黄河与汉水。

说明

屈原因见楚国沦亡，愤而投汨罗江自沉。同盟会早期领导陈天华为唤醒世人起而救国，在日本蹈海自尽。面对国难当头的严重危机，爱国志士无不痛心疾首。杨铨此词哀悼亡友，奋臂疾呼："有几人不欲臣强虏"，令人满腔热血沸腾。

邵曾鉴

邵曾鉴，字心炯，江苏宝山（今上海）人。光绪诸生。有《艾庐词》、《集句词》各一卷。

金缕曲
到家

薄幸仍归矣[1]。到门前，还疑君在，药炉烟细。寂寂楼头停娇咳，想是无聊小睡。料又值闷昏昏地。稚女迎爷依旧笑[2]，冷灯光，惨绿幽窗里。褰缞帐[3]，泪难止。　　年时握手揩双泪，两相看，千头万绪，何从说起。任是纤腰慵无力，强要瘦扶花倚，强要做，欢颜破涕。不到而今那晓得，但销魂[4]，不算伤心事。无可奈，竟如此。

说明

此词作于因妻子亡故归家治丧之际。入门之迟疑，登楼之心存侥幸，直至揭帐泪下，忆念生平，写来曲折细腻入微。全篇纯以口语白描，直抒胸臆，感人肺腑。

---

[1]　薄幸：薄情人，作者自喻。
[2]　稚女：幼女。
[3]　缞（suī）帐：设在枢前或灵前的帐幕。
[4]　销魂：江淹《别赋》："黯然销魂者，唯别而已矣。"后因以销魂代别离。

崔宗武

崔宗武，字骥云，清末浙江海盐人。有《壶隐词钞》。

柳梢青
秋日郊步

野店荒村，苍凉如许，那不销魂。衰柳千丝，归鸦数点，掩映斜曛[1]。　几家小艇当门，望不断、烟痕水痕。蟹舍灯疏，鸥天月上，人语黄昏。

说明

写渔村黄昏景色如画。

---

[1]　曛（xūn）：日落余辉。

谢 仁

谢仁，字莼卿，清末江苏阳湖（今武进）人。有《青山草堂词钞》。

采桑子
白下[1]

南朝劫后繁华歇，金粉尘埃[2]，风荻楼台，醉里凄凉唱落梅[3]。　　群山苍霭遥将夕，日没城隈，岸阔天开，浩荡江声万马来。

说明

词虽小令，所感甚大，气韵沉雄，声可裂竹。

---

[1]　白下：南京别称。
[2]　金粉：女子梳妆用品。
[3]　落梅：乐曲有《梅花落》。

文　选

龚自珍

龚自珍，见前"诗选"《能令公少年行》篇。

送夏进士序

乾隆中，大吏有不悦其属员者，上询之，以书生对[1]。上曰："是胡害？朕亦一书生也。"大吏悚服[2]。呜呼，大哉斯言！是其炳六籍[3]，训万祀矣[4]。

嘉庆二十二年春[5]，吾杭夏进士之京师[6]，将铨县令[7]，纡道别余海上[8]。相与语，益进[9]。睟然愉[10]，谡然清[11]，论三千年史事，意见或合或否，辄咍然以欢[12]。予曰："是书生，非俗吏。"海上之人，以及乡之人[13]，皆曰非俗吏。之京师，京师贵人长者识予者[14]，皆识进士，亦必曰非俗吏也。虽然，固微窥君[15]，君若惧人之訾其书生者[16]，又若有所讳夫书生者[17]，暴于声音笑貌

---

[1] 以书生对：回答说属员是个书生。

[2] 悚（sǒng）服：惊惧伏过。

[3] 六籍：六经。

[4] 万祀：万年。殷代称年为祀。

[5] 嘉庆二十二年：1817年。

[6] 杭：杭州。夏进士：名璜，钱塘人，熟读经、史。是龚自珍最早的朋友。

[7] 铨：选授官职。

[8] 纡道：绕道。海上：上海。

[9] 益进：指学问更有长进。

[10] 睟（suì）然：容貌温和。

[11] 谡（sù）然：峻挺貌。

[12] 咍（hāi）：欢笑。

[13] 乡之人：家乡之人。

[14] 识：赏识。

[15] 微窥：隐约察知。

[16] 訾（zǐ）：非议。

[17] 讳夫书生：以书生为讳。

焉[1]。天下事，舍书生无可属[2]，真书生又寡，有一于是，而惧人之訾己而讳之耶？且如君者，虽百人訾之，万人訾之，啮指而自誓不为书生，以喙自卫[3]，哓哓然力辩其非书生[4]，其终能肖俗吏之所为也哉？为之而不肖，愈见其拙，回护其拙，势必书生与俗吏两无所据而后已。噫！以书生之声音笑貌加之以拙，济之以回护，终之以失所据。果尔，则进士之为政也病矣[5]。

新妇三日，知其所自育[6]；新官三日，知其所与[7]。予识进士十年，既庆其禄之及于吾里有光[8]，而又恐其信道之不笃，行且一前而一却也。于其行，恭述圣训[9]，以附古者朋友赠行之义。

说明

本文就"书生"二字展开议论，以"俗吏"陪衬"书生"，进而提出"天下事舍书生无可属"。当时作者才二十六岁，尚未中举，但已以书生自负，不愿从俗浮沉，有天下兴亡之责舍我莫属之概。兀傲之态，破纸而出。龚自珍文如其诗，以恢宏瑰异、奇境独辟著称，常能言人所不言，发人所未发，读本文可见。

---

[1]　暴（pù）：显露。
[2]　属：托付。
[3]　喙：口。
[4]　哓哓（xiāo）：争辩声。
[5]　为政：指做官理政。病：困难。
[6]　所自育：指所受的教育。
[7]　所与：指爱好。
[8]　吾里：指家乡。
[9]　圣训：指乾隆皇帝的话。

魏　源

魏源，见前"诗选"《天台石梁雨后观瀑歌》篇。

海国图志序

《海国图志》六十卷，何所据？一据前两广总督林尚书所译西夷之《四洲志》[1]，再据历代史志[2]，及明以来岛志，及近日夷图、夷语。钩稽贯串[3]，创榛辟莽，前驱先路。大都东南洋、西南洋[4]，增于原书者十之八[5]；大、小西洋、北洋、外大西洋[6]，增于原书者十之六。又图以经之，表以纬之[7]，博参群议以发挥之。

何以异于昔人海图之书？曰：彼皆以中土人谭西洋，此则以西洋人谭西洋也。是书何以作？曰：为以夷攻夷而作，为以夷款夷而作[8]，为师夷长技以制夷而作。《易》曰："爱恶相攻而吉凶生，远近相取而悔吝生，

---

[1]　林尚书：指林则徐。清制凡总督加兵部尚书衔。《四洲志》：此书系林则徐在广东主持禁烟时，为了解西方情况，请人译述英人慕瑞的《世界地理大全》后编辑而成。书中记述世界五大洲中三十余国的地理与历史，是当时中国一部有系统的世界地理志。《海国图志》各卷中，凡题称"欧罗巴人原撰，侯官林则徐译，邵阳魏源重辑"者，皆系根据《四洲志》。

[2]　历代史志：指《二十四史》中的《四夷传》，《通典》中的《边防典》，《通志》中的《四夷传》，《通考》中的《四夷考》，以及《续三通》、《清三通》、《水经注》诸书。《海国图志》引明以后的资料，有黄衷《海语》、张燮《东西洋考》、利玛窦《坤舆图说》、艾儒略《职方外纪》，以及清人王大海《海岛逸志》等。

[3]　钩稽贯串：选取考核，综合贯通。

[4]　东南洋：指东、南太平洋沿岸和海岛各国。西南洋：指印度、伊朗和阿拉伯半岛等国家。

[5]　原书：指《四洲志》。

[6]　大、小西洋：大西洋指欧洲各国，小西洋指非洲各国。北洋：指俄国和北欧各国。外大西洋：指北美洲和拉丁美洲国家。

[7]　图以经之，表以纬之：指书中以图表作经纬，交织、穿插在其中。

[8]　款：条款，引申为议和和谈判。

情伪相感而利害生[1]。"故同一御敌，而知其形与不知其形，利害相百焉[2]；同一款敌，而知其情与不知其情，利害相百焉。古之驭外夷者，诹以敌形，形同几席[3]；诹以敌情，情同寝馈[4]。

然则执此书即可驭外夷乎？曰：唯唯，否否。此兵机也，非兵本也；有形之兵也，非无形之兵也。明臣有言："欲平海上之倭患，先平人心之积患。"人心之积患如之何？非水非火，非刃非金，非沿海之奸民，非吸烟贩烟之莠民。故君子读《云汉》[5]、《车攻》[6]，先于《常武》[7]、《江汉》[8]，而知二《雅》诗人之所发愤；玩卦爻内外消息[9]，而知大《易》作者之所忧患[10]。愤与忧，天道所以倾否而之泰也[11]，人心所以违寐而之觉也，人才所

---

[1] "《易》曰"三句：见《易·系辞下》。意思是说：爱和恶相对抗产生吉凶，远和近相争夺产生悔恨，真和假相交错产生利害。

[2] 相百：相差百倍。

[3] 诹以敌形，形同几席：询问有关敌人的形势，就像身边坐卧的家具一般清楚。诹（zōu），询问。

[4] 诹以敌情，情同寝馈：对敌人的情况如同睡觉、吃饭一般熟习。

[5] 《云汉》：《诗·大雅》中的一篇。《诗序》云："《云汉》，仍叔美宣王也。宣王承厉王之烈，内有拨乱之志，遇灾而惧，侧身修行，欲销去之。天下喜于王化复行，百姓见忧，故作是诗也。"

[6] 《车攻》：《诗·小雅》中的一篇。《诗序》云："《车攻》，宣王复古也。宣王能内修政事，外攘夷狄，复文、武之境土，修车马，备器械，复会诸侯于东都，因田猎而选车徒焉。"

[7] 《常武》：《诗·大雅》中的一篇。《诗序》云："《常武》，召穆公美宣王也。有常德以立武事，因以为戒然。"

[8] 《江汉》：《诗·大雅》中的一篇。《诗序》云："《江汉》，尹吉甫美宣王也。能兴衰拨乱，命召公平淮夷。"

[9] 玩：研习。卦爻：《易经》中组成卦的线画叫爻。"—"是阳爻，"– –"是阴爻。八卦每卦有三画；以两卦相重，变化为六十四卦，每卦六画。如《乾》卦☰☰，六爻皆阳，《坤》卦☷☷，六爻皆阴。内外：《易·系辞下》："爻象动乎内，吉凶见乎外。"消息：生灭，盛衰。消是消灭，息是增长。

[10] 大《易》作者之所忧患：《易·系辞下》："《易》之兴也，其于中古乎！作《易》者其有忧患乎！"

[11] 天道：事物发展的规律。倾否（pǐ）：《易·否卦》："上九，倾否，先否后喜。"唐孔颖达注："处否之极，否道已终，此上九能倾毁其否，故曰倾否也。"否、泰是《易经》中两个卦名，否卦是坤下乾上（☷☰），泰卦是乾下坤上（☰☷）。天地交（相互作用），谓之"泰"，不交则谓之"否"。泰则亨通，否则闭塞，不利。闭塞到极点，则转向通泰，这里是说只要能够忧虑发愤，就会否极泰来，变闭塞为亨通。

以革虚而之实也。昔准噶尔跳踉于康熙、雍正之两朝[1]，而电扫于乾隆之中叶。夷烟流毒，罪万淮夷[2]。吾皇仁勤，上符列祖，天时人事，倚伏相乘[3]，何患攘剔之无期[4]？何患奋武之无会？此凡有血气者所宜愤悱，凡有耳目心知者所宜讲画也。去伪，去饰，去畏难，去养痈[5]，去营窟[6]，则人心之寐患祛[7]，其一。以实事程实功，以实功程实事，艾三年而蓄之[8]，网临渊而结之[9]，毋冯河[10]，毋画饼[11]，则人材之虚患祛，其二。寐患去而天日昌，虚患去而风雷行。传曰："勅荒于门，勅治于田，四海既均，越裳是臣[12]。"叙《海国图志》。

---

[1] 准噶尔：中国西部卫拉特蒙古四大部中的一个游牧部落，居住于天山以北，巴尔喀什湖一带的中国地区。跳踉：即跳梁，引申为叛乱。准噶尔自康熙十七年（1678）以后，曾不断发生武装叛乱，攻占天山南路，深入内蒙古地区，直到乾隆二十五年（1760）以后，才告平定。

[2] 淮夷：古代居于淮河流域的少数民族。

[3] 倚伏相乘：《老子》："祸兮福所倚，福兮祸所伏。"谓祸福相因，往往福因祸生，而祸藏于福。祸与福互相依存又互相转化，坏事可以变成好事，好事也可以变成坏事。

[4] 攘剔：《诗·大雅·皇矣》："攘之剔之。"攘，抵抗。剔，剔除。

[5] 养痈：谓患有恶性脓疮，不及早割治，终成大患。比喻姑息误事。

[6] 营窟：指营谋私利。《战国策·齐策》："冯煖曰：'狡兔有三窟，仅得免其死耳，今君一窟，未得高枕而卧也，请为君复凿二窟。'"

[7] 祛（qū）：除去。

[8] 艾三年而蓄之：《孟子·离娄上》："今之欲王者，犹七年之病，求三年之艾也，苟为不畜，终身不得。"艾可以灸人病，愈干愈好。这里比喻对外要有多年的准备。

[9] 网临渊而结之：《汉书·董仲舒传》："临渊羡鱼，不如退而结网。"意谓不作空想，要有实际行动。

[10] 冯（píng）河：徒步涉水渡河。《论语·述而》："暴虎冯河，死而无悔者，吾不与也。"喻指冒险行动。

[11] 画饼：《三国志·魏书·卢毓传》："选举莫取有名，名如画地作饼，不可啖也。"这里喻指自欺欺人。

[12] "勅荒"四句：见韩愈《琴操十首·越裳操》。均：公平，均匀，指政治清明。越裳：古南蛮国，这里泛指外国。臣：臣服。魏源借用此四句，旨在说明必先内治而后外服，安近才能服远。

说明

　　道光二十一年（1841），即鸦片战争的第二年，魏源在镇江受林则徐嘱托，在林则徐所译著的《四洲志》基础上，扩编一部系统介绍西方历史地理的著作《海国图志》。第二年写了这篇序言。作者一贯主张"贯经术、政事、文章于一"，本文可谓一篇代表作。文中着重表明他编纂此书的宗旨，是以夷制夷，即通过学习西方来与西方对抗。这种对世界形势清醒的认识和充满民族主义精神的竞争意识，在当时中国、乃至对日本的明治维新，都产生了巨大的影响，《清史稿》本传说魏源"兀傲有大略，熟于朝章国故，论古今成败利病，学术流别，驰骋往复，四座皆屈"。唯有这样的人，才能写出这样的文章。

朱　琦

朱琦（1803—1861），字濂甫，号伯韩，广西临桂（今桂林）人。道光进士，迁御史，数上书陈天下大计，论事持大体，务恤民，与苏廷魁、陈庆镛号"谏垣三直"。太平军起，总理杭州团练局，城破而死。少笃学，工诗古文，以梅曾亮为师友，为桐城派在广西的代表人物。有《怡志堂集》。

名实说

孰难辨？曰：名难辨。名者，士之所争趋而易惑。天下有乡曲之行[1]，有大人之行。乡曲、大人，其名也；考之以其行，而察其有用于否，其实也。

世之称者，曰谨厚，曰廉静，曰退让，三者名之至美者也，而不知此乡曲之行，非所谓大人者也。大人之职，在于经国家[2]，安社稷[3]。有刚毅大节，为人主畏惮；有深谋远识，为天下长计。合则留，不合以义去。身之便安，不暇计也；世之指摘，不敢逃也。

今也不然。曰：吾为天下长计，则天下之衅必集于我[4]；吾为人主畏惮，则不能久于其位；不如谨厚、廉静、退让，此三者可以安坐无患，而其名又至美。夫无其患而可久于其位，又有天下美名，士何惮而不争趋于此？故近世所号为公卿之贤者，此三者为多。当其峨冠襜裙[5]，从容

---

[1]　乡曲：乡村僻远之地，亦用以借指小人。
[2]　经：治理。
[3]　社稷：指国家政权。
[4]　衅：争端。
[5]　峨冠襜（chān）裙：戴着高冠，穿着长裙。

步趋于廊庙之间[1]，上之人不疑，而非议不加，其深沉不可测也。一旦遇大利害，抢攘无措[2]，钳口挢舌而莫敢言[3]，而所谓谨厚、廉静、退让，至此举无所用[4]。于是始思向之为人主畏惮而有深谋远识者，不可得矣。

且谨厚、廉静、退让，三者非果无用也，亦各以时耳[5]。古有负盖世之功[6]，而思持其后；挟震主之威，而唯恐不终，未尝不斤斤于此[7]。有非常之功与名，而斤斤于此，故可以蒙荣誉，镇薄俗[8]，保晚年。后世无其才而冒其位[9]，安其乐而避其患，假于名之至美，憪然自以为足[10]，是藏身之固莫便于此三者。孔子之所谓鄙夫也，其究乡愿也[11]，是张禹、胡广、赵戒之类也[12]，甚矣其耻也！

且吾闻大木有尺寸之朽而不弃，骏马有奔踶之患而可驭[13]。世之贪者、矫者、肆者[14]，往往其才可用；今人貌为不贪、不矫、不肆，而讫无用[15]，其名是，其实非也。故曰：难辨也。乡曲无讥矣，然岂无草茅坐诵，而

---

[1] 廊庙：朝廷。

[2] 抢攘无措：慌慌张张没有办法。

[3] 钳口挢（jiǎo）舌：闭住嘴巴，翘起舌头。喻人噤若寒蝉，不敢出声。

[4] 举：皆，全。

[5] 以时：因时。

[6] 盖世：压倒当世。

[7] 斤斤：明察。

[8] 镇薄俗：安定轻薄的风俗。

[9] 冒：滥充。

[10] 憪（xián）然：安乐舒适。

[11] 究：归根到底。乡愿：伪善者，即外貌忠厚，实际上欺世盗名的人。

[12] 张禹：字子文。汉成帝时为相，封安昌侯。时外戚王氏专权，禹以帝师之尊，阿谀奉迎，但求保住富贵。胡广：字伯始。历官至太傅。性谨慎，京师谚曰："万事不理问伯始，天下中庸有胡公。"汉质帝时，胡广为司徒，赵戒为司空。外戚梁冀杀帝，召公卿谋事，胡广、赵戒皆曰："唯大将军（梁冀）令。"

[13] 奔踶（dì）：奔驰。

[14] 矫者：狡诈的人。肆者：放肆的人。

[15] 讫：终究。

忧天下其人者乎[1]？而士之在高位者，伈伈睍睍[2]，曾乡曲之不若何也[3]？是故君子慎其名。乡曲而为大人之行者荣，大人而为乡曲之行者辱。

说明

针对当时欺世盗名、苟合取容的官风，本文提出名、实二字，以是否有益于国作为考察官吏的标准，抨击了借谨厚、廉静、退让之名，行其避患保位之私的卑鄙行径，刻画了苟全禄位者的阴暗心理，是一篇真正于世道人心有补的砭时之作。全文层层深入，步步紧逼，文笔跌宕，议论透彻，字里行间，饱含着一个诤士的愤世嫉俗之情，如暮鼓晨钟，发人深省。一结回应全篇，笔力矫健异常。

---

[1]　"然岂无"两句：言世人难道没有身居山野而心忧国家的人吗？
[2]　伈（xǐn）伈睍（xiàn）睍：小心恐惧的样子。
[3]　曾：岂；乃。

吴敏树

吴敏树（1805—1873），字本深，号南屏，湖南巴陵（今岳阳）人。道光举人，官浏阳县教谕。后辞官专治古文。王先谦序其文："盖先生之文词高体洁，能自进于古，而世俗寻声逐影之说，无所系于其心，故观其人与其生平，足以壮独行之胸而激懦夫之气，可不谓卓然雄俊君子与？"有《柈湖诗文集》。

说钓

余村居无事，喜钓游，钓之道未善也[1]，亦知其趣焉。当初夏中秋之月，蚤食后出门[2]，而望见村中塘水，晴碧泛然，疾理钓丝，持篮而往，至乎塘岸，择水草空处，投食其中，饵钩而下之，蹲而视其浮子[3]，思其动而掣之[4]，则得大鱼焉。无何[5]，浮子寂然，则徐牵引之，仍自寂然。已而手倦足疲，倚竿于岸，游目而观之[6]，其寂然者如故。盖逾时始得一动[7]，动而掣之则无有，余曰："是小鱼之窃食者也，鱼将至矣。"又逾时动者稍异，掣之得鲫，长可四五寸许，余曰："鱼至矣，大者可得矣。"起立而伺之[8]，注意以取之，间乃一得[9]，率如前之鱼，无有大者。日方午，

---

[1]　钓之道未善：钓鱼的技术不高明。

[2]　蚤：同"早"。

[3]　浮子：竿丝上系有轻物，垂钓时能浮于水面，以测水下动静。

[4]　掣（chè）：拉牵，抽取。

[5]　无何：不久。

[6]　游目：目光转动，随意瞻望。

[7]　逾时：过了好久时间。

[8]　伺（sì）：观察等待。

[9]　间（jiàn）：间或，有时。

腹饥思食甚，余忍而不归以钓。见村人之田者[1]，皆毕食以出，乃收竿持鱼以归。归而妻子劳问有鱼乎，余示以篮而一相笑也。及饭后仍出，更指别塘求钓处[2]，逮暮乃归，其得鱼与午前比[3]。或一日得鱼稍大者，其所必数数往焉[4]，卒未尝多得，且或无一得者。余疑钓之不善，问之常钓家率如是。

嘻！此可以观矣。吾尝试求科第官禄于时矣，与吾之此钓有以异乎哉？其始之就试有司也[5]，是望而往，蹲而视焉者也；其数试而不遇也[6]，是久未得鱼者也；其幸而获于学官乡举也[7]，是得鱼之小小者也；若其进于礼部[8]，吏于天官[9]，是得鱼之大，吾方数数钓而未能有之者也。然而大之上有大焉，得之后有得焉，劳神侥幸之门，忍苦风尘之路，终身无满意时，老死而不知休止，求如此之日暮归来，而博妻孥之一笑，岂可得耶？夫钓，适事也[10]，隐者之所游也，其趣或类于求得[11]。终焉少系于人之心者，不足可欲故也[12]。吾将唯鱼之求，而无他钓焉[13]，其可哉？

---

[1]　田者：种田的。
[2]　更指：更向。
[3]　比：相近。
[4]　数数：犹言屡屡，多次。
[5]　有司：指考官。
[6]　不遇：不被识拔录取。
[7]　学官：教官，这里指学正。乡举：明清科举制度，规定每三年在各省集士子于省城，举行一次考试，谓之乡试，中试者称举人。
[8]　进于礼部：谓应会试而成进士。学校、科举是属于礼部主管的事务。
[9]　吏于天官：谓得吏部铨叙而为官。周置天官冢宰，魏晋以后改为吏部，主司选官。
[10]　适事：安闲的事情。
[11]　类：相似。求得：即指上述求科第官禄之类。
[12]　"终焉"两句：到后来求得之心能使人执着不舍，是因为这种欲望不会满足的缘故。
[13]　"吾将"两句：表示自己不会以钓鱼的心情，去追求功名利禄。

说明

　　本文以钓为喻，形象地描写了世人"劳神侥幸之门，忍苦风尘之路，终身无满意时，老死而不知休止"的情状。前面写垂钓时欲得鱼、欲多得鱼、欲得大鱼的心理行为，生动细腻，曲尽其妙，极为传神。后面落到处世之道，正论设喻，两面夹写。最后以"不足可欲"一语点醒主旨，以大彻大悟之言作结。构思新巧，引人入胜。曾国藩论吴敏树文，最爱《说钓》、《杂说》诸篇，就因这些文章，"清旷自怡，萧然物外，若翱翔于云表，俯视有至乐"。

君山月夜泛舟记

秋月泛湖，游之上者，未有若周君山游者之上也[1]。不知古人曾有是事否，而余平生以为胜期，尝以著之诗歌。今丁卯七月望夜[2]，始得一为之。

初发棹，自龙口向香炉，月升树端，舟入金碧[3]。偕者二僧一客，及费甥、坡孙也[4]。南崖下渔火数十星[5]，相接续而西，次第过之，小船捞虾者也。开上人指危崖一树曰："此古樟，无虑十数围，根抱一巨石，方丈余。自郡城望山[6]，见树影独出者，此是也。"然月下舟中仰视之，殊不甚高大，余初识之。客黎君曰："苏子瞻赤壁之游，七月既望[7]，今差一夕尔。"余顾语坡孙："汝观月，不在斗牛间乎[8]？"因举诵苏赋十数句。

又西出香炉峡中，少北。初发时，风东南来，至是斜背之，水益平不波。见湾碕[9]，思可小泊，然且行，过观音泉口，响山前也[10]。相与论地道通吴中[11]，或说有神人金堂数百间，当在此下耶？夜来月下，山水寂然，

---

[1] 君山：一称洞庭山，又称湘山、君山。传说是舜妃湘君游玩的地方，在湖南岳阳西南洞庭湖口。

[2] 丁卯：清同治六年（1867）。七月望夜：即七月十五夜。

[3] 金碧：形容水月相映的湖面如同金碧山水的图画。

[4] 费甥、坡孙：姓费的外甥，名坡的孙子。

[5] 渔火数十星：谓有十几处闪烁的渔船灯火。

[6] 郡城：指岳阳，清岳州州治所为古巴陵郡治，故称。

[7] 七月既望：即七月十六日，此指苏轼初游赤壁之日。

[8] 斗牛：二十八宿中的斗宿和牛宿。苏轼《前赤壁赋》："少焉，月出于东山之上，徘徊于斗牛之间。"

[9] 湾碕（qí）：水湾堤岸。碕，同"圻"。

[10] 响山：在君山上，又叫鸣山，据说人在上面踩，会发出铿锵悦耳的声音。

[11] 地道通吴中：《水经·湘水注》载："君山有石穴，潜通吴之包山（今江苏太湖中的西洞庭山），郭景纯（晋代郭璞）所谓'巴陵地道'者也。"（见郭璞《江赋》）吴中：今江苏吴县，春秋时为吴国都，古亦称吴中。

湘灵、洞庭君[1]，恍惚如可问者。

又北入后湖，旋而东，水面对出灯火光，岳州城也。云起船侧，水上滃滃然[2]，平视之，已做横长状，稍上乃不见。坡孙言："一日晚，自沙觜见后湖云觜出水[3]，白团团若车轮巨瓮状者十余积，即此处也。"然则此下近山根[4]，当有云孔穴耶？山后无居人，有棚于坳者数家，洲人避水来者也[5]。数客舟泊之，皆无人声。转南出沙嘴，穿水柳中，则老庙门矣。《志》称山周七里有奇[6]，以余舟行缓，似不翅也[7]。

既泊，乃命酒肴，以子鸡苦瓜拌之[8]，月高中天，风起浪作，剧饮当之[9]，各逾本量[10]。超上人守荤戒，裁少饮[11]，啖梨数片，复入庙，具茶来。夜分登岸，别超及黎，余四人寻山以归。明日记。

说明

本文作于吴敏树晚年家居之时。文中写渔火点点、云气滃滃，古樟一株，明月一轮，都是寻常之物，但经过作者点染，交织成一幅君山月

---

[1] 湘灵：指湘水女神，即舜妃湘君。相传虞舜巡视南方，死于苍梧之野，湘君南望痛哭，投湘水以殉，为湘水神。洞庭君：即洞庭神。据唐代传奇《柳毅传》的说法，即洞庭龙王。

[2] 滃滃（wěng）然：云气兴起的样子。

[3] 觜：通"嘴"。

[4] 山根：古以为云从山出，山为云根。故下句说"当有云孔穴"，谓有贮云的山洞。

[5] 洲人：岛上的人。

[6] 《志》：指《巴陵县志》。《巴陵县志·舆地志·山水·君山》：君山"周回七里有奇，外凸中凹，上有十二峰如螺髻。"七里有奇：七里出头。

[7] 似不翅：好像不止七里多。翅，同"啻（chì）"，只。

[8] 子鸡：小鸡，江南俗称"童子鸡"。

[9] 剧饮当之：对着明月和风浪痛饮。

[10] 各逾本量：谓大家都喝过了自己的酒量。

[11] 裁：通"才"。

下泛舟的美景。作者虽有心比附苏轼，文章也有模拟前后《赤壁赋》之处，但风格却并不相同，虽无苏赋的豪情远韵，但自饶逸趣，生动如画。文字清新简洁，行文也不落俗套，颇能体现其意境高旷、风致淡远的特色。

曾国藩

曾国藩，见前"诗选"《傲奴》篇。

送刘君椒云南归序

圣人之异于众人者，奚由乎[1]？耳目口鼻、心知百体，皆得其职而已。天之生夫人也，耳职听，而目职视，口体职言动，心职思。非所听而滥焉，非所视而淫焉；可以视穷者[2]，而吾有弗尽焉，可以听达者[3]，而吾有弗尽焉，于官为不称[4]。其口体心思也亦然。不称者才绌，不法者知而好之，罪又甚焉。圣人者，不轨不耳[5]，不度不目[6]。其自一室之米盐，推而极于天下之大，鬼神之幽，离于人伦[7]，殽于万事[8]，凡视听所宜晰，无不晰；凡言动所宜审，无不审；凡心思所宜条理，无不条而理之。使夫一身得职，而天地万物各安其分，以位以育[9]，以效吾之官司[10]，所谓践形者也[11]。周公之所以为周公，孔子之所以为孔子，其不以此也哉？

今之君子之为学者，吾惑焉。耳无真受，众耳之所倾亦倾之；目无

---

[1]　奚由：根据什么。
[2]　视穷：看透，洞察。
[3]　听达：听清楚，完全明白。
[4]　官：器官。耳、目、口、鼻、心为人的五官。
[5]　不轨：不循法度。不耳：不听。
[6]　不度：不合法度。不目：不看。
[7]　离：附离，附着。
[8]　殽：乱。
[9]　以位以育：天地得其正位而无灾害，万物得以顺利生长。《礼记·中庸》："致中和，天地位焉，万物育焉。"注："位犹正也。育，生也，长也。"
[10]　官司：五官各有所司。
[11]　践形：体现人所天赋的品质。《孟子·尽心上》注："形，谓君子体貌尊严也，践，履居之也，能以正道履居此美形。"

真悦，众目之所注亦注之；邪视而回听[1]，言不道而动不端[2]，无过而讥焉者。曹好所在[3]，而不之趋焉，则不相宾异矣[4]。为考据之说者曰：古之人，古之人，如此则几[5]，彼则否；为词章之说者曰：古之人，古之人，如此则几，彼则否。起一强有力者之手口，群数十人蚁而附之[6]，朝记而暮诵，课迹而责音，竭耳目心思，以事无益之域，以承奉人之意气。曾不数纪，风会一变[7]，荡然渐灭，又将有他说者出，为群意气之所会，则又焦神瘁力而趋之。均是五官百骸也[8]，不践圣人之形，而逐众人之好，疲一世而奔命于庸夫之毁誉，竟死而不悔，所谓大愚不灵者也。

汉阳刘君椒云[9]，湛深而敦厚，非其视不视，非其听不听，内志外体，一准于法矣；而所以扩充官骸之用，又将推极知识，博综百氏，以竟乎其本量。余犹惧其敝身心以役于众好也，于其别，书是以贞之[10]。然余固亦颇涉前二说者之流，而奔命于众好之场者，又因以自砭焉[11]。

说明

本文借题发挥，指出当世学者，耳无真受，目无真悦，胸无真知，

---

[1]　回：邪僻。
[2]　道：合乎道理。端：端正。
[3]　曹好：众人之所好。
[4]　宾：敬。异：宠异。
[5]　几：差不多。
[6]　蚁而附之：如蚂蚁一般依附在上面。
[7]　风会：风气时会，即时代风尚。
[8]　百骸：形体的总称。
[9]　刘君椒云：名传莹，字椒云，湖北汉阳人。
[10]　贞：正，坚定。
[11]　自砭：自我督责。

心无主见，惟知随人脚跟，迎人所好，风气一变，又随之而变，身不由己，如同飘蓬；并从正面提出"视穷"、"听达"四字，作为立身行事之本，全篇精神，尽在于此。文章痛抉时弊，淋漓尽致；理明气盛，文辞畅达；立意高远，不同凡响。

求阙斋记

国藩读《易》至《临》[1]，而喟然叹曰："刚浸而长矣，至于八月有凶，消亦不久也[2]。可畏也哉！"天地之气，阳至矣，则退而生阴；阴至矣，则进而生阳。一损一益者，自然之理也。物生而有嗜欲，好盈而忘阙，是故体安车驾，则金舆骢衡[3]，不足与乘；目辨五色，则黼黻文章[4]，不足于眼；由是八音繁会[5]，不足于耳；庶羞珍膳，不足味。穷巷瓮牖之夫[6]，骤膺金紫[7]，物以移其体，习以荡其志，向所谓搤捥而不得者[8]，渐乃厌鄙而不屑御[9]。旁观者以为固然，不足訾议。故曰："位不期骄，禄不期侈[10]。""彼为象箸，必为玉杯[11]。"渐积之势然也。而好奇之士，巧取曲营，不逐众之所争，独汲汲于所谓名者[12]。道不同，不相为谋，或富贵以饱其

---

[1]　《临》：为《易》六十四卦之一。兑下坤上（☱☷）。
[2]　"刚浸而长"三句：语出《易·临·彖》曰。孔《疏》："按序卦云：临，大也。以阳之浸长，其德壮大，可以监临于下，故曰临也……至于八月有凶者，以物盛必衰，阴长阳退，临为建丑之月（十二月）。从建丑至于七月建申之时，三阴既盛，三阳方退，小人道长，君子道消，故八月有凶也。以盛不可终保，圣人作《易》以戒之也。"
[3]　金舆：用金装饰的车子。骢衡：骢为毛色青白的良马；衡为车辕前端的横木。金舆骢衡，泛称贵重的车乘。
[4]　黼黻（fǔ fú）：古代礼服上绘绣的花纹。文章：错杂色彩。这里是泛指华丽的衣服。
[5]　八音：古代称金、石、丝、竹、匏、上、革、木为八音。金为钟，石为磬，琴瑟为丝，箫管为竹，笙竽为匏，埙为土，鼓为革，柷敔为木。繁会：杂奏，合奏。
[6]　瓮牖：以破瓮之口做窗户，指贫穷人家。
[7]　金紫：金印紫绶。谓当大官居高位。
[8]　搤捥：握住手腕。表示激动、振奋的动作。也作"扼腕"。
[9]　御：进用。
[10]　"位不期骄"二句：见《尚书·周书·周官》。孔《传》："贵不与骄期而骄自至，富不与侈期而侈自来。骄侈以行己，所以速亡。"
[11]　"彼为象箸"二句：是箕子批评商纣王的话，语出《史记·宋微子世家》。箸，筷。
[12]　汲汲：急切貌。《礼记·问丧》："其往送也，望望然，汲汲然，如追而弗及也。"后引申为追求。

欲，或声誉以厌其情¹，其于志盈一也。夫名者，先王所以驱一世于轨物也²。中人以下，蹈道不实，于是爵禄以显驱之，名以阴驱之，使之践其迹，不必明其意。若君子人者，深知乎道德之意，方惧名之既加，则得于内者日浮，将耻之矣；而浅者诛然骛之³，不亦悲乎！

国藩不肖，备员东宫之末⁴，世之所谓清秩⁵。家承余荫，自王父母以下⁶，并康强安顺，孟子称"父母俱存，兄弟无故"，抑又过之。《洪范》曰⁷："凡厥庶民，有猷有为有守，不协于极，不罹于咎，女则锡之福⁸。"若国藩者，无为无猷而多惧于咎，而或锡之福，所谓"不称其服"者钦⁹？于是名其所居曰求厥斋。凡外至之荣，耳目百体之嗜，皆使留其缺陷。礼主减而乐主盈¹⁰，乐不可极，以礼节之，庶以制吾性焉，防吾淫焉。若夫令闻广誉¹¹，尤造物所靳予者¹²。实至而归之，所取已贪矣，况以无实者攘之乎？行非圣人而有完名者，殆不能无所矜饰于其间也¹³。吾亦将守吾阙者焉。

---

[1] 厌：饱，满足。通"餍"。

[2] 轨物：法度与准则。《左传》隐五年："君将纳民于轨物者也。"

[3] 骛（wù）：追求。

[4] 东宫：太子所居之宫，时作者官詹事府左右庶子，故云。唐建詹事府，总东宫庶务，历朝因之。清不设太子，詹事班次通政使，大理卿之下，作为翰林官迁转之阶。

[5] 清秩：犹言清班，即清贵之官。

[6] 王父母：祖父母。

[7] 《洪范》：《尚书》篇名。

[8] 有猷：有谋虑者。有为：有作为者。有守：有操守者。不协于极：不合乎最高法则。不罹于咎：不陷于恶。女：同"汝"。锡：与，赐给。

[9] 不称其服：《诗·曹风·候人》："彼其之子，不称其服。"言人和服装不相称。这里借喻自己不当受福。

[10] "礼主减"句：《礼记·乐记》："故礼主其减，乐主其盈。礼减而进，以进为文；乐盈而反，以反为文。"

[11] 令闻广誉：美好名声远扬。

[12] 靳（jìn）：吝惜。

[13] 殆：大概。矜饰：夸大文饰。

说明

　　在曾国藩集中，有一些看似老生常谈，实为至理名言的文字，如本文即是。所谓求阙（缺），即不求完美无缺，其真正的涵义，也就是节福，以免将福享尽，乐极生悲。文章以"盈"字托出"虚"字，从物质、精神两方面见"盈"，说到从物质、精神两方面求"阙"，进而区分为己为人境界的高下。全文从正反两方面立说，高处著论，阔处行文，义理绵密，寓意精深，气息雄厚，笔力明健，将"求阙"二字，推阐尽致。曾国藩自称"平生好雄奇瑰玮之文"。李详也说"文正之文，虽从姬传入手，后益探源扬、马，专宗退之，奇偶错综，而偶多于奇，复字单义，杂厕其间，厚集其气，使声采炳焕，而戛焉有声"。读本文可见。

张裕钊

张裕钊（1823—1894），字廉卿，湖北武昌人。咸丰举人，官至内阁中书。师事曾国藩，与黎庶昌、薛福成、吴汝纶称"曾门四弟子"。所作古文，长于议论、写景。有《濂亭文集》。

游狼山记

光绪二年秋八月[1]，黎莼斋筦榷务通州[2]，余过焉，既望[3]，与莼斋游于州南之狼山[4]。

山多古松桂，桧柏数百株，倚山为寺，寺错树间。最上为支云塔，危踞山颠，万景毕内[5]。迤下若萃景楼及准提福慧诸庵，亦绝幽敻。所至僧舍，房廊屈曲，左右苍翠环合，远绝尘境。侧身回眺[6]，江海荡天，近在户牖。隔江昭文、常熟诸山[7]，青出林际蔚然[8]。时秋殷中[9]，海气正白，怒涛西上，皓若素蜺[10]，灭没隐见[11]，余与莼斋顾而乐之。

浪山，淮扬以东雄特胜处也。江水自岷蜀径吴楚行万里，至是灏溔

---

[1] 光绪二年：1876 年。

[2] 黎莼斋：即黎庶昌，见《卜来教记》作者介绍。筦：同"管"，主管。榷（què）：官府对某些物品专利专卖。通州：即今江苏南通。

[3] 既望：农历每月十六日。

[4] 狼山：在江苏南通城南，居江海之际，与常熟福山对峙，为海防重镇。

[5] 内：纳本字，《史记》、《汉书》多以内为"纳"，入也。

[6] 眺：视，望。

[7] 昭文：旧县名。清雍正二年（1724），分常熟县置，与常熟同城而治。1912 年，又并入常熟。

[8] 蔚然：茂盛貌。

[9] 时秋殷中：农历八月，在秋季的中间，称为仲秋。殷，当于。中，通"仲"。

[10] 皓若素蜺：光亮洁白，好像白色的虹一般。蜺，同"霓"。

[11] 见：同"现"。

渺莽[1]，与海合会。山川控引[2]，界绝华戎，天地之所设险，王公以是慎固，古今豪杰志士之所睥睨而筹也[3]。

昔阮籍遭晋室之乱[4]，作《咏怀》诗以见志[5]。登广武山[6]，叹悼时之无人。今余与莼斋幸值兹世，寇乱殄息[7]，区内亡事[8]，蕃夷绝域，约结坚明，中外以恬婴相庆[9]，深忧长计，复奚以为？

余又益槁枯朽钝，为时屏弃。独思遗外身世，捐去万事，徜徉于兹山之上[10]，荫茂树而撷涧芳[11]，临望山海，慨然凭吊千载之兴亡，左挟书册，右持酒杯，啸歌偃仰，以终其身。人世是非理乱，天地四时变移，眇若队叶与飘风[12]，于先生乎何有哉？归书而为之记。

说明

本文前面描写山中景物，简洁明白，历历在目。接着点染山青涛白，声色兼备，形象如画。下半篇从景物折入形势，从游览之乐一变为哀时

---

[1] 灏漾（hào yǎng）：水无边际貌。渺莽：辽阔貌。

[2] 控引：犹控制。

[3] 睥睨（pì nì）：斜视。

[4] 阮籍：字嗣宗，三国魏尉氏（今属河南）人，官至步兵校尉。

[5] 《咏怀》诗：南朝梁钟嵘《诗品上》："晋步兵阮籍诗，其源出于《小雅》，而咏怀之作，可以陶性灵，发幽思，言在耳目之内，情寄八荒之表。"

[6] 广武山：在今河南荥阳县东北。秦末，楚汉两军隔广武而阵。刘邦与项羽相与临广武而语即在此。晋阮籍曾登广武，观楚汉交战处，叹曰："时无英雄，使竖子成名。"

[7] 殄息：消灭平定。

[8] 亡：同"无"。

[9] 恬婴（xī）：安逸喜悦。婴，古时多通作"熙"。

[10] 徜徉：犹徘徊。

[11] 撷（xié）：摘取。涧芳：山沟里芳草。

[12] 队：通"坠"。

之叹。国家多难，朝中无人，而立志匡时之士，又往往屈抑不伸，只能徜徉于山水之间，带着壮志未酬的遗憾，以终其身。一结故作达语，感慨无穷。

李慈铭

李慈铭，见前"诗选"《庚午书事》篇。

猫娘传

猫娘者，居越城偏门外[1]，不知其姓氏，贩妇人珠翠衣襦之属以为生，有年矣。貌皱黑。每出城市，喜涂粉黛其面，结发为十余鬟[2]，以红棉缠之[3]，杂插花草其上。修视龋笑[4]，娱游阛阓间[5]，往往多得钱文去。余见之，盖年四五十矣。时虚市人散[6]，湖桥夕阳中，一老丑妇顾景行[7]，红紫摇摇满头[8]，儿童数十喧绕之，争唱以为猫娘归也。

论曰：甚矣天下之大也！盖变其术以游于世者，固穷亡复之矣[9]。若猫娘者，宜其称也。夫世之人，莫不好妍而恶丑。而丑之甚者，知必不可于世也[10]，乃益假妍以自形[11]。果以是取笑于世，而世人不之觉，已群售其丑矣[12]。然则世之好恶，真不可恃哉[13]？虽然，予初见猫娘，则怒以为妖

---

[1]　越城：浙江绍兴城。

[2]　**鬟**（huán）：环形发髻。

[3]　红棉：红色的棉头绳。

[4]　**修视龋笑**：故作媚态。龋（qǔ）笑，做作的笑。

[5]　**娱**：同"嬉"。阛阓（huán huì）：本指城中的墙门，这里指街道。

[6]　**虚**：同"墟"。集市。

[7]　顾景行：看着自己的影子行走。景，通"影"。

[8]　红紫：指插在头上的花草。

[9]　**"盖变"两句**：不断变换手法在世上钻营的人，确实无法追究他们的本来面目。固：诚然，确实。穷：穷尽，追究。亡：通"无"。复：复原。

[10]　不可于世：为世人所看不起。

[11]　假：借。形：表现。

[12]　售其丑：因其丑而得多售。

[13]　不可恃：不可靠。

也；继得其故，则为感叹而不能已。呜呼！其感也可思矣。

说明

　　本文与其说是传记，毋宁说是一篇寓言，行文谋篇，都与柳宗元的《三戒》相仿，不过一寄慨于物，一寄慨于人而已。在近代作家中，李慈铭是颇有幽默感的人。本文用漫画化的手法，寥寥数笔，绘出一幅绝妙的丑女图。文字隽永，令人绝倒。作者将猫娘的伎俩，总结为"假妍以售其丑"。联系今人毫不知耻地用广告推销伪劣产品，反洋洋自得的情状，猫娘真可谓商场风流人物的先驱了。

王闿运

王闿运（1833—1916），字壬秋，一字壬父，湖南湘潭人。太平天国时，曾入曾国藩幕。后讲学四川、湖南、江西等地。辛亥革命后任清史馆馆长。经学治《诗》、《礼》、《春秋》，诗法汉、魏、六朝，为晚清湖湘派诗人首领。有《湘绮楼全集》。

辨通

直辞女童，满洲人，其父为京营四品官，则未知其为参领与？佐领与？咸丰九年冬，选良家女入宫，引见内殿，上亲临视。女童以父官品，例在籍中[1]。晨入，天寒，上久不出，诸女至阶下，冰冻缩蹙[2]，莫能自主。女童家贫衣薄，不堪其寒，屡欲先出，主者大瞋怪[3]，固留止之，稍相争论。女童大言曰："吾闻朝廷立事，各有其时，今四方兵寇，京饷不给，城中人衣食日困，恃粥而活，吾等家无见粮，父子不相保，未闻选用将相，召见贤士，今日选妃，明日挑女，吾闻古有无道昏主，今其是邪？"于是上在屏后微闻之，出则诏问谁言者。诸女恐怖失色，莫能对。女童前跪称奴适有言。上问曰："汝何所云？"女童前对："奴等当引见，驾久不出，诚不胜寒，欲出不得，而总管以朝廷禁令相责。奴诚死罪，忘其躯命，具言朝廷立事，各有其时，今四方兵寇，京饷不给，城中人衣食日困，恃粥而活，奴等家亡见粮[4]，父子不相保，未闻选用将相，召见

---

[1]　例在籍中：清制满人官四品以上，其女得入籍与选。

[2]　蹙（cù）：收缩。

[3]　瞋（chēn）：张目怒视。

[4]　亡：通"无"。

贤士，今日选妃，明日挑女，窃闻古有无道昏主，窃以论皇上，愿伏其罪。"于是上默然良久曰："汝不愿选者，今可出矣。"女童叩头退立，上遂罢选。

当女童前后言时，与在旁者，莫不皇诬流汗[1]，舌咋不敢卒听[2]。及得温旨遣出，或犹战栗不能正步。以此女童名闻京师，君子以为能直辞。《诗》曰："匪饥匪渴，德音来括[3]。"此之谓也。

女童既出，上他日以事降其父一阶，欲令后选时女可不豫也[4]。君子以为女童以一言而悟主，成文宗之宽明[5]，显名于后世。《诗》曰："静女其娈，诒我彤管[6]。"女童可以炜彤管矣[7]。

说明

咸丰好色，史不绝书。某女犯颜直谏之事，笔记小说记录甚多。本文题为《辨通》，即称赞某女因能言善辩而通。《清宫演义》将这次选美定于咸丰二年九月，与兰儿（即后来的西太后）应选同时。本文却说发生在咸丰九年冬，当时太平军未灭，而第二次鸦片战争又在前一年爆发，

[1] 皇：同"惶"，恐惧。
[2] 舌咋（zé）：即咋舌，咬舌不敢作声。卒听：听下去，听到底。
[3] "匪饥"二句：见《诗·小雅·车牵》，《诗序》以为幽王宠褒姒，无道并进，谗巧败国，周人思得贤女以配君子，故作此诗。"匪饥匪渴"言贤女既至，虽饥不饥，虽渴不渴，而"德音来括"。《传》："括，会也。"来到之意。
[4] 豫：通"与"，参加。
[5] 文宗：清咸丰帝奕詝死后谥号。
[6] "静女"二句：见《诗·邶风·静女》。《传》："古者后夫人必有女史彤管之法。"《笺》："彤管，笔赤管也。"《后汉书·皇后纪序》："女史彤管，记功书过。"女史执赤管，所以示赤心正人之意。
[7] 炜（wěi）：光耀。《诗·邶风·静女》："彤管有炜，说怿女美。"

形势危急，某女之骂，就不仅痛快，更见痛切了。本文之妙，不在正面赞美某女不顾生死，慷慨直言的胆识，也不在从侧面讽刺朝廷衮衮诸公，唯知保身，钳口不言，不如一个少女。而是通过几句画龙点睛之言，显示咸丰昏庸，十分传神。尤妙在写咸丰最后的处理，从表面上看，可谓赞美尽致，但正如前人所言，由此"益形昏主之昏"。关于某女的下落，或说被咸丰赐给某亲王作为福晋，或说嫁给一个旗人，以终其身。

施补华

施补华（1835—？），字均甫，浙江乌程（今吴兴）人。同治举人，官山东道员。有《泽雅堂文集》。

别弟文

光绪八年十月 [1]，施子之弟自喀什噶尔还湖州 [2]，施子饮之以酒，告之曰：

吾家故寒敝也，今日之所有，已为异数矣 [3]。夫巨富中落，而余千金之产，湫然不可为生 [4]；贫人得十金以为资本，则左宜右有 [5]，所处之势异，所操之术殊也。此行归资之外，赢数百金，岂非贫人之雄乎？以此坐市上，权量百货，贱入贵出，逐什一之利 [6]，终岁之所获，可以赡妻子。营心与力，非所耻也，贤于为官者夺民以肥己。

吾忆道光二十九年 [7]，吾父弃养 [8]，吾年十五岁，尔年九岁，家无一箪衣、一贯泉 [9]，租屋而居，月偿其值。岁又大凶，米价十倍，吾母晨起坐络丝，率至半夜，得泉一百，籴米作粥，杂以菜根豆屑，母子乃得半饱。一日不络丝，即忍饥清坐，人有问之，则曰已食毕矣。吾痛母氏之勤，

[1]　光绪八年：1882 年。
[2]　喀什噶尔：今新疆之疏勒县。湖州：今浙江吴兴。
[3]　异数：不同寻常的运气。
[4]　湫（qiū）然：忧愁貌。
[5]　左宜右有：谓钱足敷用。《诗·小雅·裳裳者华》："左之左之，君子宜之；右之右之，君子有之。"
[6]　逐：追求。什一：十分之一。
[7]　道光二十九年：1849 年。
[8]　弃养：谓父死，遗下子女不能抚养。
[9]　泉：钱。古谓钱为泉，似泉之流行无不遍及。

　　　　　　　　　　　　　　　　　　　　近代诗文

涕泣自奋，读书不熟，至啮其指，血斑斑洒书本。尔亦拾薪担水，任炊爨，暇坐母侧，亦学络丝。姻连族党，恐其开口假贷，不敢至吾门。母氏亦戒勿往来，虑为所厌。甚者，议先大夫好施与，勿为子孙计，至有今日。尤笑吾读书，谓渠谋食不暇[1]，尚想作秀才，取饿之道也。当是时，视邻里之有父而温饱者，如天上人。尔年虽小，不应忘之。

其后门户稍立。咸丰十年[2]，寇敌又作，吾随赵忠节公守城[3]。之同治元年[4]，城中粮尽，全家啖马肉，并煮牛羊之革佐之。五月城破，吾负母而逃，圣野菜充饥[5]，母子十月亡寸棉[6]。尔为贼掠几死，脱走至家，形色非人，疾病疮痍，相替而作。其饥寒视道光之末，而颠危忧困过之。

管仲告齐桓曰："愿君勿忘在莒[7]，臣亦念堂阜之囚[8]。"故尔与他人校[9]，则诚不足；以一身先后自校，尔亦苦尽之甘，否极之泰矣。老氏有言："知足不辱。"以今日为过望则乐，犹有奢望，则辱其后。吾在军中，不无多费，然每对盛馔，念先人未及食也；每御华服，念先人未及衣也。甘在口，适在体，而痛在心。禄养既不逮，得立功名天壤间，使姓氏不朽，先人而有知，含笑地下矣。蹉跎中岁，此志不衰。至于富贵之乐，不能享，亦不忍享也。人须自量其力。吾才识学问，实过于尔，欲有所成就为先人光；尔则自安愚分，积铢累寸，以足衣食，持门户，

---

[1] 渠：他。

[2] 咸丰十年：1860 年。

[3] 赵忠节公：赵景贤，号竹荪，浙江归安人。太平军攻湖州，以乡兵守城，城破被杀。

[4] 同治元年：1862 年。

[5] 圣（kū）：掘地。《说文·土部》："汝颖间谓致力于地曰圣。"

[6] 亡：通"无"。

[7] 齐桓公：春秋五霸之一，名小白。因兄襄公暴虐，去国奔莒。莒（jǔ）：古国名，今山东莒县。

[8] 堂阜：春秋齐地，在今山东蒙阴西北。齐桓公归国为君，灭公子纠，曾囚管仲于堂阜。

[9] 校：同"较"，比较。

保子孙，抑其次也。彦诒长矣 [1]，持此篇归，使读其词而识其意。苢与堂阜，居之终身可也，告之后嗣可也。

说明

　　本文名为别弟，实是一篇家训。通篇以"知足不辱"为旨，缕述往事，历历在目，寓情于理，语重心长。文中说世人一味锦上添花，不愿雪中送炭，句句来自亲身经历，写尽人情势利、世态炎凉，如泣如诉，非情深者不能，前人称为"一句一痛，一字一痛"。作者立意于实用之间，寄希望于平凡之业，认为自食其力，远胜夺民肥己，亦非流俗之见。文章立意弘远，开阖尽变，时纵时收，似断似续，行文也颇有特色。

---

[1]　彦诒：人名，当是作者的子侄辈。

薛福成

薛福成（1838—1894），字叔耘，号庸庵，江苏无锡人。同治、光绪年间，先后参与曾国藩、李鸿章幕府，后任出使英、法、意、比四国大臣，升左副都御史，提倡洋务和变法。散文多为议论时政之作，洋洋洒洒，黎庶昌谓其"不规规于桐城论文"。有《庸庵全集》。

观巴黎油画记

光绪十六年春闰二月甲子[1]，余游巴黎蜡人馆[2]，见所制蜡人，悉仿生人，形体态度、发肤颜色、长短丰瘠，无不毕肖。自王公卿相以至工艺杂流，凡有名者，往往留像于馆，或立或卧，或坐或俯，或笑或哭，或饮或博[3]，骤视之[4]，无不惊为生人者。余亟叹其技之奇妙[5]。译者称西人绝技，尤莫逾油画，盍驰往油画院[6]，一观普法交战乎[7]？

其法为一大圜室[8]，以巨幅悬之四壁，由屋顶放光明入室。人在室中，极目四望，则见城堡、冈峦、溪涧、树林，森然布列；两军人马杂遝，驰者、伏者、奔者、追者、开枪者、燃炮者、搴大旗者、挽炮车者，络绎相属。每一巨弹堕地，则火光迸裂，烟焰迷漫；其被轰击者，则断壁

---

[1]　光绪十六年：1890 年。
[2]　蜡人馆：英、法等国都有蜡人馆，陈列名人蜡像，以示纪念。有的也展出一般蜡塑人像。
[3]　博：下棋。
[4]　骤：突然，猛然。
[5]　亟（qì）：屡次。
[6]　盍（hé）：何不。
[7]　普法交战：1870—1871 年，法国和普鲁士之间战争。结果法军失败，签订投降条约，割让阿尔萨斯、洛林给普鲁士。
[8]　法：指展出场所的格局和布置。圜：同"圆"。

危楼，或黔其庐 ¹，或赭其垣；而军士之折臂断足，血流殷地，偃仰僵仆者，令人目不忍睹。仰视天，则明月斜挂，云霞掩映；俯视地，则绿草如茵，川原无际；几自疑身外即战场，而忘其在一室之中者。迨以手扪之 ²，始知其为壁也、画也，皆幻也。

余闻法人好胜，何以自绘败状，令人丧气若此？译者曰："所以昭炯戒，激众愤，图报复也。"则其意深长矣！夫普法之战，迄今虽为陈迹，而其事信而有征 ³。然则此画果真邪？幻邪？幻者而同于真邪？真者而托于幻邪？斯二者盖皆有之 ⁴。

说明

这是一篇借记抒写政事感慨的文章，以法国人不忘普法战争的耻辱，来激发中国人的爱国之心。不过作为一篇文学作品，本文更值得称道的，还在对油画"普法之战"所表现的悲惨场面、凄凉气氛，作了绘声绘色、惟妙惟肖的描绘。作者将明月斜挂、绿草如茵的幽美之境和战场火光迸裂、血流殷地的残酷景象，放在同一背景之中，形成鲜明对照，有触目惊心之效。特别是将画面上静止的人马、景物，写出动态，写出生命，写出情感，幻中有真，画中有我，从而使文章具有极为强烈的感染力量。

---

[1]　黔（qián）：黑色。这里作动词"烧黑"用。下文"赭"、"殷"均作动词用。
[2]　迨：等到。
[3]　信而有征：真实有据。
[4]　盖：大概。

黄葆年

黄葆年（1845—1924），宇锡朋，又字隰朋，号希平，江苏泰州人。光绪举人，先后出任山东临淄等县县令。师从太谷学派第二代传人李龙川，被李龙川指定为学派第三代传人。晚年辞官，于苏州设归群草堂收徒讲学，传授太谷学说。工古文辞，有《归群草堂诗文集》等。

记卜双玉事

天下事无巨细，入于性情则有，不入于性情则无。苟非身亲阅历恻然有感于心，孰能知其故哉？余于余友刘君蝶云之言卜双玉事[1]，不能无感矣。

昔者甲辰之秋，刘君来苏[2]，莞然谓余曰："余见卜双玉矣。"余曰："双玉何人也？"曰："君之知己也。"曰："何说也？"曰：君忘之耶？余旅宿京口[3]，闻琵琶声，知为鬻歌者[4]。招之，则一龙钟老妪，蓝褛如丐，抱琵琶携败篚而来[5]。命之坐，然后坐。命之弹，然后弹。予见其败篚中露牙柄纨扇一角，讶其非俭，取视之，则君所书白江州《琵琶行》也。余异之，因问之曰："汝识谢君耶？泫然曰：'妾垂髫时曾有一面之识[6]，此扇即谢君所赠也。后遂不复见矣。'余曰：'何乃久藏之？'觍然

---

[1]　刘君蝶云：即刘鹗（1857—1909），字铁云，江苏丹徒人，与黄葆年、谢平原同为李龙川弟子，是太谷学派中人。著有《老残游记》。

[2]　苏：苏州。

[3]　京口：即今江苏镇江市。

[4]　鬻（yù）歌者：旧时卖唱艺人。

[5]　龙钟：老态，衰惫貌。蓝褛：衣服破烂，也作"褴褛"。败篚：破竹箱。

[6]　垂髫（tiáo）：古时儿童不束发，头发下垂。因称儿童或童年为垂髫。

曰：[1]'妾扬州旧院卞双玉也。生平阅人多矣，未有若谢君者。是故十万缠头[2]，千金买笑，莫如一面之亲也；解佩旧欢[3]，坠鞭新好[4]，莫如一扇之重也。'余闻而愈异之，谓之曰：'与若万钱，扇可易乎？'慨然曰：'君以万钱为宝，妾以扇为宝，不若人有其宝也。谢君神仙中人。妾老于烟花不能从，唯将此扇以终身而已。'余闻而大异之，归其扇，仍纳诸败篚而去。去后，余为之徘徊者累日。是以述之于君也，君忘之耶？"余曰："此余五十年前读书邵埭时情事[5]，久已忘之。今闻君言，真令我不复能忘矣。"刘君笑而颔之。

今又六年矣。刘君已归道山，双玉辗转江湖不知何似。余唯款款胸臆间而已[6]。夫以七十余老翁，得一七十余老妪为知己，亦复何为。然余以双玉独自有感也。人生莫重于情谊，而相知最难于久要。不才如余，薄情如余，赠物之轻如余，而双玉经老少，历盛衰，佩之以终身，矢之以不二[7]，如此则夫什佰千万于余之才[8]，什佰千万于余之德，什佰千万于余之情，什佰千万于余之所赠，而生平不得一有心肝可与共终始者，诚可叹而可悲也！以余少遇至人，给事左右者数十年，此其才德性情与所持赠，固非什佰千万之量所可比数者矣。余其甘心无心肝不可与共终始乎哉！余不甘于无心肝不可与共终始，而双玉飘流江湖数十年，于余之

---

[1]　觍（tiǎn）然：害羞貌。
[2]　缠头：古代歌舞艺人表演时，以锦缠头，演毕，客以罗锦为赠，称缠头。后来又作为赠送女妓财物的通称。
[3]　解佩：解下佩玉。旧题汉刘向《列仙传》上《江妃二女》："江妃二女者，不知何许人也，出游于江汉之湄，逢郑交甫，见而悦之，不知其神人也，谓其仆曰：'我欲下请其佩。'……遂手解佩与交甫。"
[4]　坠鞭新好：意谓两人在路上相遇，勒住马，放下鞭子交谈，形容一见如故。
[5]　邵埭：即今江苏邵伯。
[6]　款款：忠实诚恳。
[7]　矢：誓。
[8]　什佰千万于余之才：谓其才高过我什百千万倍。

所赠乃能佩之以终身。余给事左右数十年，于余师之所赠，尚在何有何无之数。是则刘君述双玉之事，刘君教我乎？双玉教我乎？抑天道至教，圣人至德，假双玉之口，复假刘君之口以教我乎？！

记此以志余之愧，且志余之幸也。

说明

这是黄葆年代友人谢平原所作的一篇文章。谢平原即文中的"余"和"谢君"，名逢源，字石溪，江苏溧阳人。他年轻时在江苏郡塾读书，曾和扬州歌伎卞双玉有"一面之亲"，并赠她一把"牙柄纨扇"。文中以谢平原的薄倖，和卞双玉的深情，形成鲜明对照，从而更突出了一个烟花女子高洁的情怀和凄惨的命运。中间用"泫然"、"觍然"、"慨然"三词，引出卞双玉的一片伤心、一片真情、一片至诚，令人怆恻不已。文章娓娓道来，似乎波澜不惊，但却令人真切、强烈地感受到卞双玉铭心刻骨的恋情和谢平原发自内心的悔恨。

林 纾

林纾，见前"诗选"《余每作一画……》篇。

苍霞精舍后轩记

建溪之水[1]，直趋南港[2]，始分二支。其一下洪山[3]，而中洲适当水冲[4]。洲上下联二桥，水穿桥抱洲而过，始汇于马江[5]。苍霞洲在江南桥右偏，江水之所经也。洲上居民百家，咸面江而门。余家洲之北，湫隘苦水[6]，乃谋适爽垲[7]，即今所谓苍霞精舍者。

屋五楹[8]，前轩种竹数十竿，微飔略振[9]，秋气满于窗户，母宜人生时之所常过也[10]。后轩则余与宜人联楹而居，其下为治庖之所[11]。宜人病，常思珍味，得则余自治之。亡妻纳薪于灶[12]，满则苦烈，抽之又莫适于火候。亡妻笑，母宜人谓曰："尔夫妇呶呶何为也[13]？我食能几何，事求精尔，烹饪岂亦有古法耶。"一家相传以为笑。宜人既逝，余始通二轩为

---

[1]　建溪：闽江的上游。
[2]　南港：在南台岛西北角怀安附近。
[3]　洪山：今福州市洪山桥一带。
[4]　中洲：在仓山与南台间的江中。
[5]　马江：闽江下游鼓山东侧江面，即今马尾港。
[6]　湫隘苦水：地势低下，容易积水。
[7]　爽垲（kǎi）：高燥之地。
[8]　楹：计屋量词，一间为一楹。
[9]　飔（sī）：凉。
[10]　母宜人：林纾之母陈宜人，名蓉，死于1895年。宜人是封建时代妇人因丈夫或子孙而得的一种封号，明、清以五品妻、母封宜人。
[11]　治庖之所：厨房。
[12]　亡妻：林纾之妻刘琼姿，死于1897年。
[13]　呶呶（náo）：多言，即唠叨。

一。每从夜归，妻疲不能起，余即灯下教女雪诵杜诗[1]，尽七八首始寝。亡妻病革[2]，屋适易主，乃命舆至轩下，藉鞯舆中[3]，扶掖以去。至新居十余日，卒。

孙幼谷太守[4]、力香雨孝廉[5]，即余旧居为苍霞精舍，聚生徒，课西学[6]。延余讲《毛诗》、《史记》，授诸生古文，间五日一至。栏楯楼轩一一如旧。斜阳满窗，帘幔四垂，乌雀下集庭墀，阒无人声。余微步廊庑，犹谓太宜人昼寝于轩中也。轩后严密之处，双扉阖焉。残针一，已锈矣，和线犹注扉上，则亡妻之所遗也。呜呼，前后二年，此轩景物已再变矣，余非木石人，宁能不悲！归而作《后轩记》。

说明

林纾曾评归有光的《项脊轩记》："震川既丧母，而又悼亡，无可寄托，寄之于一小轩。先叙其母，悲极矣。再写枇杷之树，念其妻之所手植，又适在此轩之庭睹物怀人，能毋恸耶！"本文明显脱胎于《项脊轩记》，笔法也与归文同一机杼。文章之佳，全在一个"情"字。文中通过追忆那些看似无关紧要的、细碎的家庭琐事，那些整日耳濡平平淡淡的家常对话，将人人习以为常、以致觉得难以言喻的生活情景和骨肉亲情，真切地表现出来。文章娓娓道来，不事雕饰，深情绵邈，哀婉动人。

---

[1] 雪：林纾长女，字伯雪。
[2] 病革：病情危急。
[3] 藉鞯舆中：在舆中铺上坐垫。鞯，衬托马鞍的坐垫。舆，轿或车子。
[4] 孙幼谷：名葆瑨，清光绪丁酉举人。太守：宋以后习称知府为太守。
[5] 力香雨：名钧，一字轩举。孝廉：对举人的称谓。
[6] 西学：指西方国家的科学知识。

游西溪记

西溪之胜[1]，水行沿秦亭山十余里至留下[2]，光景始异。溪上之山多幽蒨[3]，而秦亭特高峙，为西溪之镇山。溪行数转，犹见秦亭也。溪水潨然而清深[4]，窄者不能容舟。野柳无次披丽水上[5]，或突起溪心，停篙攀条，船侧转乃过。石桥十数，柿叶蓊荟[6]，秋气洒然。桥门印水，幻圆影如月，舟行入月中矣。

交芦庵绝胜。近庵里许，回望溪路，为野竹所合，截然如断。隐隐见水阁飞檐斜出梅林之表，其下砌石可八九级，老柳垂条拂水石，如缚帚焉。大石桥北趣[7]，入乌桕中，渐见红叶。登阁拜厉太鸿栗主[8]，饭于僧房。易小舠[9]，绕出庵后，一色秋林，水净如拭。黑风排竹，人家隐约可辨。溪身渐广，弥望一白，近涡水矣。

涡水，一名南漳湖，苇荡也。荡析水为九道，芦花间之。隔芦望邻船人，但见半身；带以下，芦花也。溪色愈明净，老桧成行可万株，秋山亭亭出其上。尽桧，乃趣余杭道，遂棹船归。不半里，复见芦庵。来

---

[1] 西溪：在杭州市灵隐山西北松木场水口。
[2] 秦亭山：在杭州西湖王家桥试院后。留下：即西溪。据《西湖游览志》载，相传宋高宗初至杭州西溪，以其地丰厚，欲建为国都，后得凤凰山，说："西溪且留下。"于是俗称西溪为留下。
[3] 蒨（qiàn）：即茜草，根紫赤色，可作染料。
[4] 潨（liú）：水清澈的样子。
[5] 披丽：同"披离"，草木枝叶纷披。
[6] 蓊荟（wěng ài）：茂密多阴。
[7] 趣：义同"趋"。
[8] 厉太鸿：厉鹗，字太鸿，号樊榭，浙江钱塘人。清代诗人、词人。栗主：栗木做的牌位。
[9] 舠（shuāng）：小船。

时遵他道纡，归以捷径耳。

是行，访高江村竹窗故址¹，舟人莫识。同游者，为林迪臣先生、高啸桐、陈吉士父子、郭海容及余也²。己亥九日³。

说明

光绪二十五年（1899），林纾应杭州知府林启聘请，主讲杭州东城讲舍，期间遍游杭州名胜，留下多篇游记。作者长于丹青，作画颇重着色，山水记取法柳宗元，用字准确洗练，要言不繁，同时融入丹青笔法，巧于经营画面，状物传神，洞察入微。本文颇能体现林纾游记的特色。作者用动态的描写取代静止的罗列，渲染了清远雅洁的意境，读之唯觉清芬满掬，秀色可餐，如诗如画，神韵不匮。文中无闲笔，无赘语，于精雕细琢之后，依然保留自然天成之趣，在艺术上达到了炉火纯青的地步。

---

[1]　高江村：名士奇，字澹人，号竹窗、江村，清钱塘人。康熙时，官至礼部侍郎。

[2]　林迪臣：林启，福建侯官人。时为杭州知府。高啸桐：名凤岐，号愧室，福建长乐人，与林纾为同科举人，官至广西梧州知府。陈吉士：名希贤，福建闽县人。清光绪壬辰进士，时摄仁和知县，其子一名体仁，一名体立。郭海容：名曾钧，福建侯官人。

[3]　己亥九日：光绪二十五年九月九日。

陈三立

陈三立，见前"诗选"《晓抵九江作》篇。

杂说三

崝庐之竖子间语余曰[1]："西山有豻出食人，数月于兹矣，闻之乎？始食耕者，契其股以去[2]，后食行者于道，又食二小儿，又食一老妇人。"

余曰："盍召猎者击之[3]，易易耳！"

竖子曰："豻不可得而击之！"

余讶之。竖子曰："豻所食一儿，吾戚也。其母痛且憾，白族谋击豻者[4]。族畏豻，忍不敢发。遂告其邻之长。议当击之，然以所食邻儿也，犹豫未即决。乃走谒于里正[5]，哭甚哀焉。里正熟视而无睹也，掩耳而不欲闻也，曰'豻所出没，非吾罪，职不当过问。'不得已匍匐而请于东塾之老儒。其老儒以为豻神兽也，食人必神意，击则怒神，祸不测也。故曰豻不可得而击也。"

余仰而叹曰："嗟乎！豻之当击，与击之之易也，凡有血气皆知之，不待龟卜而筮占之也。然自有族之畏不敢发者、邻之长犹豫不即决者、里正职不当过问者、老儒惊为神兽者，而后豻乃纵横哮突，不可复制。

---

[1]　崝庐：陈三立于光绪二十四年（1898）戊戌政变中，与父陈宝箴同被清廷革职。是年末，随父归南昌。因母葬于西山，其父即在墓旁筑室曰"崝庐"，为隐居之所。是室因处"青山之原，取'青山'字相属之义名'崝庐'"（《崝庐记》）。竖子：即稚子，幼童。
[2]　契：通"锲"，截断。
[3]　盍：何不。
[4]　白：禀告。
[5]　里正：古时乡里小吏，犹后世保甲长之类。

视今犹曩而愈烈 [1]，其势不得不出于终于食人之一途也。且夫豹既终于食人而不止矣，必以食人自负于天下 [2]，愈将无所往而不食人！即彼族之畏不敢发者、邻之长犹豫不即决者、里正职不当过问者、老儒惊为神兽者，恐且次第亦尽食之，无异豹前者之食人也！盖群相与豢豹，而安于豹，甘受豹食人之祸者，必至于此也！"

竖子既退，明旦果汹汹入曰："豹又食一人矣！"

说明

陈三立所处的时代，西方列强对中国的侵略日甚一日。作为一篇寓言，本文充满了国难当头、民族危亡的忧患意识。文中通过为胆小怕事者、隔岸观火者、逃避职责者、愚昧迷信者写照，揭示了当时朝廷上下，在大敌当前之际，不能维护国家和百姓的利益，唯知姑息自保、纵恶养患的丑恶心态，可悲可耻。虽着墨不多，但入木三分，令人发指。文章进而指出豢兽者必自伤，纵恶者必自毙，真正的忧患不在野兽，而在人自身。末句如当头棒喝，动人心魄。

---

[1]　曩：昔，从前。

[2]　自负：自恃，自以为了不起。

严 复

严复，见前"诗选"《戊戌八月感事》篇。

察 变

赫胥黎独处一室之中[1]，在英伦之南[2]，背山而面野，槛外诸境，历历如在几下。乃悬想二千年前，当罗马大将恺彻未到时[3]，此间有何景物，计惟有天造草昧，人功未施，其借征人境者，不过几处荒坟，散见坡陀起伏间，而灌木丛林，蒙茸山麓，未经删治如今日者，则无疑也。怒生之草，交加之藤，势如争长相雄，各据一抔壤土。夏与畏日争，冬与严霜争，四时之内，飘风怒吹，或西发西洋，或东起北海，旁午交扇[4]，无时而息。上有鸟兽之践啄，下有蚁蝝之啮伤，憔悴孤虚，旋生旋灭，菀枯顷刻，莫可究详，是离离者亦各尽天能[5]，以自存种族而已。数亩之内，战事炽然，强者后亡，弱者先绝，年年岁岁，偏有留遗，未知始自何年，更不知止于何代？苟人事不施于其间，则莽莽榛榛，长此互相吞并，混逐蔓延而已，而诘之者谁耶？

英之南野，黄芩之种为多，此自未有纪载以前，革衣石斧之民，所采撷践踏者，兹之所见，其苗裔耳！邃古之前，坤枢未转[6]，英伦诸岛，乃属冰天雪海之区，此物能寒，法当较今尤茂。此区区一小草耳，若迹

---

[1] 赫胥黎：1825—1895。英国著名生物学家，达尔文的朋友和积极支持者。在达尔文发表《物种起源》一书后，他竭力支持并大力宣传进化学说，与当时宗教势力作剧烈的斗争。

[2] 英伦：英国。

[3] 恺彻：即恺撒，公元前102—前44。古罗马统治者，曾两次渡海侵入不列颠（英国）。

[4] 旁午：交错，纷繁。

[5] 离离：分披繁茂貌。

[6] 坤枢未转：指大地混沌未开之时。古人想象地有枢轴可以运转。

其祖始，远及洪荒[1]，则三古以还年代方之，犹瀼渴之水[2]，比诸大江，不啻小支而已。故事有决无可疑者，则天道变化，不主故常是已。特自皇古迄今，为变盖渐，浅人不察，遂有天地不变之言。实则今兹所见，乃自不可穷诘之变动而来，京垓年岁之中[3]，每每员舆正不知几移几换而成此最后之奇[4]。且继今以往，陵谷变迁，又属可知之事，此地学不刊之说也。假其惊怖斯言，则索证正不在远。试向立足处所，掘地深逾寻丈，将逢蜃灰[5]，以是蜃灰，知其地之古必为海。盖蜃灰为物，乃蠃蚌脱壳积叠而成[6]，若用显镜察之，其掩旋尚多完具者。使是地不前为海，此恒河沙数蠃蚌者胡从来乎[7]？沧海飚尘，非诞说矣。且地学之家，历验各种僵石[8]，知动植庶品，率皆递有变迁。特为变至微，其迁极渐，即假吾人彭聃之寿[9]，而亦由暂观久，潜移弗知。是犹蟪蛄不识春秋，朝菌不知晦朔[10]，遽以不变名之，真瞀说也[11]。故知不变一言，决非天运，而悠久成物之理，转在变动不居之中。是当前之所见，经廿年卅年而革焉可也，更二万年三万年而革亦可也，特据前事推将来，为变方长，未知所极而已。

虽然天运变矣，而有不变者行乎其中。不变惟何？是名天演[12]。以天

---

[1] 洪荒：混沌蒙昧的状态。此指冰川时期。

[2] 瀼（ràng）：流入江河的山溪水。渴：水干涸。

[3] 京垓（gāi）：数目名，古代数位序列是：万、亿、兆、京。十兆为京。汉应劭《风俗通》："十万谓之亿，十亿谓之兆，十兆谓之经，十经谓之垓。"

[4] 员舆：指地球。

[5] 蜃灰：蚌壳灰，即白垩，生物化学沉积岩之一。

[6] 蠃（luǒ）蚌：蚌类动物。

[7] 恒河沙数：言多至不可胜数。

[8] 僵石：即化石。

[9] 彭聃：彭祖与老聃。都是古代传说中的长寿者。

[10] "是犹"二句：《庄子·逍遥游》："朝菌不知晦朔，蟪蛄不知春秋。"朝菌，菌类植物，朝生暮死。蟪蛄，蝉的一种。

[11] 瞀说：不合事理的谬论。

[12] 天演：指宇宙自然状态的不断进化演变。

演为体，而其用有二：曰物竞，曰天择。此万物莫不然，而于有生之类为尤著。物竞者，物争自存也。以一物以与物物争，或存或亡，而其效则归于天择。天择者，物争焉而独存。则其存也，必有其所以存，必其所得于天之分，自致一己之能，与其所遭值之时与地，及凡周身以外之物力，有其相谋相剂相者焉。夫而后独免于亡，而足以自立也。而自其效观之，若是物特为天之所厚而择焉以存也者，夫是之谓天择。天择者择于自然，虽择而莫之择。犹物竞之无所争，而实天下之至争也。斯宾塞尔曰[1]：天择者，存其最宜者也。夫物既争存矣，而天又从其争之后而择之，一争一择，而变化之事出矣。

说明

严复认为，文章乃"载理想之羽翼，而以达情意者也。是故理之精者，不能载以粗犷之词；而情之正者，不可达以鄙俗之气"。他以"信、达、雅"为"译事三难"，也以此作为"文章正轨"。严复翻译态度的审慎，历来为人称道。为了达到内容和形式的完美统一，即译文不但要正确，还要流丽典雅，每译一个字，都斟酌再三，煞费苦心。这就使得他的译文，形成一种他人难以企及的鲜明的个人风格。从某种意义上说，他的翻译，也是一种创作。本文选自严复所译的《天演论》（今译《进化论与伦理学》），文字华美，气势奔放，可谓严译中最出色的文字。

---

[1] 斯宾塞尔：1820—1903。今译斯宾塞，英国社会学家，所著《社会学原理》，严复译著名《群学肄言》。

康有为

康有为，见前"诗选"《秋登越王台》篇。

诗集自序

（一九〇八年十一月二日）

诗者，言之有节文者耶[1]！凡人情志郁于中，境遇交于外，境遇之交压也瓌异，则情志之郁积也深厚。情者阴也，境者阳也；情幽幽而相袭[2]，境嫭嫭而相发[3]。阴阳愈交迫，则愈变化而旁薄[4]，又有礼俗文例以节奏之[5]，故积极而发，泻如江河，舒如行云，奔如卷潮，怒如惊雷，咽如溜滩，折如引泉，飞如骤雨。其或因境而移情[6]，乐喜不同，哀怒异时，则又玉磬铿铿，和管锵锵，铁笛裂裂，琴丝愔愔[7]，皆自然而不可以已者哉！

夫有元气[8]，则蒸而为热，轧而成响，磨而生光，合沓变化而成山川，跃裂而为火山流金，汇聚而为大海回波，块轧有芒[9]，大块文章[10]，岂故为

---

[1] 节文：音节和文采。
[2] 幽幽：本为深暗貌，此为暗暗意。
[3] 嫭（hù）嫭：美好。
[4] 旁薄：即"磅礴"，盛大充满。
[5] 礼俗文例：礼仪、风俗、规则、条例。节奏：作动词，加以调节、限制，使之合于道德规范、社会礼俗。
[6] 移情：变易人的情感。
[7] 铿（kēng）铿：清脆响亮之声。锵（qiāng）锵：金玉相击之声。裂裂：清厉尖锐之声。愔（yīn）愔：安详和谐之声。以上四词，皆为象声词。此数句谓不同的环境，引发不同的情感，就像不同的乐器发出不同的声音，都是自然而然不可勉强的事。
[8] 元气：指天地未分前混一之气，是产生和构成万物的原始物质。
[9] 块轧（yàng yà）：弥漫。也作"块圠"。有芒：发出光芒。
[10] 大块文章：《庄子·大宗师》："夫大块载我以形，劳我以生，佚我以老，息我以死。"李白《春夜宴从弟桃李园序》："况阳春台我以烟景，大块假我以文章。"大块，指大自然。清俞樾《诸子评议》一训"大块"为地。文章，犹言文采。

之哉？亦不得已也。

故志深厚而气雄直者，莽天地而独立，妙万物而为言，悱恻其情，明白其灵，正则其形[1]，玲珑其声，芬芳烈馨，秾华远清，中和永平；澹泊而不厌，亭立而不矜，迤灏而渊渟[2]，月明而山行，石破而天惊[3]。时或风雨怒号，金铁飞鸣；山水妙丽，天日晶晴；或万马战酣，旌旗飞紫；或广殿排仗，冕旒严凝[4]；或岩藤落叶，面壁老僧；或万花放晓，士女春盈；或深山大河，巨海积沙；崇峰攒天，洪波叠岭；飞雪蔽地，潮海极目；烟岫郁攸[5]，蜿蜒漫空；乾端坤倪[6]，神怪暴发；人经物理[7]，龙象蹴踏[8]，斯其为情深而文明，气盛而化神者耶[9]！

吾童好讽诗，而学在掸理[10]，既不离人性，又好事，不能雕肝呕肺以为诗人[11]。然性好游，嗜山水，爱风竹，船唇马背，野店驿亭，不暇为学，则余事为诗，天人之感多矣。及戊戌遭祸，遁迹海外[12]，五洲万国，靡所

---

[1]　"明白"两句：言诗人应精神光明高洁，形体端正庄重。
[2]　迤灏而渊渟：谓诗的意境，既如远水浩渺无际，又似深渊宁静幽寂。
[3]　石破而天惊：李贺《李凭箜篌引》："女娲炼石补天处，石破天惊逗秋雨。"形容箜篌之音及演奏者技艺高超。后多以之喻文字议论的出奇惊人。
[4]　广殿：大殿，帝王朝见群臣处。仗：仪仗。冕：皇冠。旒：冕冠前后悬垂的玉串。二句形容诗境的庄严肃穆。
[5]　烟岫（xiù）：烟雾笼罩着的山峰。郁攸：烟气聚貌。此句形容诗境深奥幻奇。
[6]　乾端坤倪：韩愈《南海神庙碑》："乾端坤倪，轩豁呈露。"乾坤，指天地阴阳。端，起点。倪，头绪。句意指宇宙起源。
[7]　人经：指人伦常道。物理：事物的道理。
[8]　龙象：佛家语。水行龙力最大，陆行象力最大，故以喻威力最大者为龙象。蹴：犹如踢、踏。
[9]　"斯其"二句：语出《礼记·乐记》，原文为："情深而文明，气盛而化神，和顺积中而英华发外。"此句意为感情真诚深厚，才能写出灿烂辉煌的诗篇；意气充盈雄伟，诗才能出神入化。
[10]　掸：同"探"。
[11]　雕肝：欧阳修《答圣俞莫饮酒》诗："朝吟摇头暮蹙眉，雕肝逐肾闻退之。"呕肺：唐李贺为人纤瘦，作诗异常刻苦，其母尝曰："是儿要呕出心乃已耳。"故以"雕肝呕肺"形容诗人创作捶词炼句的艰辛。
[12]　"及戊戌"二句：指维新变法后遭到慈禧等人的镇压，不得不流亡海外。

不到，风俗名胜，托为咏歌。莫拔抑塞磊落之怀[1]，日行连犿奇伟之境[2]。临睨旧乡[3]，邅回故国[4]，阅劫之伙[5]，世变日非。灵均之行吟泽畔[6]，骚些多哀[7]；子卿之啮雪海上[8]，平生已矣。河梁陇首，游子何之[9]；落月屋梁，水波深阔[10]。嗟我行迈[11]，皆寓于诗。情在于斯，噫气难已[12]。奔亡无定，散佚弥多。

门人梁启超请收拾丛残，发愿手写。搜箧与之，尚存千余篇。亡人何求[13]，又非有千秋之名心也；抑以写身世，发幽怀，哀乐无端，咏叹淫佚[14]，穷者达情，劳者歌事，《小雅》《国风》之所不弃也。后之诵其诗、论其世者，其亦无罪邪！孔子二千四百五十九年[15]，即光绪三十四年十月九日，南海康有为更生自序[16]。

---

[1] "莫拔"句：杜甫《短歌行》："王郎酒酣拔剑斫地歌莫哀，我能拔尔抑塞磊落之奇才。"这里指备受压抑的愤懑心情。

[2] 连犿（huān）：宛转，相从貌。这里有曲折不穷之意。

[3] 临睨旧乡：《离骚》："忽临睨夫旧乡。"

[4] 邅（zhān）回：徘徊。《楚辞·九叹·怨思》："宁浮沉而驰骋兮，下江湘以邅回。"两句皆用屈原诗意，言虽流亡海外，但怀念祖国之情日深。

[5] 阅劫之伙：经历劫难之多。

[6] 灵均：屈原之字。《楚辞·渔父》："屈原既放，游于江潭，行吟泽畔。"这里以屈原自比。

[7] 些（suò）：句末语气助词。《楚辞·招魂》中多用之。后人也常称之为"骚些"或"楚些"。

[8] 子卿：西汉苏武，字子卿。《汉书·苏武传》载：汉武帝时，苏武奉使匈奴，被扣留，因不愿投降，被囚于大窖中，不给饮食。苏武啮雪吞旃，以后又被流放到北海（今苏联贝加尔湖）上牧羊，备受艰苦，十九年后归祖国。

[9] 河梁：桥梁。《文选》旧题李少卿（陵）《与苏武诗》："携手上河梁，游子暮何之。"陇首：地名，在今陕西陇县北，亦名陇山、陇坂，为关西交通要塞。

[10] "落月"二句：脱胎于杜甫《梦李白》诗。原文为："落月满屋梁，犹疑照颜色。水深波浪阔，无使蛟龙得。"

[11] 行迈：远行。《诗·王风·黍离》："行迈靡靡，中心摇摇。"

[12] 噫（ài）气：气壅塞而忽通。

[13] 亡人：亡命之人；逃亡在外的人。

[14] 淫佚：原意纵欲放荡。此处引申为尽情。

[15] 孔子二千四百五十九年：康有为提倡的"孔子纪年"法，以孔子诞辰于周灵王二十一年（公元前551年）为元年。

[16] 更生：康有为于戊戌政变后，改号更生。

说明

　　虽然康有为从不曾将自己看作一个诗人，但他在探理之余、出游之际，也好作诗，以抒写抑塞磊落之怀、幽深奇伟之境，并颇以此自负："新诗瑰奇异境生，更搜欧亚造新声。"光绪三十四年（1908）游欧归来，尚存诗千余首。同年，广智书局影印出版了梁启超整理手写的《南海先生诗集》四卷。为此，康有为在马来半岛的槟榔屿写了这篇自序。本文值得称道的，并不是他给诗歌所下的定义，也不是在诗歌理论上有什么重要的发挥，而是用江潮般奔涌激荡的排句偶句、春花秋霞般绚丽的文采、令人应接不暇的比喻象征，对诗歌创作的表现手法、艺术风格，以及作者的情怀，作品的意境，作了生动、形象的描述。康有为有二句诗："飞腾作势风云起，奇变犹见鬼神惊。"也可用来赞美这篇文章。

梁启超

梁启超，见前"诗选"《自励》篇。

少年中国说

日本人之称我中国也，一则曰老大帝国，再则曰老大帝国。是语也，盖袭译欧西人之言也。呜呼！我中国其果老大矣乎？梁启超曰：恶[1]，是何言，是何言，吾心目中有一少年中国在！

欲言国之老少，请先言人之老少。老年人常思既往，少年人常思将来。惟思既往也，故生留恋心；惟思将来也，故生希望心。惟留恋也，故保守；惟希望也，故进取。惟保守也，故永旧；惟进取也，故日新。惟思既往也，事事皆其所已经者，故惟知照例；惟思将来也，事事皆其所未经者，故常敢破格。老年人常多忧虑，少年人常好行乐。惟多忧也，故灰心；惟行乐也，故盛气。惟灰心也，故怯懦；惟盛气也，故豪壮。惟怯懦也，故苟且；惟豪壮也，故冒险。惟苟且也，故能灭世界；惟冒险也，故能造世界。老年人常厌事，少年人常喜事。惟厌事也，故常觉一切事无可为者；惟好事也，故常觉一切事无不可为者。老年人如夕照，少年人如朝阳；老年人如瘠牛，少年人如乳虎；老年人如僧，少年人如侠；老年人如字典，少年人如戏文；老年人如鸦片烟，少年人如泼兰地酒；老年人如别行星之陨石，少年人如大洋海之珊瑚岛[2]；老年人如埃及沙漠之金字塔，少年人如西伯利亚之铁路；老年人如秋后之柳，少年人

---

[1]　恶（wū）：叹词。
[2]　珊瑚岛：生活在暖海中的珊瑚虫，能分泌石灰质的骨骼，在海中堆积成珊瑚礁，露出海面，便是珊瑚岛。在此梁启超以陨石作为死亡的象征，以珊瑚岛作为有生命力的象征。

如春前之草；老年人如死海之潴为泽[1]，少年人如长江之初发源。此老年与少年性格不同之大略也。梁启超曰：人固有之，国亦宜然。

梁启超曰：伤哉老大也。浔阳江头琵琶妇，当明月绕船，枫叶瑟瑟，衾寒于铁，似梦非梦之时，追想洛阳尘中春花秋月之佳趣[2]。西宫南内，白发宫娥，一灯如穗，三五对坐，谈开元、天宝间遗事，谱《霓裳羽衣曲》[3]。青门种瓜人，左对孺人，顾弄孺子，忆侯门似海、珠履杂遝之盛事[4]。拿破仑之流于厄蔑[5]，阿剌飞之幽于锡兰[6]，与三两监守吏或过访之好事者，道当年短刀匹马，驰骋中原，席卷欧洲，血战海楼，一声叱咤，万国震恐之丰功伟烈，初而拍案，继而抚髀[7]，终而揽镜。呜呼！面皴齿尽[8]，白头盈把[9]，颓然老矣。若是者，舍幽郁之外无心事，舍悲惨之外无天地，舍颓唐之外无日月，舍叹息之外无音声，舍待死之外无事业。美人豪杰且然，而况于寻常碌碌者耶！生平亲友，皆在墟墓，起居饮食，待命于人，今日且过，遑知他日，今年且过，遑恤明年。普天下灰心短

---

[1]　潴（zhū）：积水的地方。

[2]　"浔阳江头琵琶妇"六句：借用白居易诗《琵琶行》所记之事，诗人谪居江州（治所在今江西九江）时，听一歌妓弹奏琵琶，诉说往时欢乐，今日沦落，借此抒发自己的失意之感。

[3]　"西宫南内"六句：白居易《长恨歌》："西宫南内多秋草，落叶满阶红不扫。梨园弟子白发新，椒房阿监青娥老。"元稹《行宫》："寥落古行宫，宫花寂寞红。白头宫女在，闲坐说玄宗。"都写宫女晚年的凄凉景象。开元、天宝，唐玄宗（李隆基）年号。《霓裳羽衣曲》，唐乐曲名。

[4]　"青门种瓜人"四句：《史记·萧相国世家》载：原秦东陵侯召平，秦亡后家贫，种瓜于长安城东。汉长安城东南门，本名霸城门，因门色青，故俗称青门。"左对"两句，用江淹《恨赋》原句。孺人，妻子。孺子，儿童。杂遝（tà）众多纷杂的样子。遝，通"沓"。

[5]　拿破仑（1769—1821）：即拿破仑·波拿巴，法国人。1804年称帝。厄蔑：即厄尔巴岛。1814年，欧洲反法联军攻破巴黎，拿破仑被放逐于此，不久重返巴黎。1815年滑铁卢战败后，流放圣赫勒拿岛，后病死该岛。

[6]　阿剌飞：今译阿拉比（约1839—1911），埃及军官，组成祖国党，领导起义，抗击英军，失败被捕，流放锡兰（今斯里兰卡）。

[7]　抚髀（bì）：手拍大腿，表示嗟叹。

[8]　皴（cūn）：皮肤粗糙皴裂。

[9]　白头：白发。

气之事，未有甚于老大者。于此人也，而欲望以拿云之手段[1]，回天之事功，挟山超海之意气[2]，能乎不能？

呜呼，我中国其果老大矣乎？立乎今日，以指畴昔，唐、虞三代[3]，若何之郅治[4]；秦皇、汉武，若何之雄杰；汉唐来之文学，若何之隆盛；康、乾间之武功[5]，若何之炫赫。历史家所铺叙，词章家所讴歌，何一非我国民少年时代良辰美景、赏心乐事之陈迹哉！而今颓然老矣，昨日割五城，明日割十城；处处雀鼠尽，夜夜鸡犬惊；十八省之土地财产，已为人怀中之肉；四百兆之父兄子弟，已为人注籍之奴[6]，岂所谓老大嫁作商人妇者耶[7]？呜呼！凭君莫话当年事[8]，憔悴韶光不忍看。楚囚相对[9]，岌岌顾影；人命危浅，朝不虑夕。国为待死之国，一国之民为待死之民，万事付之奈何，一切凭人作弄，亦何足怪！

梁启超曰：我中国其果老大矣乎？是今日全地球之一大问题也。如其老大也，则是中国为过去之国，即地球上昔本有此国，而今渐渐灭，他日之命运殆将尽也。如其非老大也，则是中国为未来之国，即地球上昔未现此国，而今渐发达，他日之前程且方长也。欲断今日之中国为老大耶，为少年耶？则不可不先明"国"字之意义。夫国也者何物也？有土地，有人民，以居于其土地之人民，而治其所居之土地之事，自制法律而自守之，有主权，有服从，人人皆主权者，人人皆服从者，夫如是，

---

[1]　拿云：同"擎云"，即凌云。
[2]　挟山超海：《孟子·梁惠王上》："挟泰山以超北海。"超，跳过。
[3]　唐、虞：唐尧，虞舜。三代：夏、商、周。
[4]　郅（zhì）治：最完美的治迹。郅，极，最。
[5]　康、乾：康熙，乾隆。
[6]　注籍：登记入册。
[7]　老大嫁作商人妇：白居易《琵琶行》中的女主人公，年轻时是京城长安的著名歌妓，后年长色衰，只好嫁给商人作妻子。
[8]　凭君：请君。
[9]　楚囚：本指被俘的楚国人，后用以泛指处境窘迫的人。相对：相对而泣。

斯谓之完全成立之国。地球上之有完全成立之国也，自百年以来也。完全成立者，壮年之事也；未能完全成立而渐进于完全成立者，少年之事也。故吾得一言以断之曰：欧洲列邦在今日为壮年国，而我中国在今日为少年国。

夫古昔之中国者，虽有国之名，而未成国之形也。或为家族之国，或为酋长之国，或为诸侯封建之国，或为一王专制之国。虽种类不一，要之，其于国家之体质也，有其一部而缺其一部，正如婴儿自胚胎以迄成童，其身体之一二官支[1]，先行长成，此外则全体虽粗具，然未能得其用也。故唐、虞以前为胚胎时代，殷、周之际为乳哺时代，由孔子而来至于今为童子时代，逐渐发达，而今乃始将入成童以上少年之界焉。其长成所以若是之迟者，则历代之民贼有窒其生机者也。譬犹童年多病，转类老态，或且疑其死期之将至焉，而不知皆由未完全、未成立也，非过去之谓，而未来之谓也。

且我中国畴昔，岂尝有国家哉？不过有朝廷耳。我黄帝子孙，聚族而居，立于此地球之上者既数千年，而问其国之为何名，则无有也。夫所谓唐、虞、夏、商、周、秦、汉、魏、晋、宋、齐、梁、陈、隋、唐、宋、元、明、清者，则皆朝名耳。朝也者，一家之私产也；国也者，人民之公产也。朝有朝之老少，国有国之老少，朝与国既异物，则不能以朝之老少而指为国之老少明矣。文、武、成、康，周朝之少年时代也，幽、厉、桓、赧，则其老年时代也；高、文、景、武，汉朝之少年时代也，元、平、桓、灵，则其老年时代也。自余历朝，莫不有之。凡此者，谓之一朝廷之老也则可，谓为一国之老也则不可。一朝廷之老且死，犹一人之老且死也，于吾所谓中国者何与焉？然则吾中国者，前此尚未出

[1] 官支：五官四肢。

近代诗文

现于世界，而今乃始萌芽云尔。天地大矣，前途辽矣，美哉，我少年中国乎！

玛志尼者[1]，意大利三杰之魁也，以国事被罪，逃窜异邦，乃创立一会，名曰"少年意大利"。举国志士，云涌雾集以应之，卒乃光复旧物，使意大利为欧洲之一雄邦。夫意大利者，欧洲第一之老大国也，自罗马亡后，土地隶于教皇，政权归于奥国，殆所谓老而濒于死者矣。而得一玛志尼，且能举全国而少年之，况我中国之实为少年时代者耶？堂堂四百余州之国土，凛凛四百余兆之国民，岂遂无一玛志尼其人者！

龚自珍氏之集有诗一章，题曰《能令公少年行》[2]。吾尝爱读之，而有味乎其用意之所存。我国民而自谓其国之老大也，斯果老大矣；我国民而自谓其国之少年也，斯乃少年矣。西谚有之曰：有三岁之翁，有百岁之童。然则国之老少，又无定形，而实随国民之心力以为消长者也。吾见乎玛志尼之能令国少年也，吾又见乎我国之官吏士民能令国老大也，吾为此惧。夫以如此壮丽浓郁、翩翩绝世之少年中国，而使欧西、日本人谓我为老大者何也？则以握国权者皆老朽之人也。非哦几十年八股，非写几十年白折[3]，非当几十年差，非捱几十年俸，非递几十年手本[4]，非唱几十年诺[5]，非磕几十年头，非请几十年安，则必不能得一官，进一职。其内任卿贰以上、外任监司以上者[6]，百人之中，其五官不备者，殆九十六七人也，非眼盲，则耳聋，非手颤，则足跛，否则半身不遂也。

---

[1]　玛志尼（1805—1872）：意大利民族解放运动的领袖。曾创立青年意大利党，与加里波第、加富尔合称"意大利建国三杰"。

[2]　《能令公少年行》：见前"诗选"。

[3]　白折：应制书的一种。

[4]　手本：明、清时，下属见上司或门生见座师所用的名帖。

[5]　唱诺：古代下属见上官，又手行礼同时扬声致敬，叫做唱诺。

[6]　卿贰：尚书为卿，故侍郎为贰卿。贰，副职。监司：清代通称督察府州县的官员（布政使、按察使及各道道员）为监司。

彼其一身饮食、步履、视听、言语，尚且不能自了，须三四人在左右扶之捉之，乃能度日，于此而乃欲责之以国事，是何异立无数木偶而使之治天下也。且彼辈者，自其少壮之时，既已不知亚细、欧罗为何处地方[1]，汉祖、唐宗是那朝皇帝，犹嫌其顽钝腐败之未臻其极，又必搓磨之，陶冶之，待其脑髓已涸，血管已塞，气息奄奄，与鬼为邻之时，然后将我二万里山河，四万万人命，一举而畀于其手。呜呼，老大帝国，诚哉其老大也！而彼辈者，积其数十年之八股、白折、当差、捱俸、手本、唱诺、磕头、请安，千辛万苦，千苦万辛，乃始得此红顶花翎之服色[2]，中堂大人之名号[3]，乃出其全副精神，竭其毕生力量，以保持之。如彼乞儿，拾金一锭，虽轰雷盘旋其顶上，而两手犹紧抱其荷包，他事非所顾也，非所知也，非所闻也。于此而告之以亡国也，瓜分也，彼乌从而听之？乌从而信之？即使果亡矣，果分矣，而吾今年既七十矣八十矣，但求其一两年内，洋人不来，强盗不起，我已快活过了一世矣。若不得已，则割三头两省之土地奉申贺敬，以换我几个衙门；卖三几百万之人民作仆为奴，以赎我一条老命，有何不可？有何难办？呜呼！今之所谓老后、老臣、老将、老吏者[4]，其修身、齐家、治国、平天下之手段，皆具于是矣。西风一夜催人老，雕尽朱颜白尽头。使走无常当医生[5]，携催命符以祝寿。嗟乎痛哉！以此为国，是安得不老且死，且吾恐其未及岁而殇也[6]。

---

[1] 亚细：亚细亚（亚洲）。欧罗：欧罗巴（欧洲）。

[2] 红顶：清制，官品以帽上顶珠色质为别。用红宝石作为顶子的，是卿贰以上的一二品官。花翎：清代冠饰，由皇帝赏给有功之臣，并用以区别官员的品级。

[3] 中堂：宰相的别称。

[4] 老后：指慈禧太后。

[5] 走无常：旧时迷信，认为地下也像人间一样有官有吏。有时吏不足，即勾摄生人为之，事成放还，称为走无常。

[6] 殇：未成年而死。

梁启超曰：造成今日之老大中国者，则中国老朽之冤业也；制出将来之少年中国者，则中国少年之责任也。彼老朽者何足道，彼与此世界作别之日不远矣，而我少年乃新来而与世界为缘。如僦屋者然[1]，彼明日将迁居他方，而我今日始入此室处，将迁居者，不爱护其窗棂，不洁治其庭庑，俗人恒情，亦何足怪。若我少年者前程浩浩，后顾茫茫，中国而为牛、为马、为奴、为隶，则烹脔鞭箠之惨酷，惟我少年当之；中国如称霸宇内，主盟地球，则指挥顾盼之尊荣，惟我少年享之。于彼气息奄奄、与鬼为邻者何与焉？彼而漠然置之，犹可言也；我而漠然置之，不可言也。使举国之少年而果为少年也，则吾中国为未来之国，其进步未可量也；使举国之少年而亦为老大也，则吾中国为过去之国，其澌亡可翘足而待也。故今日之责任，不在他人，而全在我少年。少年智则国智，少年富则国富，少年强则国强，少年独立则国独立，少年自由则国自由，少年进步则国进步，少年胜于欧洲则国胜于欧洲，少年雄于地球则国雄于地球。

红日初升，其道大光；河出伏流[2]，一泻汪洋；潜龙腾渊，鳞爪飞扬；乳虎啸谷，百兽震惶；鹰隼试翼，风尘吸张；奇花初胎，矞矞皇皇[3]；干将发硎[4]，有作其芒[5]；天戴其苍，地履其黄；纵有千古，横有八荒；前途似海，来日方长。美哉，我少年中国，与天不老！壮哉，我中国少年，与国无疆！

---

[1]　僦（jiù）：租赁。

[2]　伏流：潜行于地下的流水。《水经注·河水》："（黄）河出昆仑，伏流地中万三千里。"

[3]　矞（yù）矞皇皇：鲜艳美丽。

[4]　干将：宝剑名。发硎：指新磨的刀，其锋锐利异常。硎，磨刀石。

[5]　有作其芒：即"其作有芒"，形容光芒四射。

说明

　　本文作于光绪二十六年正月（1900 年 2 月），为"振民气"之作。针对欧、日诸国污蔑中国为"老大帝国"，作者提出"有少年中国在"，而"制出将来之少年中国者，则中国少年之责任"，用以扫官场暮气、破世间惰气、激士民正气、鼓国家朝气。作者爱国热情，磅礴字里，充溢行间，读之如迎红日东升，如对大江奔腾，如见雄鹰展翅，如闻猛兽呼啸。笔下的墨水，和身上的热血，在一起沸腾，从胸中涌出，从笔端喷出，毫无掩饰地奔进到纸上，留下了这些灼人的文字。

呵旁观者文

天下最可厌、可憎、可鄙之人，莫过于旁观者。

旁观者，如立于东岸，观西岸之火灾，而望其红光以为乐；如立于此船，观彼船之沉溺，而睹其凫浴以为欢。若是者，谓之阴险也不可，谓之狠毒也不可，此种人无以名之，名之曰无血性。嗟乎，血性者，人类之所以生，世界之所以立也；无血性，则是无人类、无世界也。故旁观者，人类之蟊贼，世界之仇敌也。

人生于天地之间，各有责任。知责任者，大丈夫之始也；行责任者，大丈夫之终也；自放弃其责任，则是自放弃其所以为人之具也。是故人也者，对于一家而有一家之责任，对于一国而有一国之责任，对于世界而有世界之责任。一家之人各各自放弃其责任，则家必落；一国之人各各自放弃其责任，则国必亡；全世界人人各各自放弃其责任，则世界必毁。旁观云者，放弃责任之谓也。

中国词章家有警语二句，曰："济人利物非吾事，自有周公孔圣人[1]。"中国寻常人有熟语二句，曰："各人自扫门前雪，不管他人瓦上霜[2]。"此数语者，实旁观派之经典也，口号也。而此种经典口号，深入于全国人之脑中，拂之不去，涤之不净。质而言之，即"旁观"二字代

---

[1] "济人利物"二句：《阅微草堂笔记·滦阳消夏录》："无云和尚，不知何许人也。康熙中，挂单河间资胜寺，终日默坐，与语亦不答。一日，忽登禅床，以界尺拍案一声，泊然化去。视案上有偈曰：'削发辞家净六尘，自家且了自家身。仁民爱物无穷事，原有周公孔圣人。'佛法近墨，此僧乃近杨。"

[2] "各人自扫"二句：宋陈元靓《事林广记·警世格言》："自家扫取门前雪，莫管他人屋上霜。"明徐霖《绣襦论·面讽背谲》："各人自扫门前雪，不管他家瓦上霜。"

表吾全国人之性质也，是即"无血性"三字为吾全国人所专有物也。呜呼，吾为此惧！

旁观者，立于客位之意义也。天下事不能有客而无主，譬之一家，大而教训其子弟，综核其财产；小而启闭其门户，洒扫其庭除，皆主人之事也。主人为谁？即一家之人是也。一家之人，各尽其主人之职而家以成。若一家之人各自立于客位，父诿之于子，子诿之于父；兄诿之于弟，弟诿之于兄；夫诿之于妇，妇诿之于夫；是之谓无主之家。无主之家，其败亡可立而待也。惟国亦然。一国之主人为谁？即一国之人是也。西国之所以强者无他焉，一国之人各尽其主人之职而已。中国则不然，入其国，问其主人为谁，莫之承也。将谓百姓为主人欤？百姓曰：此官吏之事也，我何与焉。将谓官吏为主人欤？官吏曰：我之尸此位也，为吾威势耳，为吾利源耳，其他我何知焉。若是乎一国虽大，竟无一主人也。无主人之国，则奴仆从而弄之，盗贼从而夺之，固宜。《诗》曰："子有庭内，弗洒弗扫。子有钟鼓，弗鼓弗考。宛其死矣，他人是保[1]。"此天理所必至也，于人乎何尤？

夫对于他人之家、他人之国而旁观焉，犹可言也。何也？我固客也。（侠者之义，虽对于他国、他家亦不当旁观，今姑置勿论。）对于吾家、吾国而旁观焉，不可言也。何也？我固主人也。我尚旁观，而更望谁之代吾责也？大抵家国之盛衰兴亡，恒以其家中、国中旁观者之有无多少为差。国人无一旁观者，国虽小而必兴；国人尽为旁观者，国虽大而必亡。今吾观中国四万万人，皆旁观者也。谓余不信，请征其流派：

一曰浑沌派。此派者，可谓之无脑筋之动物也。彼等不知有所谓世界，不知有所谓国，不知何者为可忧，不知何者为可惧，质而论之，即

---

[1] "子有庭内"六句：语出《诗·唐风·山有枢》。

不知人世间有应做之事也。饥而食，饱而游，困而睡，觉而起，户以内即其小天地，争一钱可以殒身命，彼等既不知有事，何所谓办与不办？既不知有国，何所谓亡与不亡？譬之游鱼居将沸之鼎[1]，犹误为水暖之春江；巢燕处半火之堂，犹疑为照屋之出日。彼等之生也，如以机器制成者，能运动而不能知觉；其死也，如以电气殛毙者，有堕落而不有苦痛，蠕蠕然度数十寒暑而已。彼等虽为旁观者，然曾不自知其为旁观者，吾命之为旁观派中之天民。四万万人中属于此派者，殆不止三万五千万人。然此又非徒不识字、不治生之人而已。天下固有不识字、不治生之人而不浑沌者，亦有号称能识字、能治生之人而实大浑沌者。大抵京外大小数十万之官吏，应乡、会、岁、科试数百万之士子，满天下之商人，皆于其中十有九属于此派者。

　　二曰为我派。此派者，俗语所谓遇雷打尚按住荷包者也。事之当办，彼非不知；国之将亡，彼非不知。虽然，办此事而无益于我，则我惟旁观而已；亡此国而无损于我，则我惟旁观而已。若冯道当五季鼎沸之际[2]，朝梁夕晋，犹以五朝元老自夸；张之洞自言瓜分之后，尚不失为小朝廷大臣，皆此类也。彼等在世界中，似是常立于主位而非立于客位者。虽然，不过以公众之事业，而计其一己之利害；若夫公众之利害，则彼始终旁观者也。吾昔见日本报纸中有一段，最能摹写此辈情形者，其言曰：

　　　　吾尝游辽东半岛，见其沿道人民，察其情态，彼等于国家存亡危机，如不自知者；彼等之待日本军队，不见为敌人，而见为商店

---

[1]　"譬之游鱼"句：《后汉书·张纲传》："若鱼游釜中，喘息须臾耳。"
[2]　冯道：字可道，自号长乐老，瀛州景城人。历仕后唐、后晋、契丹、后汉、后周五朝，事十君，在相位二十余年，视丧君亡国，不以为意。尝著《长乐老自叙》，陈己履历以为荣，为后世所鄙。

此实写出魑魅罔两之情状，如禹鼎铸奸矣[1]。推为我之蔽，割数千里之地，赔数百兆之款，以易其衙门咫尺之地，而曾无所顾惜，何也？吾今者既已六七十矣，但求目前数年无事，至一瞑之后，虽天翻地覆非所问也。明知官场积习之当改而必不肯改，吾衣领饭碗之所在也。明知学校科举之当变而不肯变，吾子孙出身之所由也。此派者，以老聃为先圣，以杨朱为先师，一国中无论为官、为绅、为士、为商，其据要津、握重权者皆此辈也，故此派有左右世界之力量。一国聪明才智之士，皆走集于其旗下，而方在萌芽卵孵之少年子弟，转率仿效之，如麻疯、肺病者传其种于子孙，故遗毒遍于天下，此为旁观派中之最有魔力者。

三曰呜呼派。何谓呜呼派？彼辈以咨嗟太息、痛哭流涕为独一无二之事业者也。其面常有忧国之容，其口不少哀时之语，告以事之当办，彼则曰诚当办也，奈无从办起何；告以国之已危，彼则曰诚极危也，奈已无可救何；再穷诘之，彼则曰国运而已，天心而已。"无可奈何"四字是其口诀，"束手待毙"一语是其真传。如见火之起，不务扑灭，而太息于火势之炽炎；如见人之溺，不思拯援，而痛恨于波涛之澎湃。此派者，彼固自谓非旁观者也，然他人之旁观也以目，彼辈之旁观也以口。彼辈非不关心国事，然以国事为诗料；非不好言时务，然以时务为谈资者也。吾人读波兰灭亡之记，埃及惨状之史，何尝不为之感叹，然无益于波兰、埃及者，以吾固旁观也。吾人见非律宾与美血战，何尝不为之起敬，然无助于非律宾者，以吾固旁观也。所谓呜呼派者，何以异是！此派似无

---

[1]　禹鼎铸奸：《左传》宣三年："铸鼎象物，百物而为之备，使民知神奸。"

补于世界，亦无害于世界者，虽然，灰国民之志气，阻将来之进步，其罪实不薄也。此派者，一国中号称名士者皆归之。

四曰笑骂派。此派者，谓之旁观，宁谓之后观。以其常立于人之背后，而以冷言热语批评人者也。彼辈不惟自为旁观者，又欲逼人使不得不为旁观者；既骂守旧，亦骂维新；既骂小人，亦骂君子；对老辈则骂其暮气已深，对青年则骂其躁进喜事；事之成也，则曰竖子成名[1]，事之败也，则曰吾早料及。彼辈常自立于无可指摘之地，何也？不办事故无可指摘，旁观故无可指摘。己不办事，而立于办事者之后，引绳批根以嘲讽掊击，此最巧黠之术，而使勇者所以短气，怯者所以灰心也。岂直使人灰心短气而已，而将成之事，彼辈必以笑骂沮之；已成之事，彼辈能以笑骂败之。故彼辈者，世界之阴人也。夫排斥人未尝不可，己有主义欲伸之，而排斥他人之主义，此西国政党所不讳也。然彼笑骂派果有何主义乎？譬之孤舟遇风于大洋，彼辈骂风、骂波、骂大洋、骂孤舟，乃至遍骂同舟之人，若问此船当以何术可达彼岸乎，彼等瞠然无对也。何也？彼辈借旁观以行笑骂，失旁观之地位，则无笑骂也。

五曰暴弃派。呜呼派者，以天下为无可为之事；暴弃派者，以我为无可为之人也。笑骂派者，常责人而不责己；暴弃派者，常望人而不望己也。彼辈之意，以为一国四百兆人，其三百九十九兆九亿九万九千九百九十九人中，才智不知几许，英杰不知几许，我之一人岂足轻重。推此派之极弊，必至四百兆人，人人皆除出自己，而以国事望诸其余之三百九十九兆九亿九万九千九百九十九人。统计而互消之，则是四百兆人，卒至实无一人也。夫国事者，国民人人各自有其责任者也，愈贤智则其责任愈大，即愚不肖亦不过责任稍小而已，不能谓之无也。

---

[1] 竖子成名：《晋书·阮籍传》："尝登广武，观楚、汉战处，叹曰：'时无英雄，使竖子成名！'"

他人虽有绝大智慧、绝大能力，只能尽其本身分内之责任，岂能有分毫之代我？譬之欲不食而使善饭者为我代食，欲不寝而使善睡者为我代寝，能乎否乎？夫我虽愚不肖，然既为人矣，即为人类之一分子也，既生此国矣，即为国民之一阿屯也，我暴弃己之一身，犹可言也，污蔑人类之资格，灭损国民之体面，不可言也。故暴弃者实人道之罪人也。

六曰待时派。此派者，有旁观之实而不自居其名者也。夫待之云者，得不得未可必之词也。吾待至可以办事之时然后办之，若终无其时，则是终不办也。寻常之旁观则旁观人事，彼辈之旁观则旁观天时也。且必如何然后为可以办事之时，岂有定形哉？办事者，无时而非可办之时；不办事者，无时而非不可办之时。故有志之士，惟造时势而已，未闻有待时势者也。待时云者，欲觇风潮之所向，而从旁拾其余利，向于东则随之而东，向于西则随之而西，是乡愿之本色，而旁观派之最巧者也。

以上六派，吾中国人之性质尽于是矣。其为派不同，而其为旁观者则同。若是乎，吾中国四万万人，果无一非旁观者也；吾中国虽有四万万人，果无一主人也。以无一主人之国，而立于世界生存竞争最剧最烈、万鬼环瞰、百虎眈视之大舞台，吾不知其如何而可也。六派之中，第一派为不知责任之人，以下五派为不行责任之人，知而不行，与不知等耳。且彼不知者犹有冀焉，冀其他日之知而即行也。若知而不行，则是自绝于天地也。故吾责第一派之人犹浅，责以下五派之人最深。

虽然，以阳明学知行合一之说论之[1]，彼知而不行者，终是未知而已。苟知之极明，则行之必极勇。猛虎在于后，虽跛者或能跃数丈之涧；燎火及于邻，虽弱者或能运千钧之力。何也？彼确知猛虎、大火之一至，

---

[1] 知行合一之说：明王守仁（阳明）从"致良知"的观点出发，提出"知行合一"说，谓心即是理，致良知当自求诸心，不当求诸他物，本心之明即是知，不欺本心之明即是行。以反对朱熹派的"外心以求理"。《答顾东桥书》："外心以求理，此知行之所以二也；求理于吾心，此圣门知行合一之教。"

而吾之性命必无幸也。夫国亡种灭之惨酷，又岂止猛虎、大火而已。吾以为举国之旁观者直未知之耳，或知其一二而未知其究竟耳。若真知之，若究竟知之，吾意虽箝其手、缄其口，犹不能使之默然而息，块然而坐也。安有悠悠日月，歌舞太平，如此江山，坐付他族，袖手而作壁上之观[1]，面缚以待死期之至，如今日者耶？嗟乎！今之拥高位，秩厚禄，与夫号称先达名士有闻于时者，皆一国中过去之人也。如已退院之僧，如已闭房之妇，彼自顾此身之寄居此世界，不知尚有几年，故其于国也有过客之观，其苟且以偷逸乐，袖手以终余年，固无足怪焉。若我辈青年，正一国将来之主人也，与此国为缘之日正长。前途茫茫，未知所届。国之兴也，我辈实躬享其荣；国之亡也，我辈实亲尝其惨。欲避无可避，欲逃无可逃，其荣也非他人之所得攘，其惨也非他人之所得代。言念及此，夫宁可旁观耶？夫宁可旁观耶？吾岂好为深文刻薄之言以骂尽天下哉？毋亦发于不忍旁观区区之苦心，不得不大声疾呼，以为我同胞四万万人告也。

旁观之反对曰任。孔子曰："天下有道，丘不与易也[2]。"孟子曰："如欲平治天下，当今之世，舍我其谁也。"[3]任之谓也。

说明

梁启超一生多变，但有一点始终未变，即以"新民"为己任。他认为要治国、富国、强国，必先提高民德、民智、民力。对此，他从两

---

[1]　壁上之观：《史记·项羽本纪》："诸侯军救巨鹿下者十余壁，莫敢纵兵，及楚击秦，诸将皆从壁上观。"
[2]　"天下有道"二句：语出《论语·微子》。
[3]　"如欲平治天下"三句：语出《孟子·公孙丑下》。原文"也"作"哉"。

方面着手：一是从正面提倡，如《少年中国说》；一是从反面批评，如《呵旁观者文》。梁启超曾说这两篇文章，"开文章之新体，激民气之暗潮"。本文作于 1900 年 2 月（光绪二十六年正月），作者从最足以代表当时国民劣根性的"旁观"立言，对其各种情状及可憎可鄙可厌可怕之处，作了淋漓尽致的抨击，使人悲其无知、恨其无耻、哀其不争、冀其痛改，词厉语切，鞭挞入里。

蔡元培

蔡元培（1868—1940），字鹤卿，号孑民，浙江绍兴人。光绪进士，任翰林院编修。先后参与发起组织中国教育会、光复会、留法勤工俭学会、中国民权保障同盟，参加同盟会。民国建立后，历任南京临时政府教育总长、北京大学校长、国民政府大学院院长、中央研究院院长。曾赴德国留学，研究哲学、文学、美学、心理学和比较文明史，后又赴欧美考察教育。病逝于香港。其著作汇编成《蔡元培全集》。

祭亡妻黄仲玉

呜呼仲玉，竟舍我而先逝耶！自汝与我结婚以来，才二十二年，累汝以儿女，累汝以家计，累汝以国内、国外之奔走，累汝以贫困，累汝以忧患，使汝善书、善画、善为美术之天才，竟不能无限发展，而且积劳成疾，以不得尽汝之天年。呜呼，我之负汝何如耶！

我与汝结婚之后，屡与汝别，留青岛三阅月，留北京译学馆半年，留德意志四年，革命以后，留南京及北京九阅月，前年留杭县四阅月，加以其他短期之旅行，二十年中，与汝欢聚者不过十二三年耳。呜呼，孰意汝舍我如是其速耶！

凡我与汝别，汝往往大病，然不久即愈。我此次往湖南而汝病，我归汝病剧，及汝病渐痊，医生谓不日可以康复，我始敢放胆而为此长期之旅行。岂意我别汝而汝病转剧，以至于死，而我竟不得与汝一诀耶！

我将往湖南，汝恐我不及再回北京，先为我料理行装，一切完备。我今所服用者，何一非汝所采购，汝所整理，处处触目伤心，我其何以堪耶¹！

汝孝于亲，睦于弟妹，慈于子女。我不知汝临终时，一念及汝死后老父、老母之悲切，弟妹之伤悼，稚女、幼儿之哀伤，汝心何其以堪耶！

汝时时在纷华靡丽之场，内之若上海及北京，外之若柏林及巴黎，我间欲为汝购置稍稍入时之衣饰，偕往普通娱乐之场所，而汝辄不愿。对于北京妇女以酒食赌博相征逐²，或假公益之名以骛声气而因缘为利者³，尤慎避之，不敢与往来。常克勤克俭以养我之廉，以端正子女之习惯。呜呼，我之感汝何如，而竟不得一当以报汝耶⁴！

汝爱我以德，无微不至。对于我之饮食、起居、疾痛、疴痒，时时悬念，所不待言。对于我所信仰之主义，我所信仰之朋友，或所见不与我同，常加规劝；我或不能领受，以至与汝争论；我事后辄非常悔恨，以为何不稍稍忍耐，以免伤汝之心。呜呼！而今而后，再欲闻汝之规劝而不可得矣，我惟有时时铭记汝往日之言以自检耳。

汝病剧时，劝我按预约之期以行，而我不肯。汝自料不免于死，常祈速死，以免误我之行期。我当时认为此不过病中愤感之谈，及汝小愈，则亦置之。呜呼，岂意汝以小愈促我行，而竟不免死于我行以后耶！

我自行后，念汝病，时时不宁。去年十一月二十八日，在舶中发一无线电于蒋君⁵，询汝近况，冀得一痊愈之消息以告慰，而复电仅言小愈。我意非痊愈，则必加剧，小愈必加剧之讳言，聊以宽我耳，我于是益

---

[1]　其何以堪：将怎能禁受。
[2]　征逐：招呼追随。指往来密切。
[3]　骛声气：扬名声。因缘为利：利用机会谋私利。
[4]　一当：一次适当的机会。
[5]　无线电：指电报。

益不宁。到里昂后[1]，即发一电于李君，询汝近况，又久不得复。直至我已由里昂而巴黎，而瑞士，始于里昂转到谭、蒋二君之电[2]，始知汝竟于我到巴黎之次日，已舍我而长逝矣！呜呼！我之旅行，为对社会应尽之义务，本不能以私废公；然迟速之间，未尝无商量之余地。尔时，李夫人曾劝我展缓行期[3]，我竟误信医生之言而决行，致不得调护汝以蕲免于死[4]。呜呼，我负汝如此，我虽追悔，其尚可及耶！

我得电时，距汝死已八日矣。我既无法速归，归亦已无济于事；我不能不按我预定计划，尽应尽之义务而后归。呜呼，汝如有知，能不责我负心耶！

汝所爱者，老父、老母也，我祝二老永远健康，以副汝之爱。汝所爱者，我也，我当善自保养，尽力于社会，以副汝之爱。汝所爱者，威廉也，柏龄也[5]，现在托庇于汝之爱妹，爱护周至，必不让于汝。我回国以后，必躬而抚养，使得受完全教育，为世界上有价值之人物，有所贡献于世界，以为汝母教之纪念，以副汝之爱。呜呼！我所以慰汝者，如此而已。汝如有知，其能满意否耶！

汝自幼受妇德之教育，居恒慕古烈妇人之所为。自与我结婚以后，见我多病而常冒危险，常与我约，我死则汝必以身殉。我谆谆劝汝，万不可如此，宜善抚子女，以尽汝为母之天职。呜呼，孰意我尚未死，而汝竟先我而死耶！我守我劝汝之言，不敢以身殉汝。然我早衰而多感，我有生之年，亦复易尽；死而有知，我与汝聚首之日不远矣！

呜呼！死者果有知耶？我平日决不敢信；死者果无知耶？我今日为

---

[1]　里昂：法国东南部城市。

[2]　谭、蒋：谭仲逵、蒋梦麟。

[3]　展缓：延缓，推迟。

[4]　蕲（qí）：通"祈"，祈求。

[5]　威廉、柏龄：作者的子女。

汝而不敢信。我今日惟有认汝为有知，而与汝作此最后之通讯，以稍稍舒我之悲悔耳！呜呼仲玉！

中华民国十年一月九日　汝夫蔡元培

说明

1900年冬，蔡元培赴欧洲考察教育，得到妻子去世的讣电，悲痛之余，于瑞士作此文祭悼。全文以悲悔为纲，追思妻子的爱心、美德，其中有惊呼，有痛哭，有透骨情语，有断肠心声。文章全用家常口语，不事雕琢，无暇渲染，直举胸臆，情至文生，满纸血泪，一片哀音，无限凄切，感人至深。作者回国后，在北京为妻子举行追悼会，宣读、散发这篇祭文，随即载入1921年3月7日《北京大学日刊》，以后全国通用的中学教科书，都选为教材。

李　详

李详（1863—1935），字审言，江苏兴化人。曾任江楚编译官书局副总纂。民国成立后，协助冯煦纂《江苏通志》，又任东南大学教授。以骈文名世。有《学制斋集》、《愧生丛谈》。

题吴温曼清溪泛月图

缪艺风先生[1]，为人伦领袖[2]，海内谈士，依以扬声[3]。余与温曼、白石，同馆礼卿观察所[4]，获侍艺老、奉手受教[5]。日招余三人及江宁程君一夔，赁一小艓子[6]，沿缘青溪之间。垂柳蘸波，云景半翳，窗纳远岫，风吹虚襟[7]。已而月上半规[8]，渐映四际，林鸟振毳，游鱼跃空，置身虚明[9]，皭然不滓[10]。还饮于金陵春[11]，越醅引满[12]，吴语膎怀[13]，

---

[1]　缪艺风：目录学家。名荃孙，字筱珊，江阴人。以进士入翰林。

[2]　人伦：人类。

[3]　"海内"二句：《文选》孔融《与魏太祖论盛孝章书》："天下谈士，依以扬声。"注："孝章好士，故天下谈文史之士，皆依倚孝章，以发扬美声。"

[4]　馆：受聘其家，训导子弟。礼卿观察：姓删，名光典，安徽合肥人。博学善文，以进士入翰林，改官道员。唐制有观察使，清时因称道员为观察。

[5]　奉手：《礼·曲礼》："长者与之提携，则两手奉长者之手。"奉，通"捧"。

[6]　艓：轻便小船。

[7]　"垂柳"四句：写溪上晚景。蘸，浸入。景，同"影"。翳（yì），掩蔽。岫，峰峦。

[8]　半规：半圆形。规，圆规。

[9]　虚明：空明。陶潜《江陵夜行塗中》诗："凉风起将夕，夜景湛虚明。"

[10]　皭然不滓：《史记·屈原列传》："皭然泥而不滓者也。"皭，洁净。滓，污浊。二句言人在夜景中的一种感觉。

[11]　金陵春：酒肆名。

[12]　越醅：谓绍兴所酿的酒。引满：注酒满杯。

[13]　吴语膎（xié）怀：吴地人谓腌鱼为膎。又凡熟食都叫膎。

扶寸肴脩，味踰方丈¹。集后数日，白石即景为图，追模未失，赠之温叟，臧弆数年²。顷者装池³，属为小记。

时艺风雠校中书⁴，往来京辇⁵，礼翁白石，先后凋丧，一夔久不相闻，余则栾栾衔恤⁶、老病愲疏⁷，温叟辽落寡懽⁸，棲止未定。追念前尘，恻怆人世，不觉涕之横集也。

说明

本文抒写了江山犹是，人物渐非，抚今追昔，不胜悽怆之情。这种情调，在旧时文人集中常可见到，已成一种俗套。文章佳处，全在中间描写月夜泛溪一段。作者用明洁流丽的文字，写出清空虚明的意境，绘影绘声，笔有化工，即使丹青高手，也难臻此佳境。

---

[1]　扶寸肴脩：同"肤寸"。古长度单位。以一指宽为一寸，四指为肤。肴：肉。脩：脯（干肉）。方丈：一丈见方。《孟子·尽心下》："食前方丈"，形容肴馔丰盛。两句言肉脯虽少，味过方丈之食。

[2]　臧弆（jǔ）：收藏。臧，通"藏"，弆亦训"藏"。

[3]　装池：装裱书画。

[4]　雠校：谓核对书籍，纠正其误。一人独校为校，两人对校为雠。中书：中书省，即旧秘书省，掌图籍。艺风是时管理京师图书馆，故云。

[5]　京辇：皇帝所乘的车子叫辇，因称京城为辇毂下，亦曰京辇。

[6]　栾栾（luán）：体瘦瘠貌。《诗·桧风·素冠》："棘人栾栾兮。"衔恤：含忧。《诗·小雅·蓼莪》："无父何怙？无母何恃？出则衔恤，入则靡至。"后谓遭父母之丧曰衔恤。

[7]　愲疏：懒散。

[8]　辽落：同"寥落"。懽：同"欢"。

林觉民

林觉民（1886—1911），字意洞，号抖飞，又号天外生。福建闽县（今闽侯）人。十四岁进福建高等学堂，毕业后留学日本，从事革命活动。1911年回国参加广州起义。4月27日，与方声洞等率先袭击总督衙门，负伤被捕，数日后就义。为黄花岗七十二烈士之一。

与妻书

意映卿卿如晤：吾今以此书与汝永别矣！吾作此书时，尚是世中一人；汝看此书时，吾已成为阴间一鬼。吾作此书，泪珠与笔墨齐下，不能竟书而欲搁笔；又恐汝不察吾衷[1]，谓吾忍舍汝而死，谓吾不知汝之不欲吾死也，故遂忍悲为汝言之。

吾至爱汝[2]，即此爱汝一念，使吾勇于就死也。吾自遇汝以来，常愿天下有情人都成眷属；然遍地腥云，满街狼犬，称心快意，几家能彀[3]？司马青衫[4]，吾不能学太上之忘情也[5]。语云：仁者"老吾老以及人之老，幼吾幼以及人之幼[6]。"吾充吾爱汝之心，助天下人爱其所爱，所以敢先汝而死，不顾汝也。汝体吾此心，于啼泣之余，亦以天下人为念，当亦乐牺牲吾身与汝身之福利，为天下人谋永福也。汝其勿悲！

---

[1]　衷：内心。

[2]　至：极，最。

[3]　彀：同"够"。

[4]　司马青衫：唐代诗人白居易曾被贬为江州司马，其长诗《琵琶行》中有"座中泣下谁最多，江州司马青衫湿"的诗句。

[5]　太上：指圣人。忘情：不为情感所动。

[6]　"仁者"两句：语出《孟子·梁惠王上》。前"老"字作动词"尊敬"用，前"幼"字作动词"爱护"用。

汝忆否？四五年前某夕，吾尝语曰："与使吾先死也，无宁汝先吾而死。"汝初闻言而怒，后经吾婉解，虽不谓吾言为是，而亦无词相答。吾之意盖谓以汝之弱，必不能禁失吾之悲，吾先死，留苦与汝，吾心不忍，故宁请汝先死，吾担悲也。嗟夫！谁知吾卒先汝而死乎？

吾真真不能忘汝也！回忆后街之屋，入门穿廊，过前后厅，又三四折，有小厅，厅旁一屋，为吾与汝双栖之所。初婚三四个月，适冬之望日前后[1]，窗外疏梅筛月影[2]，依稀掩映[3]；吾与汝并肩携手，低低切切，何事不语？何情不诉？及今思之，空余泪痕。又回忆六七年前，吾之逃家复归也，汝泣告我："望今后有远行，必以告妾，妾愿随君行。"吾亦既许汝矣。前十余日回家，即欲乘便以此行之事语汝；及与汝相对，又不能启口。且以汝之有身也[4]，更恐不胜悲，故惟日日呼酒买醉。嗟夫！当初余心之悲，盖不能以寸管形容之[5]。

吾诚愿与汝相守以死，第以今日事势观之[6]，天灾可以死，盗贼可以死，瓜分之日可以死，奸官污吏虐民可以死，吾辈处今日之中国，国中无地无时不可以死。到那时使吾眼睁睁看汝死，或使汝眼睁睁看吾死，吾能之乎？抑汝能之乎？即可不死，而离散不相见，徒使两地眼成穿而骨化石[7]，试问古来几曾见破镜能重圆[8]？则较死为苦也，将奈之何？今日吾与汝幸双健。天下人之不当死而死，与不愿离而离者，不可数计。钟

---

[1]　望日：农历每月十五日。
[2]　疏梅筛月影：月光透过稀疏的梅树照进房间里，像被筛子筛过，变成散碎的影子。
[3]　依稀掩映：指月光梅影朦胧相映。
[4]　有身：怀孕。
[5]　寸管：指毛笔。
[6]　第：但。
[7]　骨化石：传说有一男子外出未归，其妻天天登山远望，最后变成一块石头，称为望夫石。
[8]　破镜能重圆：南朝陈徐德言夫妻，国亡时，破镜各执一半为信，后得重聚。后世即以破镜重圆比喻夫妻失散后又重新团圆。

情如我辈者，能忍之乎？此吾所以敢率性就死不顾汝也。吾今死无余憾，国事成不成自有同志者在。依新已五岁 [1]，转眼成人，汝其善抚之，使之肖我。汝腹中之物，吾疑其女也，女必像汝，吾心甚慰。或又是男，则亦教其以父志为志，则我死后尚有二意洞在也 [2]。甚幸，甚幸！吾家后日当甚贫，贫无所苦，清静过日而已。

　　吾今与汝无言矣。吾居九泉之下遥闻汝哭声，当哭相和也。吾平日不信有鬼，今则又望其真有。今人又言心电感应有道 [3]，吾亦望其言是实，则吾之死，吾灵尚依依旁汝也。汝不必以无侣悲。

　　吾平生未尝以吾所志语汝，是吾不是处；然语之又恐汝日日为吾担忧。吾牺牲百死而不辞，而使汝担忧，的的非吾所忍 [4]。吾爱汝至，所以为汝体者惟恐未尽 [5]。汝幸而偶我 [6]，又何不幸而生今日之中国！吾幸而得汝，又何不幸而生今日之中国！卒不忍独善其身。嗟夫！巾短情长 [7]，所未尽者，尚有万千，汝可以模拟得之 [8]。吾不能见汝矣！汝不能舍吾，其时时于梦中得我乎？一恸。

　　辛亥三月二十六夜四鼓 [9]，意洞手书。

　　家中诸母皆通文 [10]，有不解处，望请其指教，当尽吾意为幸。

---

[1]　依新：作者长子。

[2]　意洞：林觉民字。

[3]　心电感应有道：认为人死后心灵尚有知觉，能和生人交相感应。

[4]　的的：的确。

[5]　体：设身处地为人着想。

[6]　偶我：以我为配偶。

[7]　巾：指作者写这封信时所用的白布方巾。

[8]　模拟：琢磨，猜想。

[9]　辛亥：1911 年。四鼓：四更天。

[10]　诸母：各位伯母、叔母。

说明

在广州起义前三天（夏历三月二十六日）的夜晚，已加入敢死队的林觉民，在一块手帕上，给妻子陈意映写了这封诀别信（原件现存中国革命博物馆）。"无情未必真豪杰，怜子如何不丈夫。"这是一篇将风云之气和儿女之情完美地融为一体的佳作，既有革命志士的凌云壮志，又有多情丈夫的贴心细语。信中历叙夫妻恩爱，以见难分难解之情；又论不能不为国牺牲之理，将对家人之爱升华为对国家对人民之爱。通篇含情于理，明理于情，情思相关，哀婉缠绵，语语出自肺腑，读之荡气回肠，感人至深。

图书在版编目(CIP)数据

近代诗文/黄明,黄珅编著.—上海:上海人民
出版社,2017
(中华经典诗文之美/徐中玉主编)
ISBN 978-7-208-14673-0

Ⅰ.①近… Ⅱ.①黄… ②黄… Ⅲ.①诗集-中国-
近代②散文集-中国-近代 Ⅳ.①I215.22

中国版本图书馆 CIP 数据核字(2017)第 169051 号

特约编辑 时润民
责任编辑 马瑞瑞
装帧设计 高 熹

· 中华经典诗文之美 ·
徐中玉 主编
近 代 诗 文
黄 明 黄 珅 编著
世 纪 出 版 集 团
上海人民出版社出版

(200001 上海福建中路193号 www.ewen.co)

世纪出版集团发行中心发行 常熟市新骅印刷有限公司印刷
开本 890×1240 1/32 印张 10.75 插页 2 字数 258,000
2017 年 7 月第 1 版 2017 年 7 月第 1 次印刷
ISBN 978-7-208-14673-0/I · 1645
定价 36.00 元